その一秒先を信じて

アカの篇《へん》

秀島 迅

講談社
タイガ

イラスト―456
デザイン―坂野公一（welle design）

目次

プロローグ

「お兄ちゃん――」

か細いけれど、よく通る音吐が背に追いすがるように届く。

その一瞬、部屋から去ろうとした足を止める。振り返りながら、薄いカーテン越しに射《さ》しこんでくる白い春の光に目を細める。

「行っちゃうの？」

掛け布団からのぞく小さな顔が少し動く。ふたつのつぶらな黒い瞳《ひとみ》がこっちを見ていた。

「――ああ、起こしちゃったか？」

「何時頃、帰ってくる？」

俺の問いかけには応《こた》えず、頼りなげな声を返してくる弟。

「すぐ帰ってくるよ」

「すぐって何時？」

「すぐは、すぐだって」

そう言うと俺は歩を進めて、ふすまを開ける。

「ぼくも、一緒に走りたい」

その声は聞こえなかったことにして、暁空《あきら》が寝ている畳の部屋を出ていく。

台所から味噌汁《みそしる》の匂《にお》いがする。この島に越してきてから、母さんはうんと早起きになった。それだけじゃない。若くなった。元気になった。よく笑うようになった。

最初は絶対嫌だって猛反対した突然の引っ越しだったけど、いまはよかったって思う。暁空も夜中にひどい発作を起こさなくなった。

それに、俺はあの人に出会えたから。ボクシングに出会えたから。だから寂《さび》しいという気持ちは、考えないようにした。あいつに「さよなら」って、ちゃんと言えなかった後悔も忘れようとした。いまさらもう、どうしようもないし。

そんなふうに切り替えると、東京に戻りたい想《おも》いはいつの間にか消えていった。

この島にきて、前よりも家族三人がひとつになれたって感じるし。

自分のなかに、おぼろげだけど目標を持てるようになったし。

「あら、暁《あかつき》、もう行くの？」

暁空と同じようなことを母さんが言う。声だけが台所から聞こえてくる。

きっと朝ごはんの準備で忙しいんだ。そんな大きくない木造の家だから、足音とか気配で、誰がどこにいて、なにをしてるかすぐにわかる。それでも東京で住んでたボロアパートと比べたら天国だ。部屋数は二倍あるし、庭だってあるし、それに家の前には海がある。隣近所には誰もいない。静かな浜辺を独占できる。信じられない環境だ。

「うん。ちょっと長く走ろうと思って」

「そう。気をつけてね。そんな遅くならないでよ」

「わかってるって」

俺は土間にしゃがんでスニーカーの紐《ひも》を結びながら短く答える。

毎朝繰り返される、こんなやりとりで一日がスタートするのが日課になった。

「じゃ、行ってきます」

「行ってらっしゃい」

がらがらと鳴る古い格子戸を開けて、外に飛び出す。

陽《ひ》ざし、空気、匂い、音、なにもかもが東京と違う。瀬戸内海の東側《ひがしがわ》にぽつんと浮かぶこの島に移り住んで八ヵ月が経《た》つ。深く息を吸いこんで吐《は》き、土の地面に一歩を踏み出し、ゆっくりと走り始める。

全身に触れる風に春を感じる。初めてここで迎える春もまた東京とは全然違う。明日から四月。ぐんぐん自然が目覚めていく息吹が伝わる。草木や花や鳥や虫や海や山や空や雲や太陽が、一気に動き出していくみたいな、力強い命の芽生《めば》えを覚える。

海沿いの道を抜け、山側へとつづくなだらかな斜面を駆け上がっていく。

澄んだ青い空に悠然と鳶《とんび》が舞っている。ピーヒョロロロロゥと独特の声で啼《な》く。

走り始めて丸三ヵ月以上が経過した。ようやく走ることが体の一部になってきた。毎朝走りながら、頭のなかで繰り返すのは、真冬にあの人と初めて会ったときのこと。

「強くなりたいか?」

だしぬけにそう訊《き》かれた。挨拶《あいさつ》も自己紹介もなかった。返事できないでいると、

「走れ」

あの人は俺の両目をまっすぐ見定めて言ったんだ。

「走れ。とにかく走れ」

次の日の朝から、俺は走ることに決めた。最初の二週間はきつかった。しんどかった。辛《つら》かった。何度もやめようとした。けど、俺は初対面であの人の言葉を信じた。

「走りつづければ俺が強くしてやる。誰よりもな。そして必死で走りつづければ、お前は変われる。お前が望むように」

あの人――レンさんが言った通りだ。

走りつづけることで俺は変わっている。俺が望むように。

実際、走ればすべてが軽くなっていった。

あらゆるものが離れていく感覚に囚《とら》われる。

まとわりつくもの。しがみつくもの。からみつくもの。のしかかるもの。

ふっとそれらの重しが身体《からだ》から剝《は》がれ落《お》ち、手足が思いのまま動くようになる。

強くなってやる。絶対に。

朝陽《あさひ》を受けてきらきら輝く海を見下ろし、俺はふたつの拳《こぶし》を握りしめて心に誓う。

強くさえなれれば、世界もまた変わる。

自分が変われるように。きっと――。

第一部

一

「立ち上がれや」

神社の境内《けいだい》の裏手にある雑木林。冷たい地面に突っ伏していると、真冬の空気を切り裂くように男の声が響く。強い声だ。

甘えを許さない頑《かたく》なな語調に、ビクンッと心が反応する。

父親だったらそんなふうに言うのかな――見たことも会ったこともない父親像を、こんな惨《みじ》めな状況で思い描こうとする自分が意外だった。

次の瞬間、我に返って意識を切り替える。俺はズキズキする傷の痛みをこらえ、土に両手を突いてゆっくりと上体を起こす。男に命じられなくても、どのみち立ち上がらなきゃならない。どんどん気温が下がる夕暮れのなか、いつまでも神社の裏に倒れこんでるわけにはいかないんだ。早く家へ帰らなきゃ。母さんや暁空だって心配するし。よろめきながらなんとか立ち上がると、三メートルほどの距離を挟んで大人の男が俺を見ていた。
「あ――」思わず声が漏れる。薄暮に佇《たたず》むのは、見覚えのある、あの人だった。

毎週土曜日、町の公民館でボクシングを教えてる男だとわかり、胸がざわついた。同じクラスの宮前国男《みやまえくにお》が仲間の男子にしゃべってるのを聞いた。「うちの父ちゃんも始めたんやで」と自慢げに語っていた。参加費用は月五千円。ダイエットや健康にも効くとか、物珍しさも手伝って、大人たちの受講生が多いという話だった。

一学年一クラスしかない小学校。同じ三年生の宮前国男は背が高くて、体がいかつい。東京生まれの俺からすると、野蛮な奴《やつ》で要注意の存在だった。この島で生まれ育ち、父親は網元で、親族はいくつか会社をやってて、要は一族で幅を利かせているらしかった。

二学期に東京から転校してきた俺はなにかにつけからかわれ、笑いものにされている。めっちゃムカついてたけど絶対にケンカだけはしないで、と母さんから釘《くぎ》を刺されていた。だから無視することに決めてた。けど、宮前はそうじゃない。

十月のとある放課後のこと。下校途中、宮前とその仲間の佐藤《さとう》と沖村《おきむら》に囲まれ、俺はフルボッコにされる。スカしてるとか、カッコつけてんじゃねえとか、どうでもいい言いがかりをつけてきて、宮前は一方的に俺を殴り蹴《け》った。あとの二人はにやにやしながら眺《なが》めてた。耐えるしかない。「問題を起こしたらここにいられなくなるから」と母さんが頼むように言ったことが頭から離れなかった。

「東京と違って小さな町だから、島の人たちと仲良くしてね、お願いだから、暁」

引っ越してきたとき、母さんが真顔で訴えるように告げたこと。

父親がいないシングルマザーの家庭。逃げるように東京を出た突然の引っ越し。三歳下の病弱な弟の暁空。島に住む遠縁を頼ってなんとか成り立っている生活。前々からおぼろげに家が大変だとわかってる。だから宮前のいじめはひたすら我慢するしかない。それをいいことにあいつらは、なにかにつけ面白半分で手を出してくるようになった。

島で生まれて島で育った奴らの結束は固い。東京じゃ考えられないくらい。

やがて父親と一緒に公民館のボクシング教室に通い始めた宮前は、スパーリングだといってさらに無意味な攻撃を仕掛けてくるようになる。俺も通いたかったけど、毎月五千円もの月謝を母さんに頼めなかった。それに教室には宮前がいる。自分から火のなかに飛びこむような真似《まね》はできない。諦《あきら》めるしかなかった。それでも何度か、公民館の窓の隙間《すきま》から、ボクシングの練習風景を盗み見した。東京に住んでる頃から、ボクシングにすごく興味があった。俺は強くなりたかった。ずっとずっと、強くなりたかったんだ。

ボクシングに惹《ひ》かれたのは小三になってすぐのことだ。たまたまテレビで観《み》た世界タイトルマッチ。チャンピオンの外国人は自信満々の顔つきで薄ら笑いを浮かべていた。浅黒い肌をした身体は筋骨隆々で、肩や腕に派手なタトゥーが入ってて、これまで一度も負けたことがない無敗の王者だとアナウンサーがまくしたてた。

対して挑戦者の日本人は大人しそうな、ひょろりとした線の細い色白の若い男だった。しかもこれが世界初挑戦らしい。解説者の誰もがチャンピオン有利と口々にほのめかし、試合開始前から外国人のチャンピオンが絶対勝つように映った。

1Rが始まって一分が経過したあたりだ。それまで両者は睨《にら》み合《あ》うだけでほとんどパンチを打たなかった。いきなりチャンピオンが何発もパンチを繰り出す。

勢いある攻撃に日本人は後ずさりする。すぐにロープに追い詰められる。その時点でもうダメだと思った。チャンピオンが連打する。ここぞと猛烈な左右のパンチを何十発も打ちつづける。日本人は両腕で顔や腹を守るのに必死でまったく手が出せない。

と、次の一瞬だ。「あっ!」思わず俺は大声を張り上げる。自分の目を疑う。

ダウンしたのはチャンピオンのほうだった。突如として凄《すさ》まじい歓声が轟《とどろ》き、アナウンサーが絶叫する。外国人のチャンピオンは大の字でぐったりと倒れたまま、もう動くことはない。勝者は日本人。新チャンピオンの誕生だ。

大逆転。たった一撃。一秒足らずで勝負は決まった。

すぐにスローモーションで大逆転の瞬間が再生される。次から次へと外国人のパンチが繰り出されるなか、ロープ際に追い詰められていた日本人が放った、左の強烈な一撃が外国人の顎《あご》に突き刺さる。ほぼ同時、外国人の全身がぐんにゃりと力を失って動きを止め、膝《ひざ》がカクンと折れ曲がり、あっけなくダウンする。日本人の挑戦者はただ殴られていたわけじゃなかった。チャンスを狙《ねら》ってたんだ。

俺は身震いしていた。劇的な逆転勝利に胸が熱くなった。魔法を見てるみたいだった。たった一秒で世界を変えてしまったボクシングの真剣勝負は、俺のなかの奥底にビリビリと痛いほど響いた。

いま——遠目から盗み見していたボクシング教室の先生が、俺の目の前に立っている。

年末近くのその真冬日、運悪く町で鉢合わせした宮前たちにからまれ、人気《ひとけ》のない神社まで連れていかれ、スパーリングという名の大ゲンカになった。とはいっても、母さんの言いつけを守らなきゃならなかったから、ただ一方的に殴られた。最初のうちは素早く身をかわして攻撃を避けていたけど、どのみち三対一じゃ勝てるわけない。

最後は地面にねじ伏せられ、寄ってたかって足蹴《あしげ》にされた。無抵抗でやられるがまま、芋虫みたいに這《は》いつくばっているうち、宮前たちは気がすんだようで、悪態《あくたい》をついて立ち去った。その場に残された俺は力尽き、起き上がる気力を失いかけてた。突然、大人の強い声が向けられたのはそのタイミングだ。

なんとか立ち上がったところ、「強くなりたいか?」と、いきなり真顔で、あの人は訊いてきた。挨拶も自己紹介もなかった。

本心を抉《えぐ》るその言葉に戸惑い驚きながら、すぐに返事できないでいると、

「走れ。とにかく走れ」

あの人は俺の両目をまっすぐ見定めて言ったんだ。

とっさ、俺は唇《くちびる》を嚙《か》みしめたまま、何度も何度も懸命に肯《うなず》いた。

あのときボクシング教室の先生――レンと呼べとあの人は言った――は、

「走りこみで基礎体力がついたと自分で思うたら家へ訪ねてこい」

と告げて住所を教えてくれた。

「き、基礎体力って、どれくらい――?」

「自分で考えてみろ」

思わず質問を口にしてみても、あっさり返されて終わった。それ以上なにを言うでもなくレンさんは足早にその場からいなくなった。残された俺は、ズキズキする頭でぼんやり考えこむ。

どれだけの期間、どれだけの距離を走りこんだら、基礎体力ってつくんだ?

まったく見当がつかない。ただ、俺は直感した。試されてる、これで決まる、って。

嘘《うそ》や冗談を言ってないのはレンさんの目と口調でわかった。でも、フルボッコにされてた俺に、いったいなにを見出《みいだ》したのか意味不明だった。なんで俺みたいな弱虫に声を掛けてくれるんですか? そう訊けばよかった。それでも俺はあの人を信じることにした。

幼《おさな》い頃から身体が小さいくせに、負けん気と正義感だけは人一倍強かった。悪いことをやってる奴がいると許せなくて、ただがむしゃらに歯向かっていった。だけど、ほとんどケンカに勝てた記憶はない。幼馴染《おさななじ》みのシロがいじめられてても、結局、助けにいった俺までボコられてばかりだった。ずっと惨めで悔《くや》しい思いをしてきた。

それについ最近、俺はレンさんの噂《うわさ》を耳にしていた。宮前の取り巻きの男子が言ってた。

「ねえねえ、公民館でボクシングを教えてる人、昔すごい強いボクサーだったらしいよ」

とりあえず三ヵ月だ、と心に決めた。毎日絶対に二十キロ走り抜くと決意する。それもグラウンドや平地じゃない。山頂へと延びる険《けわ》しい道を選んで足腰を鍛《きた》える。そういう普通とは違う試練を積み重ねないと、レンさんの期待には応えられない気がした。

翌日から、朝と夕方、へとへとになるまで走った。もともと足だけは速いほうだったし、走ることは嫌いじゃない。

走り始めの二週間はきつかったけど、目標がないほうが辛いと自分に言い聞かせた。

突然人が変わったみたいに走り始めた息子を、母さんは驚きながら心配そうに見守った。

病弱な弟の暁空は、お兄ちゃんと一緒に走りたいと言って母さんを困らせた。

俺は偶然もたらされたチャンスを絶対ものにしたかった。

「走れ。とにかく走れ」あの人の言葉を、俺は自分に繰り返し言い聞かせる。

そして走りつづけた。

◇

やがて小学四年生になる。季節は冬から春へと移り変わる。

雨の日も雪の日も俺は夢中で山野を疾走した。

それでもふとした瞬間、ぽっかりと心に穴が開く。くたくたに疲れているはずなのに、母さんも暁空も寝静まった深夜、突然目覚めてしまう。

月明かりが漏れる窓。穏《おだ》やかに届くさざ波の音。東京じゃ想像もつかない静けさに包まれ、眼前にうっすら映る古い板張りの天井を見つめて思いに耽《ふけ》る。

そんなとき、いつも考えるのは幼馴染みのシロのことだ。東京を離れる直前、あいつと最悪な感じで別れた。何ヵ月経っても、ふいに夏の日のことが蘇《よみがえ》る。

あの日、他校の上級生三人組にボコボコにされ、自分の弱さやふがいなさに腹立つうち、あいつに当たり散らしてしまった。負け犬は自分自身なのに、あいつに激しい怒りをぶつけてしまった。

内気で人見知りのシロが臆病《おくびょう》で気弱なのは、俺が一番よく知っていた。あいつに強さなんか求めてなかった。ずっとあいつの心優しさに救われてきた。

幼稚園で初めて出会ったときから、俺たちは全然違う性格だけど表裏一体のように心を通わせ合ったんだ。それなのに俺は、一方的に暴言を吐いて突き放してしまった。

あげく、さよならのひと言も伝えられず、町から逃げ出すように引っ越した。

「すんげえ傷つけちゃったんだろうな、シロの奴――」

後悔する思いがぼそっと声になる。会ってちゃんと謝りたい気持ちがこみ上げる。

「あいつ、どうしてんだろ」

どれだけ考えたところで手遅れだ。こんな遠くへきてしまった。約束していた毎年恒例の花火大会にも、結局最後の夏は一緒に行けなかった。俺はため息をつきながらすっぽりと布団をかぶる。そのとき、ふっと閃《ひらめ》く。

そうだ、明日の放課後、レンさんの家を訪ねてみよう。うん、そうしよう！

シロのことを考えて落ちこみかけた自分を奮起させるように言い聞かせる。

それまでなかなか踏ん切りがつかなかった気持ちがぐいんと前を向く。そうしてボクシングの試合で闘っている自分の姿を想像してみる。わくわくする気持ちが、ぽっかりと心に空いた孤独を塞《ふさ》いでいく。

瞼《まぶた》を閉じると、やがてやんわりとした眠気が押し寄せてくる。

その夜、シロに会う夢を見た。リングの上で再会を果たすという、あり得ない夢だ。

朝起きてしばらく経《た》っても、夢の残像が頭にこびりついたまま離れなかった。

「そろそろやと思ってたで」

山側の裾野《すその》に建つ、こぢんまりした平屋の一軒家の呼び鈴を鳴らすと、レンさんはそう言いながら玄関口に姿を見せた。黒のジョガーパンツに白いTシャツ。半袖《はんそで》からのぞく鍛え上げられた二の腕や、盛り上がった肩や胸の筋肉がハンパない。年齢は二十代後半から三十代くらい。異様に引き締まった体格を間近で見て、昔すごい強いボクサーだったという噂は、やっぱ本当だったんだって思う。

「ほう、きっちり走りこんできたな」

ひと目見るなり、はっきりした口ぶりで言われる。

「わ、わかるんですか？」

俺はパーカを着て、デニムを穿《は》いていた。手足の露出はない。それなのにレンさんはすべてお見通しのような口調でつづける。

「一日二十キロくらいか。しかも、あえてアップダウンのきつい道を選んだか」

「ど、どうして？」まるで図星を突かれて、声を失ってしまう。

「俺の目は節穴やない。この三ヵ月あまりで坊主《ぼうず》の引き締まった身体つきの変化、立った姿勢、ひと冬越して日焼けした肌、そして――」

わずかに言葉を止め、レンさんは俺の顔を真正面から見定める。

「顔つきが完璧《かんぺき》に変わった。必死で走り抜いた自信が表れとる。その目を見ればわかる」

「じゃあ――」

「ああ、約束や。明日からこい。学校は何時に終わる？」

「三時半くらいです」

「だいたい毎日そうか？」

俺はしっかりと顎を引いて肯く。興奮と期待と歓喜で鼓動が速まっていく。

「よし。なら四時にこい。トレーニングできる身軽な服装とスニーカーでな。それから朝の走りこみはそのまま継続しろ。今後は十キロでいい。わかったな？」

「はい」返事しながら、そこでずっと不思議に思っていた疑問が声になる。

「あ、あの、どうしてケンカでボロ負けして境内で倒れてる俺なんかに声を掛けてくれたんです？ それに、強くなりたいかって、訊いてくれましたよね」

「いまのお前はケンカが弱い。しかし、たしかな潜在能力と闘争本能がある」

言われてる言葉が難しすぎて、意味がわからず小首を傾《かし》げる。

「肉体を強くするのはそれほど難しいことやない。ある程度の資質があればな。でも、ここを鍛えるのは無理や。本来持って生まれたもんやから」

そう言いながら、レンさんは右手の親指で自分の胸を指す。

「坊主、自分で気づいとらんかもしれんが、お前のハートは強い。しかも、まっすぐな勇気というか、真っ向から斬《き》りこんで前へ前へ進もうとする闘志を隠し持っとる」

ずいと半歩ほど踏み出し、レンさんは両目を射貫《いぬ》くように睨みつけてくる。

「ファイター向きや」

「ファイター？」

「そう。闘う男や」

「たたかう、おとこ——」俺は棒読みで繰り返す。胸の内側がじんじん熱くなっていく。

「強くしてやる。誰よりもな」一語一語を噛みしめるようにレンさんは告げる。

「ほ、ほんとですか?」さらに激しく脈打つ心臓を抑えて、なんとか訊き返すと、

「本気や。俺は絶対嘘は言わん」

そこで初めてレンさんはニヤッと不敵に笑う。

「だが、俺が本気になる以上、お前も本気になれよ。そしたら世界を変えてやる」

視界の片隅《かたすみ》、うっすら赤みがかる春の空に、悠然と舞う鳶の姿が映りこむ。ピーヒョロロロロゥと独特の声で啼く。あんな遥かなる高みへ、俺も羽ばたいていけるんだろうか。

そういう夢みたいなことが、夢じゃなくなる予感がしてくる。

この人についていけば強くなれる。世界が変わる——その瞬間、一閃《いっせん》の光を感じた。

二

ドッ。ドド。バズッ。ズド。ドドスッ。ドッ。ズドッ。ドドゥ。バグッ。ドグッ。

レンさんの家の倉庫に吊《つ》るされた本格的な革製サンドバッグに、左右の拳が次々とめりこみ、ゆっさゆっさと揺れる。ファイティングポーズに始まり、ジャブ、ストレート、フック、アッパー、フットワーク、ディフェンス、そしてさまざまなパンチを組み合わせたコンビネーションを習った。初歩中の初歩からマンツーマンで徹底的な指導を受け、俺の

生活はボクシング漬けの日々になる。小四の春から弟子入りして、早三ヵ月が経過した。間もなく島に夏が訪れようとしている。俺は完全にボクシングにのめりこみ、取《と》り憑《つ》かれていた。左右の拳で相手を殴り倒す。ただそれだけのシンプルなスポーツなのに、ケンカとは明らかに違う、技術や戦術があることを教えられた。それらを繰り返し繰り返し練習して、体に覚えこませていくたび、確実に強くなってるって感じた。

カーン。インターバルを告げるゴングが鳴る。練習場になっている倉庫には、三分と一分の間隔で繰り返し鳴る自動式のゴングがある。ジュニアアマボクシングの1Rは二分、小学生は一分三十秒、プロボクシングのそれは三分。レンさんの指導方針で、あえてプロ仕様の三分間を体に覚えこませる練習スタイルがとられている。来年五年生になった時点で、アンダージュニアという小中学生向けの公式戦へ出場すると言われた。

俺はサンドバッグを殴る。パンチングミットを殴る。パンチングボールを殴る。シャドーボクシングで空気を切り裂く。一日も休むことなくハードトレーニングを重ね、さらに過酷な修練がヒートアップしていくうち、

「闘いたい。試合で相手選手と殴り合い、闘ってみたい」

そういうボクサーとしての本能が目覚め、本気の闘いを欲してやまなくなる。

そういう熱病にも似た闘志がますますボクシングにのめりこませる。

本格的な特訓を開始してまだ三ヵ月にもかかわらず、俺はぐんぐん実力を伸ばしていった。心の内にあるのは、本当の強さを手にしたいという願いだけだ。

◇

ボクシングはケンカじゃない。暴力を競うわけじゃない。それを明確に定義づけるルールとして、階級制度がある。小学生向けアンダージュニア公式戦なら、二十八キロ級から三キロ刻みで五十六キロ級までの全九階級（中学生は三十キロ級から七十二キロ級までの全十三階級）。体格差によるハンディキャップを解消するため、体重が近い選手同士を対戦させるルールだ。レンさんはそんなふうに教えてくれて言葉をつづける。

「つまり、お前のように身体が小さくても、体格が同クラスの相手と闘えて、技術や身体能力を競い合える。肉体を武器にして闘うボクシングやからこそ、シビアな階級制度がないと競技として成立せんからな。特に体格の個人差が激しい小中学生にとっては、重要なルールになるゆうわけや」

話を聞きながら俺は思う。

早くリングで闘いたい。ボクシングの修練を積んだ同階級の選手と拳を交えてみたい。俺とそいつ、どっちが強いのか。どっちが勝つのか。そういうことしか頭になくなった。

そうしてさらに強くなることだけを念じて過酷なトレーニングに耐えつづけた。

その原動力になったのは、ただボクシングが好きなだけじゃない。

家族だ。強くなって母さんと弟を支える。二人を守る。そういう頑なな想いだ。

俺は逃げるように東京を離れた去年の夏の出来事を、いまだ忘れることができない。

あの男を見たのは去年の七月半ばだった。

前日の真夏日から一転、朝からしとしと嫌な雨が降りしきった。おまけに異常気象で肌寒かった。

夕方前。学校から帰宅すると、いつものようにまず暁空の様子を見た。幼少から心臓の病気を患っている暁空は寝たきりだ。いったん発作が起きて胸が苦しくなると、激しい動悸《どう き》や息切れで苦しみ、突発的に高熱を出す。呼吸困難になると救急車を呼ぶ必要がある。けど春を迎えて暖かくなってから、わりに体調は安定している。

そっと障子《しょう じ》を開けてみると、すやすや寝息をたてていた。顔色も悪くない。よかった。俺はほっとする。台所には母さんが作ってくれた夕飯と手紙が置いてある。

『炒《いた》め物は冷蔵庫です。チンして食べてください。暁空のお薬、よろしくね』

それを眺めながら、俺はコップを手にして水道の蛇口をひねる。

母さんは朝早くから夕方まで派遣社員として都心の会社で働いている。その後、家のことを片づけて息子たちの夕食を作り終えると夜の仕事に行く。お酒を出す店。詳しくは知らない。母さんが絶対に話さないからだ。俺も訊かないようにしてる。家に帰ってくるのは必ず深夜で、暁空も俺も寝てる時間だから気づかない。

朝起きて台所に行くとタバコ臭い。夜の仕事の店は禁煙ではなく、タバコを吸う人が多いんだろう。着ていた服から臭《にお》いが出て部屋中がタバコ臭くなる。

母さんは一日三、四時間くらいしか寝てないはずだ。まだ二十代でクラスの母親のなかで一番若くてきれいなはずなのに、どこか疲れた顔をしてて元気がない。小学三年生でもそれくらいはわかる。でも、しょうがない。うちには父親がいないから。

父親を見た記憶も遊んだ思い出も、なんにもない。写真だって一枚もない。

当然、弟の暁空も父親を知らない。会いたいって気持ちは強くあるけど、生きてるのか死んでるのかも知らないし、母さんに父親のことを訊いちゃいけない見えない決まりがあるから、どうしようもない。

「お兄ちゃん――」

台所でごくごく水を飲んでると暁空の声がした。部屋に行くと、横になったまま黒目だけ動かしてこっちを見ている。

「どした？　どっかしんどいか？」

そっと近づきながら訊く。

「のど、かわいた」

ちょっとかすれ気味の声で言う。

「よし、いま水持ってきてやる」

「みず、やだ――」

唇を尖《とが》らせて下から俺を見つめる。

「喉《のど》、渇《かわ》いたんだろ」

「オレンジジュース、のみたい」

「ないよ」

「かってきて」

数秒間、沈黙になる。表を走り去るトラックの騒音が聞こえて、部屋がみしみし揺れる。俺はシロの家を思い浮かべる。庭付きの大きな二階建て。家のまわりはぐるりと壁で囲われている。部屋もいっぱいあった。けど、小二になってから、家へ呼んでくれなくなった。そればかりか家族や兄貴のことも、ほとんどしゃべらなくなった。

「わがまま言うなよ」

「だって、みず、あきた――」

またも訴えるように言いながら、今度は子犬みたいな哀《かな》しそうな目で訴えてくる。

「もうすぐ晩ごはんだし」

「ごはん、まだいらない。おなか空《す》いてない。のどかわいた」

細面の白い顔で、乾いた唇を震わせ、遠慮がちに話す暁空を見てると胸が詰まってくる。

誰もいない部屋で横になったまま毎日をすごす。家から出るのは病院へ行くときだけ。でも俺が学校を休んで、弟につきっきりになるわけにはいかない。母さんが仕事をやめるのも無理だ。朝から夜遅くまでふたつの仕事をかけもちで働いてるってことは、そういうことなんだ。うちはみんな苦しい。いつもそんなふうに思う。寝たきりの弟。二人の息子のために必死で働きつづける母親。弟と母親の間で身動きできない俺。消息不明の父親。いつも誰かが誰かに気を使ってて、なにかちょっとでもバランスが崩れると、全部がグシャッとダメになってしまうような生活。限界ぎりぎりに近いところで俺たちは生かされている。まだ九歳の俺でもおぼろげに感じる。これを家族とか家庭と呼ぶには、あまりに苦しいし辛すぎるって。どうすればみんなが幸せになれるんだろうって、いつの頃からか俺は考えるようになっていた。

「待ってろ、暁空。いま買ってきてやるからさ。オレンジジュース」

「え、いいの?」

「じゃ、やめるか?」

「やだ。おねがいします」

「うん、わかったよ」

俺が笑うと、暁空もはにかむように小さな歯を見せる。

「待ってろよ。すぐ買って帰るからな」

「ありがと、お兄ちゃん」

急いで部屋を出て、俺は財布のなかにある小銭をつまんでポケットに入れる。アパートのドアを開けて外から鍵《かぎ》を閉める。そこで傘を忘れたことに気づく。雨はまだしとしと降りしきっていた。でも小降りになった気もする。鈍色《にびいろ》の空を見上げて一瞬迷う。コンビニはそう遠くない。走れば片道二分ほど。俺は傘なしで外階段を駆け下りると、通りに出てコンビニを目指した。思った以上に雨粒が顔に当たる。けど、いまさら傘を取りに戻るほうが面倒だ。俺は歩を速めて黒く濡《ぬ》れたアスファルトの上を駆けた。

片手にオレンジジュースの入ったコンビニ袋を持って、アパートまで戻ってきたときだ。俺と同じように傘を差さない大人の男が階段脇《わき》に立っていた。二階の部屋を見上げている。俺たちが住む二〇一号をじっと見つめているようにも映る。男はグレーのスーツ姿で黒い革靴を履いていた。三十代か四十代くらいの中年。髪が薄くて、大きめの眼鏡《めがね》をかけていた。全体的に暗めな印象。どこか不気味な感じすら漂う男だった。

なるべく俺は足音を消すように歩いて、横を通りすぎた。その一瞬、顔を動かした男と目が合った、ような気がした。というのは雨粒でびっしり濡れたレンズの向こうにある目がはっきり見えなかったからだ。でも黒目の部分が動いて、俺の顔をじっと見たように思えた。薄気味悪かったので、そそくさと外階段を上がり、家に入ると即座にドアを閉めてロックする。

思わず薄い戸板にそっと耳を近づける。男が追いかけてくるんじゃないかって怖い想像をしてしまい、足音を確認しようとしたそのときだ。

「お兄ちゃん？　かえってきたの？」

か細い暁空の声が届き、

「あ、ああ。ちゃんとオレンジジュース、買ってきたぞ」

我に返って答えると、弟の喜ぶ声が聞こえてきた。さっきの不気味な中年男はもう忘れようとした。

でも、しばらく嫌な感じがずっともやもや心のなかに居座って、消えなかった。

その日の深夜、事件が起きた。

バンッ！　叩《たた》きつけるような轟音《ごうおん》で部屋全体が揺れて目覚めた。

な、なんだ、いまの音？　寝起きすぐの半分眠った頭で考えながら、

「母さん？　帰ったの？」

と玄関に向かって声を出す。横目を動かして暁空を見やると、すやすや眠っている。

直後だ。なんとなく異変を感じて耳を澄ます。

ドンッドンッドンッドンッドンッドンッドンッドンッ――。

突然、ドアを力任せに殴る音が聞こえてくる。とっさに俺は布団から飛び出し、障子を開けて台所に足を踏み入れた。驚いた。母さんが震えて玄関口にしゃがみこんでいる。外側からはドアを殴る嫌な音がつづいている。

「出ろよぉ。出てこいよぉ。なんで逃げんだよぉ。ずっと待ってたんだぞぉ」

くぐもった大人の男の声が今度は響いてきた。

「ど、どうしたんだよ、母さん――」

そこで初めて母さんは顔を上げる。「あ、暁、け、警察、警察に電話して――」

震え上がって怯《おび》えきったそんな声を初めて聞いた。真っ青な顔でいまにも泣き出しそうなくらい赤く滲《にじ》んだ目も初めて見た。

激しくドアを殴る音はひどくなる一方だ。そればかりか足で蹴る音まで加わる。明らかにドアを破壊しようとしている。ただごとじゃない。俺はいま起きている事態に呆然《ぼうぜん》とする。深夜に凄まじい騒音が鳴り響いてるのに、アパートの住民は誰も出てこない。普段から人気がなく、全六戸あるのに誰とも交流がない。住んでいる人の顔すら見たことない。

ひどく混乱しながらも、俺は床に転がってる母さんのバッグを手に取ってスマホを捜す。その間もドアを殴る蹴る激しい音はやまない。叫んでいる男の声は悲鳴に近い裏声に変わり、なにを言ってるのかもはや聞き取れない。

俺は震える手でなんとかスマホを摑《つか》むと、画面に指を触れる。パスコードを訊いてくる黒い画面が現れて思わず舌打ちする。

「母さん、パスコードは？」

「暁空の誕生日！」

俺は十個並んだ数字のボタンを順番に指先で触れていき、ロックが解除されるや即座に電話アプリをタップして一一〇番を押す。そのタイミングで、すっと外が静まり返った。まるで警察に電話したのを察したかのように。

『はい、警察です。事件ですか、事故ですか――』

スマホの向こう側から女の人の冷たい声が聞こえる。外階段を降りる硬い音が遠ざかっていく。突然、しんとした静寂のなか、奥の障子が開いて白い顔した暁空が起きてきた。

「どうしたの？」

寝ぼけているようで事態がわかってない。そのほうがよかった。

暁空を見た母さんが慌てて玄関口から起き上がる。

「ううん、なんでもないのよ」優しい声でそう言った後、俺に顔を動かして告げる。

「き、切って、暁」

「き、切る？」

もしもしもしもし、もしもし――警察の女の人が電話の向こう側で繰り返している。

「だって母さん、あいつ、またくるかもしれないよ」

「ちゃんとするから。私が解決するから。だからお願い――ううん、ごめん――」

ハッとする。母さんの目からぼろぼろ涙がこぼれる。それが頬《ほお》を伝って落ちていく。

「ご、ごめんなさい」

そう言いながら唇を震わせて俯《うつむ》く母さんを見てて、ただごとじゃないのがわかる。絶対に警察に相談したほうがいい。けど俺は電話を切るしかなかった。

子どもの力じゃどうしようもない。なんて警察に話せばいいかもわからない。ドアを殴る蹴るしていた犯人はいなくなってしまったし、犯人の心当たりもない。

そのとき、とっさに眼鏡をかけたあの不気味な中年男を思い返す。

たぶんあいつが犯人で、母さんはあの男のことを知っている。ふいにそんなことを考え、たまらなく嫌な気持ちが胸の奥から湧《わ》き起こってくる。

「さあ、暁空。起こしちゃってごめんね。もう寝ましょ」

顔つきと声色を切り替えて母さんは俺に背を向けた。握りしめていたスマホを床に置き、俺も立ち上がる。目を動かして壁時計を見る。午前二時すぎだった。

まだ外は雨が降りつづいてるんだろうか。どうでもいいことを俺は思う。

雨粒でびっしり濡れたレンズの奥にある目を上げて、グレーのスーツを着た髪の毛の薄い中年男が、外階段の下からこの部屋をじっと見上げている姿を想像する。全身の肌が粟《あわ》立《だ》つ。

辛《かろ》うじて我が家を支えていた、かけがえのないものがぽきんと折れてバランスが崩れ、みしみしと壊れて全部がダメになってしまうような気がした。

翌朝、母さんはいつの間にか出かけていて、夕方になっても深夜になっても家に帰ってこなかった。

次の日の朝だ。突然帰宅してくるなり、そのまま俺と暁空はアパートから連れ出されて電車に乗った。荷物は後から誰かに運んでもらうからと母さんは言った。青白い顔した母さんは頬が紫色になってて唇が切れていた。髪の毛はばさばさで、服からはタバコの臭いよりもっと嫌な臭いがたちこめた。俺と暁空に回した両腕がずっと小刻みに震えていた。

強くならなきゃ、と俺は思った。

電車のなかから都会の灰色の景色を見つめながら、俺が強くならないと家族がダメになってしまう――何度も何度もそう自分に言い聞かせた。

三

駆け足で短い夏が通りすぎ、島に秋の気配が訪れる。

レンさんは口に出して言わないけど、想像を遥かに上回るペースで俺は強くなってるんだって思う。パンチを打ってて、フットワークを使ってて、ありありと実感する。

同時にさまざまな考えがめぐる。俺のなかにこれほどまでの身体能力と運動神経と反射神経が眠っていたなんて。それなのにどうしてこれまでケンカで無様《ぶざま》に負けてたんだ？

いや――パンチングミットを構えたレンさんに向いたまま、考え直す。

俺が凄《すご》いんじゃないんだ。もの凄いのは目の前にいるこの人なんだ、って。

「ラストだぞ。ミドルからインファイトで攻めてこい。ボディへの決めは右フックだ」

鋭い目で俺を睨みつけ、レンさんはふたつの黒いパンチングミットをぐいと掲げる。

レンさんは自分の話をまったくしない。世間話やムダ話もゼロだ。あれこれ俺に訊いてくることもない。ただひたすらボクシングに徹した関係を守ろうとしている。

とにかくドライでクールな人だ。それでいてボクシングには熱い。妥協を許さない。片時も気を抜かない。全神経を研ぎ澄まして、全力で俺に向き合ってくれる。俺を強くするために。俺が強くなりたいという想いに応えてくれる。

そうやって俺たちは、言葉がなくても、強さという形のない絶対的ななにかを信じることでつながり合い、前に進むことができた。

カーン。自動式のゴングが鳴る。ここから三分。百八十秒の真剣勝負が始まる。

ビシュ、ドッ！　ビッ、ドッ！　ビシュ、ドゥ！　シュッ、ドドゥ！　ビシッ、ドッ！

パンチが空気を切り裂く。本革製パンチングミットにグローブが次々と突き刺さる。

レンさんは左右のミットの位置と角度を秒単位で動かしてくる。瞬時に俺は、次に繰り出すパンチのタイプを判断して全身の筋肉をフル稼働させ、拳で反応しなきゃならない。

「ていねいにまとめろ。リズムが乱れとる！」

軽やかに足を使ってステップを踏みながらレンさんが叫ぶ。その間もパンチングミットは滑《なめ》らかに動いていく。追い迫る形で俺は左右のコンビネーションを打ちつづける。

俺の得意スタイルはインファイトだ。相手との距離を詰めた接近戦を主戦場にして、フックとアッパーで猛攻を仕掛けていく。相手選手にパンチを当てるには、深い踏みこみが求められる。当然、相手に打たれる危険が増す。そこで重要になるのが動体視力だ。レンさんが教えてくれた。動く目標物を見切る力。ボクサーの要《かなめ》。「目がいいボクサーは絶対に強くなる」と、口癖《くちぐせ》のようにレンさんは言い、動体視力と反射神経とが必要不可欠なパンチングミット打ちのトレーニングに高い比重を置く。

最近になってわかってきたことだけど、レンさんのボクシングは特別難しいことを要求してこない。つねに基本を大切にする。

そのためすべてのパンチに高精度のスピードとパワーとタイミングが求められる。しかも一発だけじゃなくて、数十発連続する、水が流れるようなスムーズで美しいパンチの組み合わせとリズム感にこだわる。

「ええか？　特別なことは必要ない。めっちゃ難しいテクニックもいらん。ただただ基本に忠実にやればええ。でも、これが一番難しい。基本だけじゃ勝てんから、弱いボクサーはテクニックや技巧に走る。大間違いの始まりや。強いボクサーは基本だけで勝つ。だから強い。基本ほど普遍で最強なものはない。わかるか？」

毎日のように繰り返されるレンさんのボクシング理論。

正直なところ、よく理解できてない。すごく難しいことを言われているような、単純なことしか言ってないような気がするけど、奥が深いとは感じる。いずれにせよ俺はレンさんのボクシングスタイルが好きだ。

基本にさえ忠実に練習していけば絶対に勝てるという考えは、俺みたいにケンカが弱かったガキに大きな夢を与えてくれた。

そして実際、レンさんの指導に従って必死で猛練習に励むうち、確実に俺は強くなっている。打ちこむパンチのスピードとパワーが格段にアップしていくのがわかるから。

「ええぞええぞ。もっとボディに集めろ。そこからフィニッシュに仕上げていけ！」

うっすらと額に汗を浮かべ、レンさんはパンチングミットをスピーディに動かす。

「もっとや！　もっと速く動けるはずや！　間髪容《い》れずにそこで決めてくんや！」

レンさんが叫ぶ。返事で応えるかわりに俺はパンチを打ちつづける。

基本だ基本だ基本だ——パンチを放つたび、そう心で唱える。

カーン。インターバルを告げるゴングが鳴る。百八十秒が終わった。

「よっしゃ、まあまあやな。六十秒休んどけ。次、サンドバッグいくぞ」

「はい」

汗でぐっしょりになった全身の動きを止め、俺は短く返事をする。顎先から熱い汗がぼたぼた滴《したた》り落《お》ちる。バンデージを巻いた両拳が燃えるように熱を持っている。

一日五十ラウンドの猛特訓は毎日つづく。島へきて二度目の夏が終わろうとしていた。

「今週末、大阪のジムへスパーリングに行くぞ」

レンさんにそう切り出されたとき、思わず胸が高鳴った。


「おっしゃ、ここや」

商店街の外れに建つ三階建ての小さなビルの前で足を止めてレンさんが言う。

せいけんぼくしんぐじむ——俺は声なく看板の文字を目で読む。

「成拳ボクシングジムだ。関西じゃ一応、トップ3に数えられる名門のジムや」

土曜日、朝一番のフェリーで島を出て、神戸《こうべ》港経由で大阪に行った。

初めての遠征での対外試合。レンさんとはスパーリング練習をやらなかった。四十センチ以上の身長差とリーチの違い、そしてあまりに力量の差があるため、実戦練習にはほど遠いという理由からだった。

「現役プロだけやなく、プロを目指す練習生や、優秀なアマボクサーもぎょうさんおる。お前みたいなアンダージュニアもな」

「レンさんもここのジムでボクシングやってたんですか？」

「いや。俺は教える側、トレーナーとして何人かの選手を担当してたことがある。それ以来、ここの会長からは目をかけられとってな。なにかと世話になっとる」

大阪のジムへ練習に行くって母さんに話したら、露骨に心配そうな面持ちで反対された。公民館でボクシング教室を開いているレンさんのことは知っていた。だけど、あまりよく思ってない口ぶりだった。レンさん自身を嫌ってるというより、ボクシングが好きじゃないみたいだ。まだ小学四年生なのに、どうして野球やサッカーじゃなくボクシングなの、と少し咎《とが》める口調で言われた。

強くなりたいから、とはもちろん返せなかった。なんで強くなりたいのか、その理由も話せるわけなかった。うちが引っ越す原因になった、あの深夜の事件のことも。

俺はいつだって本当に言いたいことをうまく言葉にできない。シロに対しても、暁空に対しても、母さんに対しても。それでも結局、母さんは渋々《しぶしぶ》ながら認める形になった。

大阪への往復の交通費はなんとレンさんが出してくれた。

「そういうわけにはいかないでしょ」と顔をしかめて、母さんはお金を持たせてくれたけど、レンさんは受け取らなかった。そればかりかこう言って楽しげに笑った。

「これは投資や。出世払いでええからな。倍返しで頼むで」

よく意味がわからなくて、俺もまた笑ってごまかした。

「今日は胸を借りるつもりで思いっ切りいけよ」と言いながら、俺の背をぽんと叩く。

そして、いつも以上に真面目《まじめ》な表情になってレンさんはつづける。

「なかには気性が荒いのもおるからの。気持ちが退いたらその時点で終わりやぞ。絶対に後ろへ下がらん、一点突破の覚悟でリングに立てよ」

無言で顎を引いて俺は肯く。

「そういう意味じゃ、今日ですべてがわかるといっていい。お前が本物かどうか」

そう言うレンさんは真顔で睨む。なんとなく言葉の裏側にこめられた真意を理解できた。負けたらこれで終わりなんだ——。

とっさ、頭のなかに母さんと暁空が浮かぶ。家族を苦しさから解放したい。限界ぎりぎりの生活から脱出したい。幸せになりたい。ぐぐっと両拳を握りしめ、俺は言葉を返す。

「絶対に勝ちます」

「ダウン!」

レフェリーをつとめる二十代の練習生が、声を上げて俺をニュートラルコーナーへ促《うなが》す。ジム内が不穏にざわついてくる。思い思いにトレーニングしていた三十人近くの練習生全員がいまはリングを見つめている。スパーリングだとレンさんは言いながらも、実質は本格的な対抗試合の雰囲気だった。その証拠にレフェリーまでがリングに上がり、リングサイドにはポイントを採点するジャッジマンが二名座った。

これで三人目。またも俺はダウンを奪った。

一人目は工藤《くどう》という名の小学五年生のアンダージュニア選手だった。背丈《せたけ》は俺より十センチくらい高かった。体重差も五キロ以上あったはず。

試合前、俺を見たとたん、ジム内には余裕の空気が漂った。工藤は腹を抱えて笑った。

「て、こんなめっちゃチビが相手なんか。ナメとんのかぁ、うちのジムを?」

そう言いながら颯爽《さっそう》とリングに上がり、俺にグローブを向けてきた。

「七秒や。秒殺で終わらせたる。さっさとリングに上がらんかい、ガキ」

実際は真逆だった。試合開始のゴングが鳴るや、勢いに任せて飛び出してきた工藤が、ジャブの牽制《けんせい》もなく、いきなり右ストレートを打ち抜いてきた瞬間、俺は素早くヘッドスリップしてパンチを避けながら深く左足を踏みこみ、右フックを顔面に突き刺した。

ゴッ! もろにカウンターで決まった右の一撃。ヘッドギアを装着していても、工藤はあっけなくリングに沈んで動かなくなる。ワンパンチでジム内が静まり返った。

二人目は同じく五年生の三浦《みうら》というアンダージュニア選手。1R一分を経過したところで俺はインファイトに持ちこみ、強烈な左右のフックの連打をボディに当てた。ウッと三浦は短く呻《うめ》いてマウスピースを吐き出し、その場にひざまずいてもう立ち上がることはなかった。

そうして三人目の選手を、やはり1R終盤で倒した。左フックで脇腹《わきばら》を抉り、間髪容れず得意の右フックで顎を貫《つらぬ》いた。西岡《にしおか》というその選手は六年生で、アンダージュニア全国大会二位に輝いたことがあるという。レフェリーのカウント8でなんとか西岡は起き上がった。両目が血走っている。怒りに満ちた形相で睨んでくる。俺は自分でも不思議なくらい冷静だった。一人目を倒したときも、二人目を倒したときも、特にうれしくもなかった。というか、こんなにあっけないのか、と逆に物足りないくらいだった。

試合が再開された。西岡が前へ出てくる。俺のパンチはかなり効いてるはず。それでも前進してくるのは全国大会二位のプライドか。懸命に左ジャブを伸ばし、試合のリズムを取り戻そうとする。フットワークを意識的に使ってペースを掌握しようとする。

ダンッ。俺もまた前に出て左足を踏みこんでいく。すると西岡はビクッと怯えたようにステップバックする。俺は笑いがこみ上げてきた。完全にビビってる。完璧に気持ちが退いている。その時点ですでに終わりだぞ。ジムに入る前に聞いたレンさんの言葉通りだ。

すかさず俺はさらに深く踏みこんでいく。もう迷いも探りもない。

下がっていく西岡の背中がロープに詰まる。俺は上体を前のめりにしてぐいぐいプレッシャーをかけていく。同時に左右フックの連打を顔面に浴びせていく。西岡の鼻から血が噴《ふ》き出《で》る。唇が切れて血の筋が垂れる。二発――三発――四発――五発――面白いようにパンチが当たる。突然だ。背後から大人の力で羽交《はが》い締めにされる。レフェリーが試合をストップした。リングサイドでカンカンカンと連続してゴングが鳴らされていた。まったく気づかなかった。ついさっきまであれほど冷静だったのに、連打が当たり始めたとたん、我を忘れるように殴りかかっていた。だらりとロープにもたれてスタンディングダウンしている西岡の顔面は真っ赤な血に染まっている。

試合を見つめる練習生たちの嘆息混じりの声が漏れて重なる。

それらの輪の中心で、圧倒的な高揚《こうよう》と興奮に包まれる自分がいた。

これがボクシングなのか——。

「どや、手応《てごた》えは？」コーナーポストに戻ると、レンさんが訊いてくる。

「はい」

「はい、じゃわからんだろ」

「闘いたい。もっと、闘いたいです」

「もう小学生の選手はおらんぞ」

「小学生じゃなかったらいるんですか？」

「ああ、まわりを見てみい。全員がお前を睨んどるで。どないする？」

「任せます。せっかく大阪まできたから、もっともっと闘って勉強して強くなりたい」

実際、俺の内側ではたぎるような熱い焔《ほのお》が燃え盛り、さらなる勝負を欲していた。相手選手とリングで向き合った瞬間の独特の緊張感に飢えていた。

もっと闘いたい。

もっともっと闘いたい。それしか心になかった。

「よう言うた」

レンさんの顔は笑っていたけど、刺すような鋭い両目はまったく笑ってなかった。

◇

その日だけで俺はじつに七人もの選手とスパーリングという名の真剣勝負をこなした。全戦2R以内のKO勝利。後半の四戦は中学生選手を相手に1R二分で闘った。それでも一発のパンチも当てられることなく一方的な試合運びで圧勝を収めた。

俺が勝てば勝つほど、ジム内に不穏で剣呑《けんのん》な空気が満ちていった。レンさんはそんなことをまるで気にするでもなく、次々とアマ選手をあてがっていった。

最後の一人となった中学生を左右フックの連打で打ち破った場面、

「あかん。もう勘弁しといてや。うちの有望な若手、全部潰《つぶ》す気かいな」

と、金田《かねだ》会長に強制ストップをかけられ、あっけなく終了となった。

「それにしても、どこであんな小学生選手を見つけてきたんや？」

ジムの片隅で俺が両拳に巻いたバンデージを解いて、帰り支度をしている最中、やや離れたところでレンさんと金田会長が話しているのが聞こえてくる。

「たまたまですわ。実家でのんびりしよう思うて、島に戻ってたら偶然出会って」

「相変わらずの慧眼《けいがん》が働いたっちゅうわけか」

「会長から見てどうでした？」

「秀逸すぎる。何年くらいやっとるんや？」

「まだ半年も経ってないですわ」

「マジか？」

金田会長は腕組みしたまま唸《うな》るようにしばし黙りこんだ。

「あ、そうそう。今日のお礼いうわけやないんですけど、来年のアンダージュニア、ここから出させてもらえますか？」思い出したようにレンさんが言う。

「うちにはうれしい話やけど、お前はそれでええんか？」

「連盟の選手登録、認可を受けたジムじゃないと無理じゃないですか」

「レンがジムを興せばええ話やないか」

「そういうの柄《がら》じゃないって、会長が一番よく知ってるでしょ」

「ひょっとしてお前、まだあの件を引きずっとるんかいな？」

そこで一瞬の沈黙があった。

「選手登録は個人指導を開始した四月からでお願いしますよ。出場資格C級の演技種目、十月には受けさせますから」

ややあってレンさんは、会長の問いかけに答えることなく言葉を返す。

「ああ、わかった」

その後、会長とレンさんは話題を変えて世間話をつづけた。

聞くともなくそんなやりとりを聞いていて、この二人はかなり仲がいいことがわかる。もっと詳しいレンさんの過去が知りたかったけど、そこから先はほかのプロ選手の話になってしまい、結局それ以上のことは出てこなかった。

レンさんと二人して礼を言ってジムを去ろうとしたとき、強烈な視線を感じて顔を動かすと、最初に試合をした工藤が俺を睨みつけていた。よほど、右フックの当たりどころが悪かったのか、いまだ左顔面にタオルを当てて冷やしている。それを無視して、レンさんと一緒にジムを出る。

「今日ですべてがわかったな」

少し歩いたところで足を止め、レンさんがきっぱりと言う。

「ええか、アカ。これからもっと練習量を増やしていく。心してついてこいよ」

言われてドキッとする。この人が初めて俺を名前で呼んでくれた。しかも、アカと。シロ以外で初めてだった。そんなふうに呼ばれるのは。

「ん、どないした?」

「いま、俺のこと、アカって――」

「ああ、名前か。せや。ヒライはありきたりで芸がないし、アカツキは長すぎる。アカちゃんやとアホみたいやしな。アカって呼ぶことに決めた。今日の初戦全勝の記念にな」

珍しくボクシング以外のことを饒舌《じょうぜつ》に語るレンさんはいつになくうれしそうだ。この天才コーチでも、今日の俺の闘いぶりは想像を超えるものだったのだろう。だとしたら俺は世界を変える一歩を踏み出せたことになる。誰にも負けない強さを手に入れて、母さんと暁空を守り抜くことができる。みんなで幸せになることができるんだ。

四

「ただいま」

成拳ボクシングジムでのスパーリング後、とんぼ返りでフェリーに乗りこみ、自宅に着いたのは夕方の六時すぎだった。正直へとへとだ。

母さんは仕事で、暁空は寝てると思って、遠慮がちに声を出したつもりだったけど、

「おかえり、お兄ちゃん!」

いつになく元気な声が返ってきて驚いた。パジャマ姿の暁空が笑顔で出迎えてくれる。

「お前、起きちゃダメだろ。ちゃんと寝てろよ」

「大丈夫だよ。今日はなんか調子いいもん」

「そんなこと言ってると、夜遅くになって具合が悪くなるんだから」

「大丈夫だって。ねえ、それよりどうだった?」

久し振りに見る弟の笑顔だった。

「どうって、なにが?」

俺は土間でスニーカーを脱いで、家に上がりながら訊き返す。

「試合だよ、試合。お兄ちゃん、大阪へ試合に行ってきたんでしょ?」

「母さんに聞いたのか?」

「あ、うん。だっていつもよりもっと朝早くに出掛けたの知ってたから。お母さんに訊いたら、大阪へボクシングの試合に行っちゃったっていうから」

反対しているわりに、ありのままを正直に暁空に伝えるあたりが母さんらしいと思う。嘘がつけない性格なんだ。

「ねえ、勝ったんでしょ?」

「ああ。まあな。勝ったよ」

「何対何?」

「野球やサッカーじゃないし、何対何はないよ」

「でも、勝ったんだよね、お兄ちゃんが」

「なんで、そう思うんだ?」

「毎日毎日、お兄ちゃんはすごく走ってるし。すごく練習してるし。すごく変わったし。すっごく強そうになったし。だから、負けるわけないじゃん」

いつもの白い顔をうっすらと赤く染めながら、暁空は一生懸命しゃべる。

「あ、そうだ。そろそろ、お母さんも帰ってくるよ」

え? 思わず訊き返しそうになった声を押しとどめる。

母は八時から三時まで役場の事務のバイトをやっていて、五時から九時すぎまで、港にある定食屋で働いている。相変わらず昼と夜の仕事をかけもちしてるけど、東京に比べると天国みたいだと母さんは言う。どちらも徒歩十分圏内だし、給料は安いけど、この島での家賃や生活費は東京の三分の一くらいだって、たまに一緒に食べる夕ご飯のとき、笑って話してくれることがある。

「まだ、六時すぎだぞ」

「お兄ちゃん、初めての大阪遠征の試合の日だから、きっと疲れてるから、お店でおいしいものを分けてもらって、帰って家族みんなで食べようって、お母さん、言ってた」

得意げに話す暁空はそこまで言うと、急に生真面目《きまじめ》な顔になる。

「ぼくも、ボクシングやりたい」

そういう弟の目を初めて見た。小学四年生の平均身長に足りない俺より十センチ以上低く、体重は十キロ台。普通の小学一年生と比べたら身体的ギャップは計り知れない。それになにより、学校にも通えないほどの重い病気を幼い頃から抱えている。

「無理じゃないよね。ぼくだって頑張ればできるよね。お兄ちゃんの弟なんだもん」

俺はなにも言えなくなる。と、そのときだ。背後の玄関が開いた。

暁空が目を動かし、俺が振り返る。仕事を早上がりした母さんが立っていた。

「あら、おかえり。暁空はなにやってるの、寝てなきゃダメでしょ」

言いながら母さんは俺の顔を一瞥《いちべつ》して、大きく肩の力を抜く。

「ああ、よかった──」

脱力したように両手で持っている買い物袋とかバッグとか手提げ袋を、玄関口の土間に下ろす。

「よかったって、なんだよ？」口を尖らせて俺が訊くと、

「殴られたり蹴られたりして、暁が怪我《けが》してたら、どうしようかと思ってたの」

「ボクシングに蹴りはないよ」

ガサッ。俺が言った直後、白い買い物袋が横に崩れる。なかから消毒液やら絆創膏《ばんそうこう》やら湿布やら痛み止めやらが足元に飛び出す。

「あっ」

慌てて母さんが袋に戻そうとしてしゃがみこむ。

「なに、それ？」

「え、ううん。なんでもないわよ──」

気まずそうな表情で取り繕《と　つくろ》うようなごまかし笑いを浮かべる。俺はため息をつく。

「あのなあ、最初からボコボコに殴られて、傷だらけで帰ってくるみたいな、勝手な思いこみっていうか、そういう大前提やめてくんないかな」

「だって、暁は身体だってそんな大きくないし、いままで運動なんてやってこなかったし、それにお母さん、あなたがどれだけボクシングができるか知らないし。だから、とりあえずっていうか、ほら、備えあれば憂《うれ》いなしっていうじゃない？」

これがうちの母さんなんだって、つくづく思う。

そして言葉にできないけど、母さんには感謝している。女手ひとつで二人の息子を育てる苦労は並大抵のことじゃない。それでも愚痴《ぐち》を吐くでもなく、気丈に明るく振る舞って、暁空の看病まできちんとこなしている。勝手にボクシングを始めた俺のことも結局は許し、こうやって怪我の心配までしてくれてる。しかも朝から夜まで働いて、いなくなってしまった父さんの役目まで背負って頑張ってるんだ。

「全戦全勝だった。相手選手に一発も殴られなかったし、かすりもしなかったよ。こう見えて俺、強いから。だから、そんな心配しなくていいよ」

「ええ！　そうなんだ！　やっぱりお兄ちゃんはすごい！」

横で聞いてた暁空が声を上げる。さっきよりもっとうれしそうな顔になってつづける。

「ねえねえ、お母さん、今度、お兄ちゃんの試合を観に行こうよ！　ぼく、絶対に観に行って応援したい！」

「なに言ってんだよ、暁空。お前、体を治すことが先だろ。それに俺がちゃんとした試合に出られるのは五年生になってからだぞ。今日のはただの練習だから」

「そうよ暁空。あなたはまず健康になって、学校に行けるようにならなきゃ、ね。そしたらいつでもお兄ちゃんの試合、観に行くことができるようになるから」

母さんがなだめるような口調で優しく説く。たちまち暁空は唇を尖らせてしゅんとなる。

「——だって、そんなの、いつになるか、わかんないもん」

下を向いたまま、力のない声でぽつりとつぶやく。

「なに言ってんだよ。お前がそんなこと言ってどうすんだよ?」

「お医者様だって、必ず良くなるっておっしゃってたじゃない。いまが大切な時期なんだから、きちんと治しましょ。それにはあなた自身が治るって信じなきゃ」

「——もう、いい——」

肩を落としてダボダボのパジャマ姿の背を向け、暁空はとぼとぼと奥の部屋へ戻ろうとする。いたたまれなくて、思わず俺は暁空の二の腕を摑む。その瞬間、ハッとする。こんなか細い腕だったっけ——弟に触れたのは久し振りだ。一緒になってじゃれ合ったり、遊んだりしなくなってずいぶん経つ。

「暁空、待てよ」

「もう、いいよ」

だだをこねるように腕を振り払おうとするけど、もちろん俺の力のほうが強くて、振《ふ》り解《ほど》くことはできない。

「いまは試合を観ることは無理でも、明日、ボクシンググローブを借りてきてやるよ。お前の手にバンデージを巻いて、グローブをつけてみたくないか?」

「ほんと?」

「ああ、ほんとだ。約束する」

これまでも暁空はボクシングにすごく興味を持っていた。グローブをつけてみたいとか、サンドバッグを殴ってみたいとか、パンチングミットを打ってみたいとか、俺の練習内容を聞いては、自分もやってみたいってうるさいくらい繰り返していた。身体の心配があって、レンさんの家まで行けるわけないし、それにボクシングの備品を貸してほしいなんてずうずうしいことは言えるわけもなく、これまでは「無理だよ」のひと言で片づけていた。

でも明日、レンさんに頼んでみよう。今日のスパーリングは全勝したし、弟の病気のことを正直に打ち明ければ、きっとOKしてくれるはずだ。

「だから、ちゃんと布団に戻って休んでろ」

「今日の晩ごはん、暁空の大好きな野菜焼売《シュウマイ》を作るからね。食べられるでしょ?」

母さんも笑顔になって言葉を継ぐ。

「うん」素直に肯いて、白い歯をのぞかせ、暁空もまた笑顔を取り戻す。

母さんも俺も、ほっとした表情でお互いの顔を見る。

「ありがとう、暁」

母さんが小声で言う。俺は黙って肯く。

たとえ苦しくて辛いことが多くても、俺は家族が大好きだ。

早く暁空の病気が治って、母さんの仕事が楽になって、毎日の暮らしに余裕が生まれれば、それだけで幸せになれるんだ。いつだって俺はそんなふうに考える。

そのために俺は強くなる。家族三人で幸せになるために。だって、レンさんは強くなれば世界が変わるって言ってくれた。あの人は嘘を言わない。俺はあの人を信じてる。だから絶対にボクシングが強くなる。もっともっと。

◇

ピンポーン。その夜、午後七時すぎに呼び鈴が鳴った。島の秋がゆっくりと深まりつつある、九月下旬のことだ。

ちょうど暁空を起こして、二人で台所のテーブルに座り、母さんが作ってくれた夕ごはんを食べようとするタイミングだった。

「だ、だれ？」

暁空なりに不自然な時間の来訪だと思ったようで、眉《まゆ》を寄せて顔をしかめる。

「うん。俺が出るから。お前は食べてろ」そう言って立ち上がり、玄関口へ向かった。

白ガラスの古い格子戸越し、街灯に照らされた人だかりの影がぼんやりと映る。その瞬間、ぞわりと嫌な予感が背筋に走る。

「あの、誰？」

言うなり、ガッと力ずくで乱暴に格子戸が横開きになる。

夜闇《よやみ》の向こう側に立つ複数の影を視界で捉《とら》えて全身が強張《こわば》る。

「よお、平井。ちょっと付き合えや」

宮前だった。その後ろには佐藤や沖村のほか、二、三人いる。

「な、なんで、お前ら、家にまで――」驚いてそこまで言いかけたところ、

「お前、ちょこまかちょこまか、逃げ回ってばっかじゃろが。ええかげん頭にきたけえ、家まで押しかけたんじゃ」

へへへ、と横に立つ佐藤が頬を歪《ゆが》めて意地悪げに笑う。

「こいつの母ちゃん、九時すぎまで帰ってこんから。港のほうの定食屋で働いとるけえな」

「おまけにこの家には父ちゃんがおらんけえの」

沖村が訳知り顔でつけ足す。

そういうことか。俺は察する。狭い島では誰の親がどこでなんの仕事をしているか、すぐにわかってしまう。それにしても父親がいない家庭で、母親が不在のタイミングを狙って、家にまで押しかけてくるとは。そこまでの事態は想像してなかった。

「さっさと出てこいや、平井。余計な手間、かけさせんなよ」

威圧的な声を宮前が押し出す。

「なんでここまでするんだよ。普通じゃねえだろ」

「お前、ボクシング習ってんだろが」ぎりぎりと射るような目で宮前は睨んでくる。

「しかも。笹口《ささぐち》先生の家行って、個人指導してもらってんだってな」

「どうして、それを?」

「三年の横川《よこかわ》の家があそこの近くにあるんじゃ。ほいでもって、横川はお前が出入りしとるのを何回か見とるんじゃ。倉庫でサンドバッグ打ったりしとんのもな」

佐藤が後ろを向きながらそこまで言って、「そうなんじゃな?」と訊く。

背後に立っていた小さな男子が怯えた感じで肯く。

そこまで聞いて、おおよその察しがついた。俺は玄関口を出て足を進める。

「どこまで行くんだ?」

歩きながら覚悟を決めて宮前に訊く。

「すぐそこの浜でええじゃろ。このあたりはお前ん家《ち》以外は誰も住んどらんし、そんな時間はかからんけえの」

返事はせず、俺は足を速める。この状況を暁空に知られたくない。見られたくない。あいつがこんな場面に出くわせば、パニック状態になってしまう。それだけじゃない。母さんに伝わってしまうと大騒ぎになり、ますます余計な心配をかけてしまう。

秋の月明かりの下、家から数十メートル離れた砂浜に降り立つ。打ち寄せる穏やかな波の音が響き、そう遠くない場所から虫の鳴き声が聞こえてくる。

俺が足を止めると、五人も足を止める。真ん中にいる宮前に目を据えて俺は切り出す。

「だから、なんだってんだよ。俺がボクシングやってたら、なんか悪いのかよ? 俺の勝手だろうが。仲間を引き連れて、夜に家までくることか?」

なかば開き直って強い声を向ける。母さんの顔が頭に浮かぶ。それを強引に押しやる。

「お前、いちいちムカつくんじゃ。その言葉づかいも、スカした態度も、なんもかんもな。それにちっこい体しとるくせに、なにがボクシングじゃ。しかも公民館の教室じゃのうて、先生の家で特別に教えてもらっとるとか、ほんま腹が立つんじゃい」

宮前がずいと半歩踏み出してくる。「おう、わかっとんか？」

「わかるわけねえだろ、そんな言いがかりなんか」

「なんだとこら」

Tシャツの胸倉をぐいと掴まれ、宮前のごつい右手で下顎《かがく》を締められる。すごい握力だ。ギリギリと喉元が圧迫される。

「田舎《いなか》もんじゃいうてナメとったら、えらい目に遭うで、チビ。おっ？」

「国男くん、ボクシングの勝負でやっつけるんじゃなかったんか？」

沖村が遠慮がちな声で思い出したように口を挟む。

「あ、そうじゃった。こいつがあまりに生意気じゃけえ、忘れるとこじゃったわ」

言いながら宮前は、突き飛ばすように俺を掴んでいた手を離す。

「こいや、先生から直接習っとるボクシングでかかってきてみい。一対一の勝負じゃ」

両拳を上げて宮前がファイティングポーズを取る。隙《すき》だらけなのがひと目でわかる。

「かっこええぞ、国男くん。やっちゃえやっちゃえ！」

佐藤がけしかけ、宮前はニヤリと笑う。

「早く構えろや。これはケンカやない、ボクシングの試合じゃ。ガチにこいや」

東京と違って小さな町だから、島の人たちと仲良くしてね、お願いだから、暁。

引っ越してきたとき、母さんが真顔で訴えるように告げたこと。

けど――。もう耐えられない。それでも最後の最後でぐっと踏みこらえていたのは、絶対にボクシングをケンカで使うなとレンさんに言われていたから。

「どうした？　かかってこんのなら、こっちからいくで！」

目の前に立つ宮前の巨体が月明かりを受けて揺れる。と、そのときだ。

「――お兄ちゃん、なにやってんの？」

！

背後から突然その声が届き、大きく驚いて俺は振り返る。パジャマ姿で裸足《はだし》の暁空が砂浜に立っていた。青白い顔が月光に照らされて、いつもよりさらに病的で弱々しい感じに映る。いきなり現れた暁空に、宮前たちもびっくりした様子で動きを止める。

「なんで、だまって、おうち出てっちゃったの。ぼく、不安になって――」

そこまで言ったところで、か細い声色がかすれ、次の瞬間、暁空はふらっと身体を揺らしたかと思うと、そのまま膝から崩れるように砂浜に倒れた。

「あ、暁空っ！」

慌てて駆け寄って俺は弟を抱き起こす。

瞼を閉じたまま、なんの反応もない。

「暁空、いますぐ帰ろう。な？」

俺は無反応の弟を抱えて立ち上がろうとする。だが、小さな体軀《たいく》でも意外なほど重さがある。両膝に力をこめて砂浜に踏ん張る。よろけそうになるがなんとか立てた。けど、砂に足を取られて不安定で、ちょっとでもバランスを崩すと二人して転びそうになる。

「待てや、平井！」

宮前の重い声がすぐ近くで響く。

「いまはもうそんな状況じゃねえ！　見ればわかるだろがっ！」

俺もまた怒鳴《どな》り返す。すると、宮前が近寄ってきて、

「お前の弟なんか？」

真顔でのぞきこむように暁空を見つめ、声を落として訊いてくる。

「ああ、そうだ。こいつ、病気なんだ。だから、今日はもうやめだ！」

大声で叫んで俺は宮前から引き離すように、慌てて砂浜に一歩を踏み出す。

ぐらっ。いきなりふらついた。倒れるものかと、中腰になって必死で踏ん張って、暁空を抱えた両腕にも力をこめる。それでも足元がぐらぐらする。

「危なっかしい。わしに任せろや」

いきなり全身が軽くなる。宮前が暁空を奪うようにすっと難なく抱き上げて歩き出す。

「なにすんだっ！　やめろ！　俺の弟に触んなっ！」

すると突然足を止め、宮前は怒りで吊りあがった両目を向けてくる。

「そんな状況やないって、さっきお前が言うたよな。早く家で寝かしてやらんとかわいそうじゃろが。兄貴のくせにそんなこともわからんのか！」

そう言い捨て、ずいずいと砂浜を進み、家へと歩いていく。返す言葉を失って、慌てて後を追う。あっけにとられていた佐藤や沖村たちもまた小走りで宮前についていく。

宮前に運ばれて暁空は家へ連れられると、奥の間の布団に寝かしつけられた。

「もう大丈夫だぞ、暁空」

気を失ったまま寝てしまった弟の額に、濡れタオルをそっと当てて小声で告げる。かすかに寝息が聞こえる。激しい発作にならなかったから問題ないだろう。時計を見ると、午後八時すぎだった。あと一時間もしないうち、母さんが帰ってくる。

「じゃあ、行くわ」

言葉少なにそれだけ言うと、隣で正座して暁空を見下ろしていた宮前が立ち上がる。

「あ、ああ――」俺もまた立ち上がって宮前の後ろを歩く形で玄関へと向かう。

先ほどまでの砂浜でのケンカ腰は影を潜め、宮前は寡黙になっていた。

玄関でスニーカーを履き、「じゃ」とだけ言ってそのまま立ち去ろうとする大きな背に、思わず俺は声をかける。

「あ、ありがとな――」

元はといえば、宮前たちがいきなり家に押しかけてきたことが原因だ。だから礼を言うのは筋違いな気がしたけど、暁空をいたわってくれたことに変わりない。

普段とはまるで違う、宮前の意外な優しさを目の当たりにして、俺は戸惑っていた。

「お前に弟がおったとは、わし、知らんかった。てっきり一人っ子かと思っとったわ。学校でも見たことないし」

「ああ。幼い頃からずっと病気で、学校に通えないんだ」

「そうなんか」

「あ、ああ」

「かわいそうになあ」

心から案じるように宮前がぼそっとつぶやく。

「早く治るとええな」

「――うん」

「今夜のことはすまんかった。こんなことになるとは思っとらんかったから。本当にごめん。もう二度とこんな真似はせんから」

殊勝《しゅしょう》に頭をぺこりと下げると、宮前は踵《きびす》を返して出ていった。外で待っていた佐藤や沖村たちが宮前に駆け寄っていく。どこか丸まった背になって歩く宮前の後ろ姿が、暗闇に溶けて見えなくなるまで、俺は玄関口に立ちすくんだまま、ずっと目で追った。

五

夜の砂浜でのあの事件以来、宮前は俺に手を出さなくなった。どういうことだかよくわからない。暁空の存在が影響しているのはたしかなはずだけど、あえて俺からその理由を訊く気はなかった。いずれにせよ抱えていた悩みのひとつが、うやむやだったにせよ消えたことで、さらにボクシングに集中できる環境になった。

やがて秋本番となった十月半ば。前々からレンさんに言われていたアマボクシングの演技認定試験を受けるため、ふたたび大阪へ行く。十歳から十五歳までの小中学生がアンダージュニアの公式戦に出場するにはいくつかの条件をクリアしなければならない。まず選手の所属する団体が都道府県のボクシング連盟に加盟し、一団体につき一名以上の役員の登録をすること。役員の登録がなければ試合でセコンドに就けない。また試合出場には選手登録が必要で、連盟に書類を送付のうえ規定の登録費用を納付する必要がある。さらに試合出場には一定以上の技術と実力があることを証明するために、C級認定に合格することが条件になる。

これは主に基本動作が確実にできているかを見られ、シャドーボクシングやサンドバッグで力量が評価され、総得点の四十パーセント以上を獲得すれば合格となる。ちなみにC級の演技認定試験を受けるには、ボクシングの練習を開始して半年以上が経過していることが条件だ。俺の場合、レンさんの計画的な根回しによって、成拳ジムに今年の春から所属していることになっていて、合格すれば来年春からの公式戦出場は問題ない。

成拳ボクシングジムから電車で十五分ほどの場所にある工業高校の体育館で試験は行われた。小学生男子の受験者はわずか七名。ちょっと拍子《ひょうし》抜《ぬ》けした。

レンさんから聞いていた通りの基礎的な試験だったため、俺は難なく合格を果たす。

「来年五月からアンダージュニア王座決定戦の地区予選が始まる。出場権を手にした以上、あとは勝ちにいくで。最短でトップを狙うからな。まあ、小中学生のアンダージュニアなんか眼中にないがな。しょせんは通過点にすぎん」

体育館を出て、歩きながらレンさんが言う。

「通過点って?」

「通りすぎるだけの一点ってことや。けど絶対に気を抜くなよ。負けは許されん。お前は無敗ノーダウンでこれから突き進むんや」

成拳ジムで生まれて初めてリングに立ち、七人もの相手選手との真剣勝負を繰り広げ、俺は悟った。たった一人で闘い抜くボクシングで、結局自分を支えるのは、自分の心しかないということを。相手以上に強い気持ちで挑まなければ負けてしまうということを。

レンさんの厳格さは、俺の肉体だけじゃなく、心までも強くしようとしている。最近になってそれがよくわかってきた。父親のいない俺にとってそれはけっして苦痛じゃない。むしろずっと探し求めていた頼るべき存在にも感じられる。

「俺が強くなれば、世界は変わるんですよね？」

ふいに思い出したように訊いてみる。

宮前たちとの浜辺の一件後、暁空の調子が良くない。母さんも仕事を休んでつきっきりで看病している。家に重々しい空気が漂い始めていた。急《せ》いてもどうにもならないのに、俺は焦ってばかりいる。

「ああ、絶対に変わる」

「でも、ふと思うことがあるんです。強くなって勝ちつづけても、次から次へと強敵が現れてきて、ただ闘いつづけるだけなら、なんか辛くて苦しいことばっかが待ってるようで――」

「その先や」

「先？」

「一点突破で頂点へと登り詰め、本当の強さを手に入れたとき、光眩《まばゆ》い、見たことのない次元が広がる。その場所に辿《たど》り着《つ》けるのはほんの一握りの限られたボクサーだけやけどな」

そう言うレンさんの表情はいつになく真剣で、これまで見せたことのない真顔になった。

◇

五年生になり、俺は生まれて初めての公式戦に臨んだ。

全日本UJ（アンダージュニア）ボクシング王座決定戦大阪府選考会。五月中旬に開催された予選を、三連続KOで完勝突破する。

翌六月初旬、関西ブロック選考会に進み、全戦圧勝で相手選手を撃破。下旬に宮崎県で開催された西日本代表選考会もまた全戦KOで優勝を果たした。

これで八月に神戸で開催される王座決定戦への出場が決まった。

十一歳での全国大会進出は史上最年少ということもあって、一気にボクシング関係者やマスコミの注目を浴びるようになる。アンダージュニアなんか眼中にないと言ったレンさんの言葉通り、俺もまた闘っていて、手応えを感じることも、苦戦を強いられることもなかった。

暁空は絶対に試合を観に行くといって母さんにせがんだけど、病状はいっこうに快方へ向かうことなく、むしろ悪くなっていくように映った。そのため来週から島で一番大きな総合病院に検査入院することになっている。

そんななか、まったく気乗りしない話をレンさんが持ってきた。

「テレビ出演？」

「ああ、そや。とは言っても、そんな大げさなもんやない。成拳ジムに行って、いつもやっとる練習風景と、スパーリングシーンをちょこっと撮影するだけやねん」

「嫌です」

「なんでや？」

「だって、まだプロでもないし、全国で優勝したわけでもないし。西日本代表までのたった数戦を勝ち進んだだけじゃないですか。それに俺、そういうの好きじゃないし」

「そういうの？」

「必要以上に目立つの、嫌いなんですよ。性分じゃないし」

「なに言っとる。それがこれからボクシングで天下取りに行こういう奴の台詞《せりふ》か？」

「強くなればいいって、レンさんは言ったじゃないですか。テレビに出ろとか言いませんでしたよね？」

「アホんだら」

そう言いながらレンさんは俺の頭をぽんと叩く。

「ええか？　これからの時代、セルフプロデュースが大切なんやで」

「セルフ、プロデュース？」

「そや。自分で自分を良く見せること。支持される見え方を磨《みが》いて、人気を集めることや。ボクサーも客商売やぞ。アマでもプロでも、どんなに強くても、人気がなければただの人やねん。現に見てみい。人気のあるプロボクサーは、コマーシャルやマスコミで引っ張りだこやろ。そうなればスポンサーもつく。ぎょうさん金も入る。家族に恩返しすることだって、なんだってできるやろが。利用できるもんはなんでも利用して、全部自分の味方にとりこんで、武器にしたらええねん」

どこまで本気かわからない口ぶりでレンさんはつらつらと語る。

けど、俺の心はざわっと揺れた。金、家族という単語に敏感に反応してしまった。

「じゃ、テレビに出たら、これからボクサーとして、いいことがあるんですね？」

「当たり前や。だからこの話を受けることにした。まあ、世話になっとる金田会長たっての頼みでもあったしな。そのへんの大人の事情も察してやってくれや」

俺の脳裏をよぎるのは苦しげな暁空の顔。頭に浮かぶのは悲しみに暮れる母さんの顔。

「――わかりました。出ます」

「よし。それでええ。だが、そのままじゃ、ちと面白ないねん」

「まだなにかあるんですか？」

「インパクトが大事なんや、インパクトが。特に一番初めが肝心や」

そう言うとレンさんはニヤッと口角を歪めた。

なんか嫌な予感がした。

「お、どこぞのアイドルタレントかと思うたぞ」

レンさんと俺が姿を見せたとたん、成拳ボクシングジムの金田会長が楽しげな声を上げる。ほかの練習生たちもいっせいに見るのがわかる。テレビ局のスタッフ数名はすでにスタンバイしてて、早速カメラを向けられる。とたん顔がカッと熱くなる。

「この時代、ビジュアルも戦略の重要要素ですから」

柄にもなく得意げな感じでレンさんが金田会長に言ってるのを聞いてため息をつく。普段は生真面目で厳格な人だと尊敬してたのに、意外な部分があざとくて少し失望する。

更衣室に向かう途中、姿見に映る自分の顔を見て、さらに恥ずかしさがこみ上げる。

一昨日《おととい》のことだ。いつものようにレンさんの家に練習に行くと、町にある美容室の店長がいて驚いた。一人娘が同じクラスにいるので何度か顔を見たことがあった。

あれよあれよという間に俺は椅子《いす》に座らされ、髪の毛を短く切られて派手な銀色に染められ、それればかりか眉毛は細くというか、ほとんど剃《そ》られてしまった。

最初、暴《あば》れて抵抗しようとしたら、

「これもボクサーとして大成するための大切なステップや思え。テレビ向けの作戦や」

と、レンさんにきっぱり言われて諦めることにした。

もちろん家に帰ると母さんに大笑いされ、暁空にまで吹き出され、翌日の学校では担任の先生に呼ばれて一時間近く説教を食らったけど、元に戻せとは言われなかった。

着替え終わってふたたびジムに入ると、「いつも通り練習してください」とだけ若い男のディレクターに指示される。

ストレッチをすませ、ロープスキッピング、筋トレ、シャドーボクシングと、普段とまったく同じメニューを淡々とこなしていく。違うのは大勢の大人と照明とカメラに囲まれていること。最初の数ラウンドは気になったが、リングに上がってレンさんとミット打ちしているうちに意識しなくなる。

レンさんもまたいつものレンさんに戻って、ボクシングのことしか頭になくなる。

「よしっ！　次はスパーリングや」

レンさんが言い放つ。すぐにカメラとスタッフがリングサイドを囲うようにして撮影位置を決めていく。向かい側のコーナーに立つ相手ボクサーを見て俺は驚く。

ここ半年で俺の身長は十センチ近くも伸びていたけど、それでも頭ひとつ分くらい背が高い。肩幅や骨格の大きさもまるで違う。明らかに大人の選手がリングに上がっていた。

「レ、レンさん――」

「本気でいけ。向こうもマジでくる」

「いいんですか？」

この頃は高校生クラスの選手とスパーリングすることもあった。けど、ここまで年齢と体格に開きがある大人の選手と拳を交えた経験はない。しかも相手はヘッドギアを装着しているのに、俺は必要ないと言われる。これもビジュアル戦略というやつの一環なんですか？　と訊こうとする前、レンさんが真正面から鋭く俺を見据えて口を開く。

「自分を信じろ」

カーン。スパーリング開始を告げるゴングが鳴る。

展開は早かった。ハーフタイムを待つことなく俺は一気に攻勢をかけた。

テレビカメラが回っているせいかどうかは知らないが、相手選手の動きは重くて硬かった。足さばきも鈍《にぶ》く、明らかに練習不足だ。

それでもかなりの体重差と体格差がある。一発もらえば俺の身体は吹っ飛ぶだろうし、当たりどころが悪ければ、そのままKOで負けてしまう。

そのため序盤は動きを観察した。前後左右へと機敏にステップする俺のフットワークに対し、目も足もついてきていないのがわかった。つまり間合いの取り方が下手。自身のファイトスタイルとレンジが確立していないことになる。

俺は素早い左ジャブで牽制して相手の動体視力と反射神経を探る。ガードは高めだが、避ける瞬間、数点の隙が垣間《かいま》見える。反応速度は普通以下。実戦経験が浅い。その証拠に動作の一点一点が分断され、攻防のリズムがすぐに乱れる。

ディフェンス技術も甘い。特に右ボディ。顔面への左ジャブをブロックするたび、右サイドの脇腹がガラ空きになる。

スパー開始前、まさか小学生に負けるわけない、と勝ち気な表情を見せていたくせに、みるみる目つきが怯えていく。それくらいすでに俺の戦意は相手選手を圧倒していた。

というか、なんでこんな見かけ倒しを対戦相手に選んだんだろう。チラリとリングサイドにいるレンさんを見る。するとニヤッと笑う。これもテレビ向けの作戦ってわけなのか。

ダンッ！　俺は勝負に出た。深く左足を踏みこむ。

アウトレンジが一瞬にしてインファイトの距離感に変わる。

ステップバックが遅い。相手選手が足さばきにもたついた瞬間を突き、俺は左右のフックとショートアッパーの連打を顔面とボディの上下へ高速で打ち分けていく。

ガシッ！　グジュ！　ドドッ！　ドグゥ！　ドッ！　ドッ！　ギシッ！　ガゴッ！

ブロックの上からでもかまわずパンチを浴びせまくる。相手選手はすでに防戦一方だ。

みるみる後方へ退いていく。と、ロープに詰まった。ぴたりと相手選手の足が止まり、ヘッドギアからのぞく顔面が蒼白《そうはく》になる。すでに唇が切れている。そこから白いマウスピースがのぞいている。鼻呼吸できないくらいスタミナも切れてる証拠だ。

ふんっ！　俺は隙だらけの右脇腹に渾身《こんしん》の左フックを放つ。

みしっ。肋骨《ろっこつ》に左拳骨《げんこつ》が喰《く》いこむ。ブレイクスルーする勢いで一気に振り抜く。

相手選手の顔が激痛で歪む。あんぐりと完全に口が開く。マウスピースを吐き出す。腰が落ちていく。当然、打点が下がっていく。間合いもスピードもパワーもリズムも、すべてを完全掌握した。ここだっ！　俺は得意の右フックを横っ面に打ち貫いた。

ゴッ！　相手選手の顔が直角に振《ふ》れる。

ロープに身体を預けたまま、膝から崩れ落ちてマットにダウンしていく。

ドドッ。俺の足元にひれ伏すように倒れて動かなくなる。

「おおーっ！」

感嘆と驚きの混じった大人の声がいくつも重なる。

一方的な猛打の嵐《あらし》で俺は圧勝を飾った。

◇

これで撮影が全部終わったと思っていたら、

「じゃ、最後にインタビューをお願いします」

とディレクターに言われる。

レンさんを睨むと、腕組みしたまま、早く行けと顎で指図されてしまう。いまさら拒否することも無視することもできない。ボクサーとしての今後の活動が家族のプラスになるのなら、という思いですごすごと女性レポーターの待つ窓際のベンチに向かう。話すことが大の苦手なのに、なんでこんなことまでしなきゃならないんだ、と苛立《いらだ》ちながら。

ボクシングを始めた動機とか、小学校での普段の一日とか、強さの秘密とか、ガールフレンドはいるのかとか、次から次へと繰り出される脈絡のない質問にしどろもどろになって答えていくうち、最後の最後で訊かれた。

「平井君、将来の夢はなんでしょう？　オリンピックの金メダル？　それともプロに転向して世界チャンピオン、かな？」

その質問に、しばし俺は考える。将来と訊かれ、言葉と思考が止まる。俺なんかが将来の夢を持てるのだろうか。強くなれば本当に世界は変わるのだろうか。

その瞬間、ふと思い出す。遥か昔のことを。

シロと一緒に下校中、他校の上級生三人にボッコボコにされたあのときのことだ。

仰向けになったまま泣きながら声を吐いた。残された力を振り絞るようにして。

「強くなりてえなあ。めっちゃ強く——」

あの願いは本心だった。

強くさえなれればあとはどうなったっていい。本気でそう思っていた。

そしてそれはいまも変わることがないばかりか、俺はボクシングを始めて強くなりかけてるんだ。

その先は——俺が目指すその先にあるものは——。

「強くなりたい。もっともっと、強くなりたい。ただそれだけです」

気がつけば、こみ上げる思いが、自然に言葉になっていた。

カメラを見つめたのは、レンズの向こう側でシロが見ているような気がしたからだ。

不思議だけど、そのとき俺はそんなふうに感じたんだ。

六

通過点——レンさんの言葉通りだった。八月に神戸で開催された全日本UJボクシング王座決定戦、俺は全戦KOかRSC勝ちを収め、三十七キロ級で優勝を果たした。

暁空は病状が思わしくなくて、夏の間ずっと入院し、塞ぎこみがちだった。でも、俺が初の大会で日本一になったことを報告してトロフィーと賞状を見せると、満面の笑みを浮かべて自分のことのように狂喜した。

「すごいなあ、お兄ちゃんは。ぼくも退院したらボクシング始めるんだ」

ベッドに横になったまま、暁空は目を輝かせて言う。

「そうだな。元気になったら、一緒にトレーニングしよう」

「うん、絶対だよ！　約束だからね」

「ああ。母さんは俺が説得してやるから」

「やったあ」

島に越してきてからもほとんど寝たきりで、外を歩くこともできない暁空。本当に病気が治るんだろうか、と真剣に考えるときがある。母さんは詳しいことを話したがらない。

「治るんだよね？」って訊くと、「当たり前じゃない」と真顔で返してくるのを見ている限り、不治の病《やまい》というわけではないんだと安心する。

母さんはそういう嘘を言う人じゃない。なんでもすぐ気持ちが表情に出る人だから。

「ねえ、聞いてる？」

暁空の声でハッとする。

「いまのぼくの話、聞いてなかったでしょ？」

「ああ、ごめん。ちょっと考えごとしてた」

「お兄ちゃん、毎朝どこまで走ってるの、って訊いたんだよ」

唇を尖らせて言葉を向けてくる。今日は体調が良さそうだ。感情を露《あら》わにした顔を目の当たりにしてホッとする。治らない病気なわけない。そう自分に言い聞かせる。

「とにかく山側に向かって、アップダウンを駆け抜けるんだ。そうだな、大きな峠を四つは越える。その後、すっげえ登り坂になって、うんと山道が険しくなって、この先は進めないのかなってくらい、暗い森みたいになって、けどフットワークの練習だと思って、次々と木を避けて走っていくとさ」

うんうん、と、声にならない真剣な表情で肯きながら、暁空は話に聞き入っている。

俺もまた弟の目を見て、毎朝の情景を思い浮かべて言葉をつづける。

「そしたらな。いきなり目の前がパアッと開けるんだ」

ごくん、と暁空が息を吞《の》む。

「朝陽を浴びてきらきら輝く、真っ青な海が目の前、あ、違うか、足元から下のほうに、ぐわって広がるんだ。その向こう側には、緑色の島がいっぱい見える」

「すごい――」

「すげえよ。俺はその道を発見してから、もう景色に取り憑かれちゃってさ。走るのはマジ辛いし苦しいけど、走ってなかったらそんなの見ることできなかったわけだし。しかも天気とか季節とかで、どんどん色とか光とか匂いとか風とか、全部が変わっていくんだ。だから飽きることがない。お前にもいつか必ず見せてやりたいって、そう思いながら、毎朝俺は山道を走って、あのすんげえ景色を瞼の裏に焼き付けてる」

ほとんど寝たきりで、家とか部屋とかに囲われてる弟に、自分が毎朝眺めてる信じられない景色を伝えたくて、俺は一気にしゃべり通す。

「だから、早く元気になれよ。そしたら、あの景色を一緒に見に行こう。朝陽を浴びて、きらきら輝く海を。絶対だぞ」

暁空は唇を結んで深く肯く。早く元気になりたい。僕だってボクシングをやりたい。強くなりたいんだ。そういう切ない想いが滲み出るような瞳で、暁空は俺を見つめる。

その後も俺は闘うことにのめりこんでいく。

小学六年生に進級する春休み。レンさんは一時的に島を離れてしまった。一年以上前から契約が決まっていたという、義理のあるボクシングジムでのコーチングのため、夏の終わりまでの約半年間、東京へ行くことになった。その期間中、俺は全国大会をはじめとする大切な公式戦が目白押しだ。レンさんのかわりは金田会長が直々につとめることになっ

ていた。それでも半年近くものレンさんの不在を聞かされて心細くなっていると、

「これもメンタル修行のひとつや思うて、心を強く持って闘えよ。俺がしばらくおらんくらいで負けるようでは、本物の強さを手に入れることなど絶対にできんぞ」

鋭い目で諭《さと》すように告げられた。そうしてレンさんは島を離れ、東京へと旅立った。

三月下旬。開催された全国UJボクシング大会の四十キロ級決勝戦。俺は2R開始早々、得意のインファイトに持ちこみ、左右フックの猛打でレフェリーストップを決めて優勝を果たす。去年八月の全日本UJボクシング王座決定戦につづき、これで全国二連覇を達成した。しかも無敗で、一度もダウンしなかった。レンさんは一時的にいなくなったけど、見事言いつけを守った形で、俺は軽量級トップに君臨する。

小学校では誰もが俺に一目置くようになった。同級生も下級生も先生たちも、島内始まって以来の快挙といえる記録を手放しで喜び、祝福してくれた。

暁空もそれは同じだったが、一進一退を繰り返す病状に精気が削られるように、覇気がなくなっていく。ボクシングをやる約束も、山を走って海と島を眺める約束も、すべてが叶わないまま新しい春を迎えた。

小六になって間もない四月のある日のこと。先生たちの研修で午後の授業がなく、いつもより早めに一人で病院へ向かった。病室のドアノブに手をかけようとして、思わず動きが止まる。なかから暁空の笑い声が聞こえてきた。久し振りに聞く笑い声。そこに別の男の笑い声が重なる。一瞬、まさかと俺は耳を疑う。でも暁空と楽しげに話しているその声

色を俺が忘れるわけない。ノックせず、思い切ってドアを開ける。

やっぱり。視界の向こう側に座る男もまた、驚いた顔でこっちを見ている。

「あ、お兄ちゃん」

暁空が朗《ほが》らかに声を上げて笑いかけてくる。

その横には、いつも俺が腰かける丸椅子に、宮前が座っていた。

「国男くんがマンガとかゲーム持ってきてくれたよ。いまはね、国男くんのスマホでアニメ観てたの。お兄ちゃんも一緒に観ようよ」

睨みつけるように俺が目を動かすと、宮前はバツ悪そうに苦笑いを浮かべた。


「なんでお前がこんなとこにいるんだよ？」

飲み物を買ってくるからと告げて、俺は宮前を促して病室を出た。

一階の総合受付の隅のベンチに、やや距離を空けて俺たちは座った。

「ここの院長先生、親父《おやじ》の友だちやから。この間、家に遊びにきたとき、ひょんな流れで平井の弟が入院しとるって、わし聞いての」

「そういうのって個人情報じゃないのかよ？」

「ここは東京とは違うんじゃ。狭い島やで」

「なんで暁空の部屋にきた？」

するど宮前は唇を結んでなにかを考えこむように黙る。前に砂浜で倒れた暁空を抱き上げ、家まで連れていったときと同じで、宮前はいつもの乱暴者の感じじゃない。

「なんとか言えよ」

気まずい沈黙にしびれを切らすように、つい語気が荒くなる。

「――わしな。暁空と同い年の妹がおったんじゃ。夏帆っていう」

俯いたままで宮前がぽつりと言う。意外なことを切り出され、俺は横に座る宮前を見やる。

「男の子みたいに元気な妹でな。もちろん女の子やから暁空とは違うけど、雰囲気というか背丈や顔つきが、どことなく全体的に似とってな。あの夜、浜で見たときはちょっと驚いた。暗がりやったこともあったけど、夏帆が生き返ってきたんかと思うたほどや」

ふたたび沈黙が流れて、お互いが黙りこくる。俺は返す言葉が見つからない。

ややあって、宮前は深い嘆息を漏らして顔を向けてくる。

「死んだんじゃ。ちょうど二年前の春。下校途中、トラックが歩道に突っこんできての」

いきなり頭を殴られたような衝撃を受ける。宮前は表情を欠いた面持ちでつづける。

「その日、わしと近所の堤防へ釣りに行く約束をしとってな。下校の途中、釣り具屋に寄ってエサを買うてきてくれって頼んだんじゃ。もし頼まんかったら、あいつは事故に遭わんですんだ。わしが殺したようなもんじゃ」

絞り出す声が震えている。俺は宮前から視線を逸《そ》らしてしまう。

「この二年間、一日だって忘れたことがないわ。事故の直後、この病院に運ばれた夏帆は、それまでの夏帆じゃのうなっとった――」

そこで宮前は言葉を切り、ゆっくりと立ち上がる。

「夏帆の部屋はいまもそのままでな。あいつが好きじゃったマンガとかゲームがたくさん置いたままになっとって、見るたびにいつも切なくなってな。今日、なんとなく暁空に持ってってやろうって思いついたんじゃ。ずいぶんと長い間、入院しとるいう話じゃったし。余計なことして、すまんかった」

巨体を縮めるみたいにして、少しだけ頭を下げると、宮前は歩き出す。

「あいつ、あんな笑わなかったんだよ」

思わず俺は宮前の背に声をかける。

「ここんとこ元気なくて。母さんや俺が見舞いにきても、あんな笑うことなかった」

「そうなんか?」

振り向きながら、宮前は素の声を出す。

「ああ。だから、また遊びにきてやってくれ。この島に引っ越してからも、ほとんど外に出てないから友だちいないし。家族以外の誰とも交流ないから」

「わしなんかでええんか? お前は平気なんか?」

「俺じゃなくて、暁空に会いにくるんだろ」

「ああ、そやけど――」

「だったら俺のことなんか関係ないよ。たまに会って、笑わせてやってくれよ」

宮前は唇を結んで俺を見る。

「でもって、これまでのことはお互い水に流そう。どうだ?」

「あ、ああ」

返事しながら初めて宮前は小さく笑い、そこで思いついたように声を上げる。

「そや平井、おめでとうな。アンダージュニアの全国二連覇」

目と目が合った。宮前はちょっと恥ずかしそうな顔でつづける。

「すごいってわしは思っちょる。お前のことを。島の誇りじゃ」

「ああ、うん。サンキュー」

真正面から言われるとなんとなく照れくさくなり、手を振って俺は廊下を進む。ずっとわだかまって胸の奥につっかえていたなにかが、すっと溶けてなくなったみたいだった。

◇

七月に入った。今年は空梅雨で、ほとんど雨が降らないまま、どんどん暑くなる。まだ初旬なのに、早くも油蟬《あぶらぜみ》が鳴き始めた。室内の温度は三十度をゆうに超えている。

レンさん不在の夏、俺は変わることなく倉庫での練習に明け暮れた。

あと一ヵ月ちょいでレンさんは帰ってくる。そのときまでにさらなる成長を遂げていようと心に決め、一人きりでも過酷な練習をつづけた。

この頃、俺はボクシングが楽しくてしょうがなかった。

今年の全日本UJボクシング王座決定戦も、大阪府選考会、関西ブロック選考会、西日本代表選考会をすべて勝ち抜き、来月、福岡県で開催される王座決定戦への出場が決まった。クラスは四十三キロ級。ここにきて俺の身体はみるみる大きくなった。背は百五十五センチを超えた。この二年余りで身長は二十センチ以上、体重は十キロ近くも増加した。必然的にパンチプレッシャーが格段に向上したと実感する。サンドバッグやパンチングミットを殴っても、拳骨に響く手応えと打音がまるっきり違う。

成拳ボクシングジムには月二回のペースでスパーリングに行った。中学生を含めたアンダージュニアの選手はもう相手にならない。高校生または大学生のアマ選手か、十六歳以上のプロ資格保有者が次々とリングに上がってくる。それでも俺は絶対に負けない。

そうして八月中旬、レンさんが島へ戻ってきた。

「大会は順調やったようやな。明日は久々に成拳ボクシングジムへ一緒に行くぞ。俺がおらんかった間、どんだけ自主トレで鍛え上げたか、見させてもらうからな」

約半年振りの再会でもレンさんは相変わらずクールなままだ。

「マジで大化けしよったなあ」

リングサイドで俺のファイトをじっと見守る金田会長が、呆れたような口調でぼやく。

「ミニマム級かライトフライ級の六回戦ボーイでも、もう勝っちゃうんかいの、レン」

「さあ、どうでしょうね」

「島じゃ最初からずっと三分間で練習しよるんやろ？　この間、本人から聞いて驚いたで」

「九十秒スパンはアマ公式戦でしか、アカは知りません」

「パンチやディフェンスやフットワークもすでに満点やが、そのスタミナこそまさに天下無敵の一級品か。こわいもんなしやな」

スパーリングのインターバルでコーナーポストに戻って呼吸を整えている最中、二人はアドバイスもそっちのけでそんな会話をしている。

「で、あの件、本人には話したんかいな？」

「いえ、まだですが」

「前向きに頼むで。ジム経営のためや思うてきちっとまとめてくれよ。悪い話じゃないし」

「まあ、本人と家族次第ですから。いずれにしても今月の全国大会の結果如何《いかん》で決めましょう。まだ三連覇達成かどうかもわかりませんし」

「へ、決まったようなもんやろが」

はははは、と金田会長が笑ったところで3R開始のゴングが鳴る。即座に俺はファイトに全神経を集中させてリング中央へと向かう。相手選手の出足は遅い。その顔にはすでに敗戦の色が濃く滲《にじ》み出ている。

真っ白な入道雲が浮かぶ群青色《ぐんじょういろ》の空に悠然と鳶が舞っている。ピーヒョロロロロウと独特の声で高らかに啼く。この頃気づく。この島をどんどん好きになってることを。

東京での生活とは真逆だ。もうあそこには戻りたくない。母さんの選択は正しかった。ここは広い空と美しい海ときれいな空気が満ちている。朝陽を浴びてきらきら輝く真っ青な海を見下ろしながら、そんなことを思う。

視界の遥か向こうには、深緑色でこんもり盛り上がる小さな島が無数に映る。いつか必ず見せてやりたい、一緒に見ようって暁空と誓った約束はいまだ果たせないままだ。そればかりか暁空の病状はいっこうに良くならない。

「一度、大阪か神戸の大学病院であらためて検査入院したほうがいいでしょう。こっちの設備だと限界があるし、院長も紹介状を書くと言ってますので」

つい先日、母さんが病院の廊下で担当医師と話しているのを偶然聞いた。何度も何度も母さんが頭を下げてる姿がひどく印象的というか、痛いほど心に刺さってしばらく離れなかった。なにもかもが軋《きし》んで、砕《くだ》けようとする音が、ふたたび鳴り始める。

すぐに不安を打ち消す。もう前とは違う。俺にはボクシングがある。

俺は国内最強の小学生ボクサーの一人なんだ。そう言い聞かせて波打つ心を鎮める。

俺は強い。世界を変えることができるんだ。家族を幸せにすることができるんだ、と。

「アカ、来年は金田会長んとこでしばらく世話になるつもりはないか?」

八月下旬。福岡県で開催された王座決定戦。決勝戦の相手は青森県の同い年。小学二年生からボクシングの英才教育を受け、過去二回、四十三キロ級で全国制覇している強豪だった。でも、敵じゃなかった。1R中盤で俺の右フックが左ボディにめりこみ、あっけなく膝をキャンバスマットに突く。カウント8で再開された直後、同じ箇所にまたも右フックを決め、RSC勝利を収めた。表彰式を終え、控《ひか》え室《しつ》に戻る廊下を歩いていると、唐突にレンさんがそう切り出した。

「どういう意味ですか?」

思わずのぞきこむようにレンさんの顔をまじまじと見る。

「そのままだ。来年、中学に上がるタイミングで大阪に引っ越して、金田会長んとこで本格的に練習生として鍛えないかってことや」

「大阪に引っ越すって――」

あまりに突然すぎて返す言葉を失う。

「金田会長宅に住みこみで中学に通えばええ。そしたらどっぷりボクシングの練習に集中できる。スパーのためにわざわざ遠征する必要もない。会長も奥さんもすでに了解してる。全国三連覇を果たしたら話すつもりやった」

この前、成拳ボクシングジムへ行ったとき、リングサイドでレンさんと会長がしゃべってた場面をおぼろげに思い返す。俺が知らないところでそんな話が持ち上がっていたなんて。

「どうだ？」

　矢継早に言葉を重ねてくるレンさんに俺は首を振る。「試合直後の選手に言う話です？」

「楽勝だったろ？」

「俺一人で決められることじゃないです」

　胸中にめぐる思いをそのまま声にする。頭のなかに母さんと暁空の顔が浮かぶ。

　けど、悪い話じゃない。いや、こんなチャンスめったにない。そう考える自分がいる。

「そやな。お母さん、心配だよな。弟くんのこともあるしな」

「もし、俺が行っちゃうと、レンさんはどうするんですか？」

「お前が大阪なら、俺も大阪に決まっとるやろが」俺の顔を見てニヤッと笑う。

「話はこれで終わりやない。いろんなオプションが付いとる」

「オプション？」

「そや。オプションや」

「なんなんです？」

「まあ、ぶっちゃけ言えば、成拳ボクシングジムの若きスター選手のために、あれこれ面倒を見てくれるっちゅうわけや。金田会長はそういうつもりや」

「面倒？」

「ああ。とりあえず高校生になるまでの三年間、成拳のボクサーとして活躍してくれるんなら、衣食住の世話はすべて任せておけと会長は言っとる。もちろん、ジムの会費や経費もかからん。それだけやない。大阪や神戸には大きな病院がたくさんある。弟くんのことを話したら口を利いてくれるそうや。入院費や治療費の便宜も図れるらしい。ま、地元じゃ顔が広い人やからな」

「ほ、ほんとですか？」

暁空の病院の話を聞かされ、鼓動が速まる。

「ああ見えて会長は鋭いおっさんや。ここんとこテレビや雑誌に出て、アカの人気と注目度は急上昇しとる。そこにきて今日で全国三連覇や。しかも無敗ノーダウン。アンダージュニアの記録としてはすでに前人未到の域に突入した。当然、アカに狙いを定めたスカウトの話が今後いくつもくるやろう。会長はそこまで見越してアカのマネージメント権を確保しておきたいっちゅう目論見《もくろみ》やねん。それに会長は今後、ジュニア、とりわけ中学生ボクサーの育成に力を入れてくということや。若いうちから才能ある選手を見出して育てていけば、将来は安泰やさかいな」

難しい話をレンさんは一気にしゃべる。正直、金田会長がどうして俺みたいな他人の子供にそこまで援助してくれるのか理解に苦しむ。

その一方で考える。これが強くなって、世界が変わることかもしれないって。

この人は嘘を言わない。

俺はレンさんの目を見ながら言う。

「とりあえず、母さんに訊いてみます」

「お前の正直な気持ちはどうなんや？」

すかさず、ど直球で訊《たず》ねられ、言葉に詰まってしまう。

俺だけ島を離れて、母さんと暁空を二人きりにさせられない。でも――。

「一度、大阪か神戸の大学病院であらためて検査入院したほうがいいでしょう。こっちの設備だと限界があるし、院長も紹介状を書くと言ってますので」

母さんが病院の廊下で担当医師と話しているのを偶然聞いた場面が蘇る。

何度も何度も母さんが頭を下げる姿が心に刺さって離れなかったのは、暁空の病状を心配すると同時に、お金の問題がのしかかっていると直感したからだ。

だけどこんな話を持ち出せば、母さんは絶対反対するに決まってる。そういう人だ。そしてなんでも自分一人で背負いこんでしまうんだ。

「――行きたいけど――」

そこから先、声がつながらない。バンデージを巻いた両拳に思わず力がこもる。

「まあ、いい。結論を急ぐ話やないし。そういう提案もあるっちゅうことだけ頭の片隅にでも置いておけ。あとはなるようにしかならん」

そう言ってレンさんは話を終わりにする。俺もそれ以上はなにも言えなかった。

かけもちで働いている定食屋の定休日。母さんの帰宅はいつもより四時間近く早かった。レンさんの家でトレーニングを終えて間もなく、母さんは家に帰ってきた。

俺は心を構える。なんとなく今日打ち明けようと決意していた。

親子二人きりの夕食を終え、母さんが食器の洗い物をしているときだ。

「あの、話があるんだけど」

俺は母さんの背中に向かって切り出す。台所のある小さな窓からわずかに西日が漏れてくる。陽が沈む前に親子で食事を終えるのは週に一度だけのこと。

「ん？　なに？」

スポンジの泡《あわ》で白くなった手を止め、振り向きながら訊いてくる。

東京にいた頃よりはずいぶん顔色が良くなったと思う。職場への移動時間も短いし、深夜までの仕事もなくなったぶん、睡眠時間は倍以上増えたはずだ。

それに越してきて丸三年経ち、ようやく島の人たちも平井家の存在を認めてくれるようになった。宮前は暁空のことがあってから、なにかと話しかけてくる。そうして野菜とか魚とか、島でとれた食材を家に持ってきてくれる。何度断っても聞く耳を持たない。それだけじゃない。両親が大きなオリーブ農園を持っている佐藤はオリーブを、そうめん工場を経営している沖村はそうめんを、定期的に届けてくれる。

母さんはひどく恐縮してしまい、お礼の挨拶に行ったところ、逆に手土産を持たされてしまって困り果てていた。でもその顔はどこかうれしそうだった。島の生活に溶けこんできたことが、凍《こお》りかけていた母さんの心を温かくしている。

そんなことを思うにつれ、ますます俺は憂鬱《ゆううつ》になる。いまここで、島から離れて大阪のボクシングジムに住みこみ、さらに本格的なトレーニングを積みたいと告げれば、どれだけ悲しみ、落胆し、そして猛反対するか、ありありと目に浮かぶ。

「どうかした？　浮かない顔して」

笑顔を向けられて胸が痛みながらも俺は口を開く。

「俺さ、来年、大阪の中学に行こうと思ってる。大阪のボクシングジムの会長が、住みこみで練習させてくれるって話があって。それでいろいろ考えたんだけど、これは俺にとっていましかない大チャンスっていうか、すごくいい話だから――それで――」

声がつづかなかった。みるみる悲しげに顔を歪める母さんを見てて、俺の声が喉の奥で押しとどまる。わずかな沈黙の後だ。

「なんでそんな身勝手なこと、あなたは言えるの？」

わななく口元を開いて、予想通りの言葉をぶつけられる。

「暁空がどれだけ悲しむか、わからないの？」

両目が赤くなる母さんの顔を直視できずに、俺は俯く。

「私たち、たった三人の家族なのよ。それにあなたはまだ小学六年生じゃない。自分でなにかを決められる年齢じゃないのよ」

そこまで言うと母さんは押し黙った。

ややあって、まっすぐに、まっ赤な瞳を向けてくる。

「ボクシングなんかさせなきゃよかった。どうやってでも断固反対すべきだったわ」

「そんな言い方、しないでくれよ！」

俺の想いや考えを全否定されたように聞こえて、つい叫んでしまう。なんでわかってくれないんだ。どうして理解しようとしてくれないんだ。

「俺だってここを離れたくない。この島にいたい。でも、またとないチャンスなんだよ。俺にも家族にも！」

訴えるように言うが、自分で自分がもどかしい。気持ちがうまく伝えられない。もっと穏やかに、冷静に話したかったのに、どんどん違う方向に進んでいく。

「家族？」

「ああ、金田会長がいろいろ面倒を見てくれるんだ。それだけじゃないよ。暁空の病院、口を利いてくれて、入院費とか治療費とかも便宜を図ってくれるんだって。レンさんが教えてくれた。そしたらうちの問題だっていろいろ解決するし、母さんだって――」

「やめて！」

剣幕に驚いた。そんな大声、生まれて初めて聞いた。真っ赤な両目で俺を睨みつける。

「なんでそんなこと言うのよ。どうして親元を離れて人様のお世話にならなきゃならないのよ」

「だって大変なんだろ。家のこととか、暁空のこととか。それくらい俺だってわかる」

「まだ子どものあなたがそんなこと言わないで」

「言うよ！　俺が家族のこと、なんとかするから。だから、大阪に行く！」

「家族のこととか、それは親の役目でしょ！」

母さんが一歩も引かない。そんなことこれまでなかった。

しばし二人とも黙りこむ。お互いがきつく視線をぶつけたままで。

「――どうして離れていこうとするの？」

絞り出すような湿った声だった。

「だから、いま言ったろ」

「私は認めない。許さない」

「違うんだよ、それだけじゃないんだ。最初に話したじゃないか。俺にとって、いましかない大チャンスだって」

もう俺は開き直っていた。いつかこうなる気がしていた。こうならなきゃいけない気もしていた。

「とにかく反対よ。親元を離れて大阪でボクシングだなんて」

「なんで息子の決断を信用できないんだよ？」

「そんな常識外れの申し出、信用するとかしないじゃなくて、普通の親なら許しません」

断固として譲らない頑なな口調で言い終えると、ふたたび背を向けて食器を洗い始める。

「普通って――普通の親って、父さんと母さん、二人いるんじゃないの？」

聞く耳を持とうとしない母親が歯がゆくて、絶対に口にしちゃいけないことを声にする。次の瞬間、ぴたりと母さんが手の動きを止めて、険しい面持ちを俺に向けてくる。

「この家には父さんがいないから、だから、長男の俺が家を守らなきゃならないって思うから、だから、だから俺は——」

きつく俺に目を据える母さんの顔が歪んでいく。洗い物で濡れた右手が持ち上がる。とっさに俺は全身に力をこめる。頬を張るならやればいい。俺だって認めない。母さんの言い分を。自分のわがままだけでこんなこと言ってるわけじゃない。

家族のためだ。なんで大人なのにわからないんだよ。

こんなときにふと考える。シロだったら違うんだろうなって。優しくて思いやりがあるあいつなら、母親を怒らせることも傷つけることもなく、想いを伝えられるんだろうな。

そんな想像をするにつれ、自分が嫌になってくる。

あえて俺は顔を動かさなかった。ボクシングじゃ絶対に目を瞑《つぶ》らないけど瞼を閉じる。そのままぶたれるのを覚悟し、歯を食いしばってじっとする。

けど、いつまで経っても頬に衝撃はない。瞼を開けると、涙目の母さんがだらりと右手を下ろしていた。泡だらけの両手から水が滴り落ちて床を濡らしていく。

「それ以上、もうなにも言わないで。お願いだから」

震える声で母さんはそこまで言うと、蛇口の水を出しっぱなしで台所を出ていった。

◇

母さんは家のなかにいなかった。なんとなく心配で、すぐ前の砂浜まで捜しに行ったけど、姿が見当たらない。俺は肩でため息をついて、海のほうに目を動かす。

水平線に太陽が沈んだ直後だった。海と空の境が鮮やかなオレンジ色に染まっている。

力なく俺はその場にしゃがみこんだ。残暑の熱を含んだ海岸の砂が尻《しり》に当たる。

両膝を抱えて、暮れなずむ海面をぼんやりと見つめる。

後悔はない。いずれどこかで衝突した。ボクシングをやってる限り。ある意味じゃ一番いいタイミングだったのかもしれない。激しい口論を暁空に聞かれることもなかったし。人生を左右する大事な時期で自分の考えを主張することができたし。

母親に猛反対されようが、もう俺の意思は固まっていた。レンさんと一緒に大阪へ行く。ボクシングを極めたい。その先にあるはずの光眩い、見たことのない世界に辿り着きたい。そういう決意はもはや揺るぎようがない。

「いつか、母さんだってわかってくれるさ」

つぶやくような声で自分に言って聞かせてみる。

と、突然だ。

ドーン！　ドッドーン！　ドドドッドッドッ！　ドドドーンッ！　ドッ！　ドッ！

黒く染まる夜空に、一瞬で艶《あで》やかな彩《いろど》りを咲かせる、魔法みたいな光景に目を見張る。

花火だ。忘れてた。夏の終わり近く、この場所で見ることができる花火のことを。

引っ越してきてちょうど丸三年。ここから花火を見るのは四度目。

思わず俺は目を細めて、色鮮やかに発光する美しい幾何学模様に見入る。

夜空に浮かぶその光景を眺めながら思い出すのは、毎年同じこと。

シロ――あいつ、なにやってんだろ。

無性にシロに会いたい。会って謝りたい。母さんとケンカしたからか、孤独だけがつのる。寂しい気持ちが、もう会えるはずない幼馴染みを思い出させる。

俺は膝を抱えたまま、連続して黒い空を華麗に彩る花火を見つめ、シロとすごした幼少期に想いを馳《は》せる。

七

母さんとケンカした二日後の週末だ。検査の結果が良かったのと、体調が回復したという理由で久し振りに暁空が家に戻ってきた。家族三人の団欒《だんらん》のなか、母さんとの口論はうやむやに終わった。それからしばらくは穏やかな日々が流れた。

暦《こよみ》の上で季節は夏から秋へと向かうはずだったが、その年の残暑は厳しかった。

俺は暁空の四畳半の部屋で眠るようにしていた。一緒にいられるときは同じ場所で同じ時間をすごしたいという気持ちからだった。

毎朝六時前には蟬しぐれが聞こえてくる。それで暁空も俺も目を覚ます。

「やっぱりお家《うち》はいいね、お兄ちゃん。夏の音で朝が迎えられるんだもん」

隣の布団に横たわった暁空がふいにそんなことを言う。

寝言かと思って顔を動かすと、暁空は天井を見ながらにっこり笑っていた。俺はいつまでも夏がつづいてほしいと思った。

久し振りの帰宅で暁空はうれしそうだった。体調がいいのも事実だろう。外出こそできないものの、家では寝たきりじゃなく、母さんの家事を手伝おうとしたり、見よう見まねでボクシングらしきパンチを打つ動きをしたりして、自分の元気さを家族にアピールした。母さんは神経質になっていて、暁空に無理しないよう柔らかく諭すばかりだった。

俺は普段と変わらない毎日をすごした。早朝十キロのラン、午後はレンさんの家でのハードトレーニング。夕方、家に帰って暁空が起きていれば、部屋で一緒に腕立て伏せや腹筋をやった。ちゃんとボクシングを習いたいとうるさいので、ファイティングポーズの取り方、ジャブと右ストレートの打ち方を、母さんがいない時間にこっそり教えてやった。

暁空は繰り返しふたつのパンチを打ちつづけた。あまりに真剣なその様に、最初から飛ばしすぎないほうがいいと忠告してもやめようとしない。必死になって左右の拳を空に繰り出す弟の姿に、俺はかつての自分を重ねる。小学四年生の春、レンさんに弟子入りしてボクシングの基本を習い始めた当初、あっという間に俺はその魅力に取り憑かれ、のめりこんでいった。やっぱり血は争えない。そんなことをぼんやり考えていたときだ。

突然、汗を流し始めた暁空の顔が青くなり、ひどく咳《せ》きこみながら苦しげに喘《あえ》いで畳にしゃがみこむ。両手で胸を押さえ、細い背を丸めて全身を震わせている。

「おい、暁空！　大丈夫か？」

狼狽《うろた》えながら俺は弟の背をさすることくらいしかできない。

ちょうど帰宅した母さんが異変を察し、慌てて玄関口から走ってきたのは直後のこと。

「ち、ちょっ、どうしたのよ？」咎める声を向けて母さんが俺を睨みつける。

「どうって、パンチの練習をやってたら、突然咳きこんで、倒れるようになって――」

「バカ！　なんでそんなことさせるのよ！」

「教えてくれって言ってきかないから、しょうがなく教えてただけだよ」

「暁空はあなたとは違うの！　同じようにはできないのよ！」

「わかってるよ、そんなこと。だから――」

怒りをぶつけてくる言葉にどう答えても会話にならない。暁空のことになると、母さんは自分の命を削るように必死になる。と、うつ伏せていた暁空が青白い顔を起こす。

「ぼ、ぼく、できるよ。お兄ちゃんと、おんなじようにパンチ打てるよ、ねえ、おかあさん、ぼくだって、できるんだ。だって、血がつながった兄弟なんだから」

途切れ途切れの言葉で訴えてくる。

「なに言ってるのよ。あなたはまだ病気が治ってないんだから、無理しちゃダメじゃないの。お医者さんにも言われたでしょ。お家に帰ってからもゆっくりして、激しい運動はしちゃいけないよって」

「無理してないもん。病気、治ってきたもん。それに、激しい運動なんかしてないよ。ただ、パンチを打ってただけだもん。ね、お兄ちゃん、そうだよね？」

母さんは深いため息をついて、ふたたび俺に視線を向ける。

「いい？　絶対にこの子を巻きこまないで」

「巻きこむって、どういう意味だよ？　俺がなにしたっていうんだよ」

「ボクシングなんて殴り合い、あなただけでたくさん。暁空までそそのかさないで」

「俺はそそのかしてなんてない！　暁空がどうしてもって言うから」

「もういい。さ、暁空、お布団のほうに行きましょ。ちょっと横になって安静にしてれば良くなるから。楽にしてゆっくり呼吸するのよ。さあ、立てる？」

母さんは俺から顔を背けると、暁空の両肩を支えて隣の部屋へ行く。その間も暁空は胸を押さえたまま苦しそうだった。おぼつかない足取りでなんとか歩く。

俺はその場に立ちすくんだまま、憤りを覚えていた。

なんで俺の言い分を聞こうともしないんだ。そんなに暁空が大切で、ボクシングをやってる俺は憎たらしいのか。こんな家、早く出てしまいたい。思う存分、誰からも咎められることなく、大好きなボクシングに集中したい。

次の瞬間、決意を固める。明日、レンさんに言おう。大阪に連れてってください、と。

翌日。夜明け前の早朝。

「ぼくも、走る」

玄関でランニングシューズの紐を結んでると、背後から細い声が届く。

驚いて振り返ると、俺のお古の学校ジャージを着て、ダボダボの靴下まで穿いた暁空が、ぽつんと廊下に立っている。

「お前――」

つい昨日の夕方のことが頭に蘇り、重い気分になる。

「寝てなよ、また具合、悪くなるよ」

優しい声を意識して言ったつもりだった。

「いやだ!」

短いけど強い声だった。首を横に振りながら、俺にまっすぐ両目を定める。

「ぼくも行く。朝陽を浴びてきらきら輝く、真っ青な海と島を、山の上から眺めたい」

言いながら暁空は一歩一歩、頼りなげな足取りで玄関に近づいてくる。

「お兄ちゃんが教えてくれた、すんげえ景色、ぼくだって見たいもん。それに、いつか一緒に見に行こうって約束したもん」

「それは、お前が元気になったら、だろ」

「もう、元気だもん。ねえ、お兄ちゃん、ほんとだよ」

「わかってる。お前は元気になってるよ。だけど、まだ今日はやめとこうな」

「なんで、お兄ちゃんもお母さんも、ぼくを特別あつかいするんだよ？」

「そんなことないって」

「ぼくだって、おんなじ人間だよ」

懸命に訴えてくる言葉を聞いていて、胸に痛みが帯びてくる。

わかってるって、暁空。そんなこと、母さんも俺もよくわかってるよ。

「とにかくな、部屋に戻るんだ。昨日の夜、なかなか発作が止まらなかったじゃないか。もう少し良くなったら、一緒に走ろう。けど、それは今日じゃないんだ。いいな？」

玄関口に腰を下ろして、暁空と同じ高さに顔を置き、ゆっくりと諭すように言う。

数秒の間の後だ。

「――わかったよ」

片方の瞳からぽろりと涙をこぼしながら、暁空は白い顔を歪めて小さく肯く。

「よし、いい子だ。えらいぞ。じゃ、部屋に戻りな。母さんが起きてくると、また大変な騒ぎになるからさ」

もう一度、今度は声なくこくんと肯いて、暁空はすごすごと廊下を歩いて自分の部屋に戻っていく。その姿がふすまを開けて奥の部屋に消えるまで俺は見守った。

ほっとしながら立ち上がると、ゆっくり引き戸を開けて外に出る。

昨日までの暑さから一転、いつになく今朝は涼しい。海からそよぐ北風に秋の気配を感じるほどだ。湿度が低いすっきりとした空気を鼻から吸いながら、土の地面を蹴る。

走りながらも、しばらく暁空の哀しげな顔が頭から離れなかった。

◇

心臓が跳ね上がって一気に鼓動がばくばく鳴り始める。駆ける両膝がガクガク震えてくる。それは長距離を走りこんだせいじゃない。山側の道を下って間もなく、なだらかな海岸線に戻ってきたとき、視界の遥か先に広がる光景を見て目を疑った。

救急車が家の前に停《と》まっている。白赤のボディと派手に光る回転灯のせいで、遠目からでもそれはわかった。とっさに思い浮かぶのは暁空のことしかない。

嫌な予感がたちこめる。俺の足と鼓動はいっそう速くなる。走りながら願う。

頼むから、大事じゃないように、お願いです、神様――祈るように心で繰り返す。

「あ、暁――」

救急車の後部ハッチから乗りこもうとしていた母さんが、俺の姿を見つけて声を上げる。顔面蒼白で、唇が震えている。俺はそばまで駆け寄って、母さんの両腕を掴む。

「どうしたんだよ? 暁空に、なにがあった?」

おろおろしながら視線を泳がせる母さんは、首を振りつづけるだけで、なかなか言葉を発しない。それくらい激しく狼狽えている。

「母さん、しっかりしろよっ！」

その声でハッとしたように、視線が俺の顔に定まる。

「あ、暁空が、私が起きたら、あの子が家にいなくて。それで、慌てて、外に出て捜して」

「どういうことなんだよ？」

「たぶん、あなたのあとを追ってったんだと思うの」

「俺を？」

「そう。だってほかに考えられないわ」

「で、どこにいたんだよ？」

「す、すぐに、近所の人にもお願いして、警察にも電話して、たくさんの人で海のほうと、山のほうに分かれて捜してくれて——」

混乱状態から抜け切れないようで、そこで母さんはふたたび目を泳がせながら、しばし言葉を探すように黙りこみ、ややあってかすれた声を絞り出す。両目に涙が浮いている。

「そしたら、二十分くらい前、天狗山《てんぐやま》の中腹で倒れてるのを警察の人が見つけてくれて、それで担いで下山して、たったいま救急車に乗せて応急処置してもらってたところなの」

一気にそこまで言うと、ふっと両肩の力が抜け、そのまま母さんは膝から崩れていく。

辛うじて俺が両腕で支えて起き上がらせる。

「で、暁空はどうなんだよ？」

「とりあえずは大丈夫だって。心拍数も呼吸も落ち着いてきて、これから病院に搬送して、集中治療室で診てもらうことになったところよ」

「じゃ、問題ないんだよね?」

「あ、うん。大丈夫だって、救急隊員の方がおっしゃってた――」ふっとそこで母さんの全身の力が失われ、俺一人じゃ支えきれず、そのまま地面に腰を落とした。

「母さん!」

思わず声を上げると、集まっていた近所の人の視線が集まってざわつく。

救急隊員の男の人が手伝ってくれて、俺たちは母さんを抱きかかえると、家のなかに入って部屋に寝かせた。そのまま俺はその人と一緒に救急車に乗りこんで病院へ向かった。

ストレッチャーに寝かされた暁空は口に透明の呼吸器を当てられたまま微動だにしない。

一定間隔を置いて呼吸器が白く曇るので、息をしているのがわかってホッとする。

ひどく後悔していた。暁空が部屋に戻っても、ランに行かなければよかった。あのまま二人で一緒に眠るか、もう少し話でもしていれば、こんなことにはならなかったんだ。

「ぼくだって、おんなじ人間だよ」

あのとき、懸命に訴えてきた言葉が鼓膜の奥で蘇る。自分のことばっか考えて、俺は弟のことを軽んじていた。病気であることの辛さと苦しさを、心底から理解しようとしてなかった。どこか厳しい現実から目を背け、ごまかしつづけてたんだ。ボクシングに集中することで。そして嫌な役目を全部母さんに押しつけて――。

「――まって――おにい、ちゃん――」

呼吸器のなかで小さな唇を震わせるようにして、かすれた小声が発せられる。

俺は暁空の左手をぎゅっと握り締める。骨張ったその手は氷のように冷たかった。

第二部

一

俺は中学三年生になっていた。

レンさんと一緒に大阪へ越してきて、いままで以上にボクシングにのめりこんでいた。中一、中二と、二年連続でUJ全国大会を制し、四連覇する。連戦連勝。無敗ノーダウン。強くなっていくことが純粋にうれしかった。過酷な猛練習も、試合前の張り詰めた緊張感も、リング上での熾烈《しれつ》な真剣勝負も、なにもかも心から楽しめるほどボクシングに取り憑かれていた。ボクサーとして勝ちつづけることが、自分の存在理由だと思えた。

だけど、気がかりなことは消えなかったばかりか、じんわりと大きく膨らんでいく。

暁空——二年前、成拳ボクシングジムに移籍して、レンさんが言った通り会長が口を利いてくれ、神戸の大学病院へ精密検査を兼ねて入院した。それから季節が移り、暖かくなるにつれ、ゆっくりと快方へ向かった。ところが島の病院に戻ってしばらくすると、ふたたび病状は一進一退を繰り返した。

その後、秋が去り、冬を終えて春を迎えても、暁空の容態は改善しなかった。そればかりか先の見えない闘病生活に根負けするかのように、暁空の体力と気力は落ちこんでいった。島の病院へ見舞いに訪れるたび、ひと目でそれが見て取れた。

そうして母さんもまたひどく元気がなくなっていた。

そんな家族の姿を目の当たりにして、俺はますますボクシングに執着していく。

もっと強くなって世界を変えてやる。光眩い、見たことのない次元が広がる場所に辿り着いてやるんだ。そうすれば家族三人で幸せになれる。弟を救うのは俺の役目だから。

それだけを信じて、さらに熾烈な練習に打ちこんでいった。


それは、いつの頃からだろう。

練習後や試合後、ふっと気が抜けた一瞬、おそろしいプレッシャーを感じるようになった。負けられない勝負の連続。ダウンすら許されない試合の繰り返し。倒しても倒しても新しい相手選手が次から次へとリングに上がってくる。

それまで当たり前だと捉えていたボクシング漬けの現実に恐怖を覚えている自分に気づく。勝てば勝つほど、次も負けられないという重圧がのしかかってくる。

リング上で観客からの拍手と歓声に包まれていても、言いようのない孤独に襲われる。

それだけじゃない。どれだけ勝利を捥《も》ぎ取《と》っても幸せになれない家族。治療をつづけても良くならない弟。いったいなんのために俺は闘ってるんだ？　強いってなんだ？

ずっと憧《あこが》れていた強さが、いつの間にか俺のなかで形を変えようとしている。

得体の知れない不安がじわりとこみ上げ、心を圧迫していくようになった。

それでも俺にはボクシングしかない。リングに立たなくなれば自身が存在しなくなる。

それに、ボクシングをつづけるのは、俺の意志だけじゃない。

「お兄ちゃん、ぼくのぶんまでボクシング頑張ってね」

二年前、救急車のなかでそう告げて、暁空は俺に託したんだ。

猛反対されていた大阪への引っ越しが許されたのは直後のこと。暁空のおかげだった。入院中のあいつが母さんに訴えてくれたから、こんな恵まれた環境でボクシングに集中できるようになった。一流のジムで、一流の専属トレーナーに指導してもらうという普通じゃ考えられないチャンスを授かった。だから俺は弟のために、もっともっと強くならなきゃならない。いつか絶対に暁空に恩を返す。絶対に俺が暁空を助けるんだ。

日々、自分にそう言い聞かせて孤独や不安を抑えこみ、ボクシングに専念していた中学三年生の十一月だった。

さらに過酷なさだめが、家族に待ち受けていた。

「あ、危ないって？」

一瞬、絶句しそうになり、なんとか言葉を押し出す。

「とにかくこれまでになく容態が悪化したの。すぐにでも専門医がいて、医療体制の整った心臓病に強い病院に移って、最先端医療を受けなきゃいけないって、院長先生から言われて、でも――」

電話口から聞こえてくる母さんの声が震えている。

「でも？」

淀《よど》んでかすれた語尾を繰り返して訊き直す。なんとなく察しはついていた。

数瞬の間が空く。

「名古屋と福岡の病院を推薦してもらったんだけど、治療費や入院費、前の検査入院とは比べものにならないくらい、すごいお金なの。うちなんかじゃ、とても――」

ふたたび言葉尻《ことばじり》がかすれて途切れる。

「そういう問題じゃないだろ。暁空の命にかかわる深刻な状況なんだろ」

つい語気が荒くなる。信じたくないけど、信じられないことが現実になろうとしている。ずっと心の片隅でおそれていたこと。いつかこんな事態に直面する負の予兆を感じていた。

「わかってるわ。私なりにいろいろ手は尽くしてみたの。だけど無理だった」

「無理だった、ってどういう意味だよ。過去形にすんなよ。なんとかする方法、あるだろ？」

母さんが黙りこくる。言葉より雄弁な無言がなにを意味するかわからないわけない。

スマホを握りしめたまま、部屋で一人、俺は眩暈《めまい》に襲われる。

晩秋の朝、気温は七度を切った。それでも早朝の二十キロの走りこみで汗だくになり、会長宅に戻って温水シャワーを浴びて自分の部屋に戻ったタイミングで、母さんからのコールがスマホを震わせた。母さんは無言のままだった。気を紛《まぎ》らわすように俺は窓の外へ視線を動かす。隣の三階建てのビルの一階が成拳ボクシングジムだ。この時間はまだオープンしてない。薄暗いジム内の赤いサンドバッグを見つめていると、ふいに思い出す。

約一ヵ月前。神奈川県《かながわけん》にある武倉《たけくら》高校からいきなり電話があった。「高校はうちのボクシング部に入らないか」という誘いだった。恩義ある金田会長の手前、そういうスカウトの話はそれまでもいくつか受けていたが、即座に断っていた。高校は大阪の地元の公立校に進学して、成拳ボクシングジム所属のまま、インターハイや国体、選抜大会といったアマ公式戦に出場する方向ですでに話はまとまっている。生活費も会費もいっさいかからない、いまの恵まれた生活は捨てがたかったし、島からそう遠くないこの地に愛着もあった。ゆくゆくは成拳ボクシングジムからプロ選手としてデビューし、さらなる高みを目指すのが、俺と金田会長とレンさんの暗黙の了解だったし、まったく異存はなかった。

ところが武倉高校の誘いは執拗《しつよう》で、しかも熱意がこもっていた。すぐに電話を切らせない会話のうまさもあって、俺は相手のペースに乗る形で聞き手に回った。

しかも聞くともなく聞いている話で、心にさざ波が立ったことは忘れられない。

「なにかと大変なんですよね？　弟さんのこととか。うちでしたら系列の大学のつながりで、心臓病の権威《けんい》の専門医がいる、実績の高い病院にいくつも太いパイプがあります。あらゆる形でお力になれると思いますよ。学校法人としての規模は国内有数ですからね。もちろんうちを選んでいただければ、特別枠待遇で授業料や寮費についても、最大限の便宜を図るつもりです。いまお世話になられている成拳さんとは比較にならないレベルで」

丁重に断って、なんとか電話を終えたのは、それから約一時間後のこと。

「もし気が変わったら、いつでもこの番号に電話してください。私は武倉高校スポーツ特待制度推進部の部長で桜田と申します」

通話終了間際、その人は自分の名前を繰り返して電話を切った。ほかのスカウトの電話番号はすぐに消去するのに武倉高校の電話番号だけは消さなかった。いや、消せなかった。もしかすると予感めいたなにかが働いたのかもしれない。こういう事態に備えて。

「俺がなんとかする。名古屋と福岡の病院名を教えてよ」

すぐに母さんからの反応はない。ややあって深く息を吐く音が聞こえてくる。

「ほ、ほんとに？　できるの？　だって、ものすごい、その――」

さらに声が震えていた。綴られる言葉に複雑な気持ちがこめられているのがわかった。けど、いま家族で最優先しなきゃならない想いはひとつだけ。暁空を救うことだ。

とんとん拍子で話は進んだ。

十二月中旬の土曜日。俺は会長にもレンさんにも内緒で、島に戻ると嘘をついて神奈川県にある武倉高校へ出向いた。

母さんと話した後、すぐに武倉高校の桜田に電話して、スカウトの話を受けてもいいと切り出すと、

「では、年内に一度うちの高校にきてもらって、実地スパーリングテストをやらせてもらえませんか？　まあ、形式だけのテストですから、ボクシング部の樋口《ひぐち》顧問が推す通りの天才ボクサーなら、なんら問題ないでしょうけどね」

そういう提案を返された。即座に俺はスパーリングテストを承諾した。

神奈川県南西部の郊外にある武倉高校は、インターネットで見た以上に大規模だった。校舎も新しく、広大なグラウンドでは多くの運動部員が汗を流している。

最寄《もより》のＪＲ駅からバスで十五分、徒歩だとゆうに一時間近くかかり、お世辞にも立地が良《い》いとはいえない。約一年ほど前に横浜から移転したのは、運動部に力を入れるためだとホームページに書いてあった。だだっ広い校内を進み、地図で示された場所に足を運んで驚く。ボクシング部はなんと専用で建てられた体育館を丸ごと使用していた。

重い両扉を押し開けると、数十人もの部員が黙々とトレーニングしている。

部室の大きさも設備も、成拳ボクシングジムとは比較にならない。しかも、公式戦で使用できるくらい本格的な仕様のリングが部室中央にふたつも常設されてある。

ぽかんと口を半開きにして眺めていたところ、そう遠くないパイプ椅子に足を組んで座っていたスーツ姿の中年男性が俺のほうを見てすぐに立ち上がる。目と目が合うと、にん

まり笑みを向けたまま近づいてくる。

「平井君だね？　ようこそ武倉へ」

そう言ってポケットに入れていた右手を差し出す。

「スポーツ特待制度推進部の桜田です」

「あ、どうも」

電話口で聞いた、よく通る声に受け応えながら、俺は短く言葉を返す。日に焼けた顔で高級そうな服装も想像通りだ。学校関係者というより会社経営者みたいに映る。

「長旅で疲れたでしょう。今日は楽しみにしてますよ、天才ボクサーのファイトを」

流暢《りゅうちょう》にしゃべりながら桜田は、「おい！」と顔を横に向けて張りのある大声を出す。するとリングサイドで腕組みして、サングラス越しにスパーリングを見つめていた五十代くらいのがっしりした体格の男性が、ハッとしたように走ってくる。背は百七十センチくらい。俺よりやや高いが、体重はヘビー級くらいある。

「彼がボクシング部顧問の樋口です」

慇懃《いんぎん》な笑みをたたえたまま、桜田はつづける。「午後二時からテストを始めますから、着替えて体を温めておいてください。君のスパーリング相手もちょっと前に到着してウォームアップに入ってます。ほら、あそこにいるのが練習相手をつとめる守屋《もりや》君です」

桜田が顎で指し示すほうを見ると、やや離れた場所でシャドーボクシングをしている同年代の男がいた。上半身裸の体つきを見た瞬間、俺の目は釘づけになる。

盛り上がった両肩の三角筋から上腕二頭筋が鋼《はがね》のように鍛えられている。いわゆるヒッティングマッスルと呼ばれる、背中両サイドの広背筋が異様なまでに発達しており、拳を繰り出すたび、隆々と複雑にうねって反応する。ウェイトは俺より五キロは重いだろう。

だが気になったのは階級差じゃない。明らかにボクサーの筋肉とは異なる頑強な体軀。しかもパンチやフットワークのモーションには、独特のキレと粘着質なパワフルさが共存している。そういう動きをするボクシング選手を見たことがなかった。明らかに異質の格闘技の特訓を積んだ手練《てだれ》に映る。

こいつ、いったい何者だ？　どうしてこういう奴がスパーリングテストの相手なんだ？

「いま、総合格闘技界で期待のエース、守屋弘人《ひろと》君だ。十五歳で君と同い年。中学を卒業したらそのままプロに転向する。パンチ力はアマミドルか、ライトヘビークラスだぞ」

俺の考えを見透かしたように、樋口というボクシング部顧問が説明する。

「この高校のボクシング部員がスパーリング相手じゃないんですか？」

思わず訊くと、樋口顧問は小さく笑う。

「スカウト特別枠でうちに入るなら、実地テストも特別枠ということだ」

きっぱりと言い切り、俺のほうにサングラス顔を向ける。桜田は無言で肯く。

「どうした？　守屋君を見てビビったか？」

挑発するように樋口顧問に返され、たちまち俺のなかで激しい闘争心が燃え上がる。

「いえ、自分の実力をアピールするには、あれくらいじゃないとつとまりませんから」

直後だ。まるで俺たちのやりとりを聞いていたかのように、シャドーボクシングをしていた守屋がぴたりと動きを止める。そして俺の両目を射るように睨みつけてくる。

その野獣のような鋭い双眸《そうぼう》には、自分が勝つことを疑わない、激烈な信念が漲《みなぎ》っていた。

そんなうまい話はないってことか。スカウト特別枠で迎え入れ、あれこれ口を利いて最大限の便宜を図るには、本気で底力を試すというわけか。

こいつはそのために用意された異端のスペシャルゲスト。そういうことか。上等だよ。

俺もまた守屋を睨み返しながら、両隣に立つ大人にはっきりと告げる。

「特別枠の力、瞬きすることなく見ててください。秒殺ですから」

無言で大人たちが横顔を凝視してくるのがわかる。俺は意に介さない。頭にあるのは、暁空と母さんだけ。相手がどんな強者《つわもの》でも、俺は必ず勝つ。勝たなきゃならないんだ。

「アンダージュニア無敗ノーダウン、いや、そんな数字の記録じゃ表せない、俺の本当の強さを直《じか》で披露しますよ」

◇

想像通り、いや、それ以上だ。リングに上がって対角線上で向かい合った瞬間、ビリビリとほとばしる殺気が守屋から放たれる。

「ぶっ倒してやる！」ゴングが鳴る前から、そういう豪気が届いてくる。

この男、アンダージュニアのアマボクサーにはまずいない、特殊な戦闘オーラを纏《まと》う別格のファイターだ。あらためて肌で感じ取り、そして直感する。

ファイトを長引かせるとヤバい──本能が警告する。

総合格闘技という未知のジャンルの選手だということも、警戒心を加速させる。もちろんこのスパーリングではパンチしか使えない。それでも異種選手がどういう攻めで動いてくるか見当もつかない。目と目で火花を散らせながら、戦闘に備えて思案していると、

「平井、真価を発揮しろよ。俺はお前の入部を切望してるんだ」

リングサイドに立つ樋口顧問が、低い声で神妙に言葉を絞り出したタイミングだ。

カーン。1R開始を告げるゴングが鳴る。

俊敏なモーションで守屋はコーナーを飛び出してきた。迫りくる強健な肉体。獰猛《どうもう》な動きでみるみる間合いを詰めてくる。と、いきなりだ。ジャブの牽制打《けんせいだ》もなく、豪快で凄まじくパワフルな左右のロングフックを連続して打ち放つ。パンチの軌道がボクシングとはまるで違う。どこから飛んでくるか読めない。一見すると無茶苦茶な大振りに映るが、持って生まれた身体能力と鍛え抜かれた筋力を全稼働して自在な角度から上下左右に打ちこんでくるフルスウィングは、殺意すら感じさせるほどの破壊力に満ちている。

一発でも喰らったら、いや顎をかすっただけでもアウト。

俺は全神経を研ぎ澄まして、やむことのない猛撃をディフェンス技術でかわす。

ビシュッ！　ビュ！　ズサッ！　バビュッ！　グウォッ！

守屋のグローブが空気を切り裂く。それでも攻勢を緩《ゆる》めない。すでに完全にリミッターが外れている。その両目には迷いもてらいも恐怖もなにもない。ただ、闘うことに魅せられた男。そしてこいつは自分より強い者を許すことも認めることもできないタイプだ。

強引に距離を詰めながら豪胆にパンチを連打してくる守屋に対し、俺もまた一気に勝負に出る。こんな戦闘マシンみたいな奴に防戦一方では分が悪すぎる。それに動きはだいたいわかってきた。

足技や組み手を攻撃にミックスすれば明らかに守屋のほうが俺より強い。

だが、これはボクシングだ。パンチだけなら誰にも負けやしない。

俺は一気に攻撃に転じる。

ダンッ。守屋の意表を突く大胆なステップインで自分から距離を詰める。

瞬間で間合いはインファイトに突入する。その一瞬、守屋は片頰を歪めて笑った。まるで俺の動きを読んでいたかのように。そして間違いなく至近距離は守屋がもっとも得意とする攻撃レンジのはず。それが俺の狙いだった。

意図的に左ガードを下げた俺の顔面目がけ、目ざとく守屋は渾身の右フックを貫いてくる。

かかった。

瞬時、俺はサイドステップで守屋の攻撃圏を離脱しながら自分の攻撃圏を作っていく。

ビュッ！　守屋のパンチがぎりぎりで空を斬る。

と同時、すでに守屋の左サイドに回りこんでいた俺は、渾身の右フックで迎撃する。

こいつも速いが、スピードなら俺のほうが断然上だ。

ゴッ！　守屋の細い顎を真横から抉るようにして俺は右拳を貫いた。右中指の拳骨がみしっと下顎骨《かがくこつ》に刺さる。直後、カクンと完全に直角に振れる守屋の頭部。

決まった！　ボクシング歴で最高打といえる手応え。そういう決定的なカウンターの右フックを、武倉高校入学を懸けた実地テストで打ち抜けた。

あっけなく、その場に崩れ落ちていく守屋。まさに秒殺だった。

十二オンスグローブで、ヘッドギアをしながら、それでもたった一撃で守屋はキャンバスマットに沈んで昏倒《こんとう》した。

白目を剝き、泡を吹くように下顎を震わせて悶絶《もんぜつ》する守屋を俺は見下ろす。

部室は静まり返っている。

数十名いる部員の誰もが、無言で動きを止めて俺を見ていた。

やりすぎたとも思ったが、そういう勝負のつけ方をしなければ、逆に俺がやられていた。こういう闘争本能の塊みたいな奴は、こちら側の攻撃手法を刷りこませるほど進化していく。ひとつ間違えば、あるいは試合が長引けば、勝負の行方はまったくわからなかった。

我に返ってリングサイドに目を這わすと、桜田と樋口が揃《そろ》って笑みを浮かべていた。

れていく。

起き上がる気配すら見せず、小刻みに肢体を震わせていた守屋がストレッチャーで運ばれていく。

息を鎮めながらリング上で、あらためて俺は実地テストを一発でクリアしたことに安堵《あんど》する。頭にあるのは、やはり暁空と母さんだけ。これで暁空の病気を治す病院に入院させることができる。そうすれば母さんも喜ぶ。そう思いながらも、勝利をもたらした右拳には守屋の顎を打ち抜いた嫌な衝撃が残ったまま、腕からも肩からも、そして脳の記憶からもしばらく離れることがなかった。

二

実地スパーリングテストから一週間後。母さんのもとに名古屋の病院から電話が入った。ただちに転院の段取りが進み、暁空は病院を変わって専門医による高度な治療を受けることができた。容態は安定してきているという。ありがとうありがとうと、何度も湿った声で礼を繰り返す母に、俺は笑って応えながらも、内心でほっとしていた。桜田はきちんと約束を守ってくれた。

電話を切ると、金田会長にジムを辞める旨を伝えた。突然のことにひどく驚いて落胆する会長だったが、特に契約書があったわけでもなく、渋々承諾してくれた。

他人の俺を自宅に住まわせ、家族同様に優しくしてくれた会長夫婦。

胸が痛んだけど、もう後には引けない。すべては新しい現実に向け、動き出していた。

「お前、自分がやってること、わかってんのか？」

午後、部屋で荷造りしていると、レンさんがずかずかと入りこんできた。

突然、ぐいと俺のトレーナーの肩口を摑み、力ずくで外に連れ出される。有無を言わせず、そのまま引きずられるようにして道路を進み、高架下の歩道で足を止めると、いきなりコンクリ壁に俺を押しつけ、きつい口調で罵《のの》ってきた。

「お？　恩を仇《あだ》で返すんかい！　このガキが！」

こんな乱暴で荒々しいレンさんを練習以外で初めて見た。けど、俺だってやられっぱなしのまま終わらない。中学三年生になってレンさんとの身長差は五センチを切った。

「やめろよ！」

全身の筋肉を瞬発させ、俺はコンクリ壁に押しつけられていた体軀《たいく》をひねって弾《はじ》き返《かえ》す。さすがのレンさんでも、ふいを突かれたその抵抗に手を離してしまう。

即座、俺はバックステップで一歩引き、レンさんとの間合いを確保する。

「飼い犬が飼い主の手を嚙《か》むっちゅうわけか？」

小鼻を鳴らしてせせら笑うようにレンさんが言う。けど、その目は笑ってない。

「俺は飼い犬なんかじゃない」

「じゃ、金にでも目がくらんだか？」

「そんなんじゃない」

「だったら、なんやねん。ぐだぐだほざくな！　お前はここまで育ててくれた会長や俺の期待を裏切ったんやぞ」

俺はなにも言えなくなった。

ジャリ。レンさんが半歩左足を前に出す。とっさに俺はファイティングポーズを取る。すうっと音なくレンさんもまた両拳をゆっくり上げる。

ガッガッガッガッガッガッガッガッガッガッガッガッガッガッガッガッガッ――。

突如、列車が凄まじいスピードで頭上を走り抜け、凛《りん》と冷え切った真冬の空気を揺さぶる。その間、レンさんと俺は一瞬も目を逸らさず、睨み合ったまま。

さすがだ。俺は思う。レンさんの構えには一分の隙も見当たらない。ただ拳が顎よりちょっと低い位置に掲げてあるだけなのに、おそろしい威圧感で圧倒してくる。

寒さのなか緊張と恐怖で汗が滲み出る。こめかみから顎先へ、つつーっと嫌な汗が伝う。

「二秒だ」レンさんが冷たい声で告げる。

「なにがだよ」

「二秒で殴り倒す」

「たわごとだ」

「ほんまにそう思うか？」

ズジャッ——砂利道に数センチ、レンさんの前足がさらに進み出る。

くるっ——直感でわかってても、どう身体を動かせばいいかイメージできない。

丸五年以上も指導を受けてきたのに、いざ対峙《たいじ》するとまるで別物だ。

この人の本当の顔はコーチじゃなくボクサーなんだ。

それも一級品の獰猛なファイター。

「この五年、一瞬で潰すぞ」

怒気を含んだ声でレンさんが言い放つ。顔からあらゆる表情がふっと消えた。

マジだ。本気で仕掛けてくる。睨み合いながら俺は思う。

そこで一拍の間が空く。

「弟か？　そうなんやろ？」

「ほっといてくれ」

覚悟を決めて返す。この人なら、本当に俺をぶっ壊すかもしれない。

そうなればすべての計画は台無しになってしまう。武倉高校も名古屋の病院も夢のまた夢で消えてしまう。ぎりぎりの局面でそんなことを考える。

「なんで最初に俺に相談せんかった？」

「俺の家族の問題だからだ」

すると次の一瞬、レンさんはピクッと眉間《みけん》に皺《しわ》を寄せる。

「お前にとって俺の存在はそんなもんやったんか？」

意外なことを訊かれて言葉に詰まる。

あのとき俺はまずこの人に相談すべきじゃなかったのか。でも、できなかった。

そこまで他人に寄りかかるのが恐《こわ》かった。自分一人で解決しなければと焦っていた。

そういう焦燥感が、あの守屋を再起不能に追いこんだんじゃないのか？

もう一人の自分が戒《いまし》める。実地テストを無事に終え、正式にスカウト特別枠での入学が決定したとき、桜田からの電話で守屋のその後を聞かされて愕然《がくぜん》とした。

急性硬膜下血腫《こうまくかけっしゅ》。勝負を決めた渾身のカウンター右フックで、ファイターとして最悪の致命傷を負わせ、俺は守屋を現役続行不可能に追いこんでしまった。総合格闘技のトッププロを目指していた同い年のエースは二度とリングに立てなくなった。

俺は悔《く》い、自身を責めた。いくら偶発的な事故とはいえ、スカウト入学を絶対に捥ぎ取るため、力が入りすぎてしまったんだ――。

しかし、いまさら遅い。もう守屋はリングに戻れない。

そして俺は自分の判断で動いて、成拳ボクシングジムを捨て、武倉高校を選んだ。

「あんたと俺はボクシングだけの関係だろ。そう徹してきたのはあんた自身だろが」

するとレンさんは数瞬なにかを考えるように唇を結び、

「いくで」

とだけ言い捨てた。

構えたレンさんの両拳にきゅっと力がこもる。二重の切れ長の目がすっと細くなる。

俺はファイティングポーズを深めに取る。ぎりっと両目をレンさんに据えたまま、奥歯を噛みしめて強打を覚悟し、それでも右カウンターを狙うべく全神経を集中させる。

ガッガガッガガッガガッガガッガガッガガッガガッガガッガガッ——。

今度は逆方向から、列車が頭上を駆け抜ける。俺らは睨み合ったまま微動だにしない。

と、突然だ。レンさんが構えた両拳を解いた。その両腕をだらりと自然体で垂らす。

「やめた——」

意味がわからなくて、思わず俺は声を出す。

「なんでだよ?」

するとレンさんは怒り顔を一転、不敵にニヤッと笑みを浮かべる。

「右のカウンターか。狙いは悪うない。まともに当たらんまでも素手やからな。万が一でもかすってもうたら、俺のイケメンが台無しや。生まれて一度もまともに公式試合でパンチを受けたことない俺の顔に傷がつく」

一気にそこまでしゃべると、もう一度、今度はいつものトレーナーの顔に戻って笑う。

「ようそこまで成長したな、アカ。惜しいが、忘れてやる。お前の覚悟に免じて」

そう言うと、あっさり踵《きびす》を返して、高架下の向こう側へと歩き出していく。

深く息を抜き、俺もまた構えた両拳をゆっくり解き、強張った両肩の力を緩める。

遠ざかっていくレンさんの背中を見ながら、無性に胸が締めつけられた。

あの人がいなくなっても、これまで通り闘えるのだろうか。

自分から縁を切っておきながら、そういう不安と孤独が渦巻いていく。

その日の夕方、金田会長宅を出た。

これから三月までは、いったん島に戻って暮らす。中学生活残り二ヵ月足らずという微妙な時期だったけど、俺は島の学校に転入する。

翌月曜日、転校先の中学校に行く。クラスに入ると、宮前とか佐藤とか沖村とか、知った顔ぶれが拍手喝采《はくしゅかっさい》で受け入れてくれる。大阪でのUJ大会の活躍ぶりが知れ渡っていたようで、誰もが笑顔で迎えてくれた。

「よう帰ってきたな。それから暁空、名古屋の病院に移れてほんまよかったな」

宮前が自分のことのようにうれしげに俺の肩を叩いてくる。

「いろいろサンキューな。ほんと感謝してる」

中学で島を離れてからというもの、暁空の見舞いや母さんへの食材の差し入れなど、宮前が率先してあれこれ世話してくれていた。いつも母さんから聞かされていた。

「なに他人行儀なこと言うとんのや。ダチやったら当然じゃろが」

そう言ってさらに破顔し、俺の肩を大きな手でがしっと摑む。そんな宮前も高校は神戸の学校に行くという話だ。こんな機会がなければ、しばらく会うことはなかっただろう。

わずかな期間でも島に戻れてよかった。三月に入れば、ふたたび島を離れて一人暮らしが始まる。しかも今度は母さんや暁空がいる場所から遥か遠く離れた神奈川県だ。

ふいに東京での幼少期の記憶が蘇る。必然的にシロのことを思い出す。

運命とは皮肉なものだ。別れの言葉すらかけることなく離ればなれになってしまった幼馴染み。あいつがまだ東京に住んでいるなら、すぐ近くへ引っ越すことになる。もしかしたら街のどこかでばったり出会うかもしれない。あり得なくもない、そんな想像が膨《ふく》らむうち、未来へと自然に目が向いていく。そして微妙に心が揺れる。

スカウト特別枠で入学する武倉高校では、さらにプレッシャーに満ちた過酷な闘いが待っている。しかも、心身を支えつづけてくれたレンさんはもういない。あらためて思う。いままで以上に絶対に負けられない試合——それがこの先、三年間にわたってつづく。ふとした瞬間によぎる、得体の知れない孤独や不安は、これからさらに膨張していくのかもしれない。

◇

三月中旬。北風が吹きすさぶ島をフェリーで離れる。白波をたてて海原が荒れていた。

母さんや宮前たちに別れを告げ、俺は一人、神奈川県へと向かう。

第三部

一

高校の入学式を二週間後に控《ひか》えた、まだ冬が居残る三月。神奈川県は島よりも格段に寒かった。

学寮への入居最終手続きや荷物の搬入を終え、スポーツ特待生用のオリエンテーションをいくつかこなし、ようやく自由な時間が持てるようになったのは、転居後四日目のこと。ボクシング部専用体育館へ足を運ぶと、三十人以上の部員たちが黙々と汗を流していた。

「おい、平井だ」「ついにきたか」「やっぱ入学したんだな」

目ざとく俺を見つけた数人の部員が口々にささやき声を上げる。

樋口顧問もまた俺に気づき、笑みを浮かべて近づいてきた。

「やっと会えたな。去年の実地テスト以来だな。学校をあげて歓迎する。これでうちの部は超強豪校の仲間入りだぞ」

仏頂面に似合わない軽い口調で言ってニヤッと笑う。色の濃いサングラスのような眼鏡は実地テストのときと変わらない。目の表情がわからなくて強面《こわもて》に映る。

関東トップクラスの武倉ボクシング部を二十年近く牽引《けんいん》する実力至上主義の指導者。成果を最優先するシビアな人物。武倉高校への入学が決定後、ネットで読み知っていた。

「おい、みんな。練習の手を休めろ。あの平井暁が今日からうちの部員だ。よろしくな」

「はいっ!」

いっせいに覇気のある返事が重なる。それだけでよく統制のとれた部だとわかる。パンッと樋口顧問が手を打った瞬間、ふたたび部室内に躍動の音が満ちていく。

ゆっくりと視線を動かしながら部員たちの練習風景を眺めていると、一点で目が留まる。男子だけのボクシング部に女子が一人いる。リングの反対側に立って俺を見ていた。長い黒髪でブレザーの制服姿の彼女は、部室内で異質の存在に感じられる。

遠目からお互いの視線がぶつかった。彼女はくっきりした瞳をわずかに細める。

「おい、平井、聞いてるか?」

樋口顧問の声でハッとする。

「あ、すみません」

「なんだ、まだ旅疲れが残ってるのか?」

「いえ、そんなわけじゃなくて――」

「ひと通りアップを終えたら、先輩らとスパーやってみるか？」

樋口顧問が訊いてくる。

「いきなり、いいんですか？」

「俺は実戦練習に重きを置く指導方針を徹底してる。もちろん上級レベルのテクニックとディフェンスを備えた選手に限るがな。それにお前のファイト、全部員が見たいはずだ」

「願ってもないことです」

「うちは新一年生のスカウト特待生を入れると、五十人以上の部員を抱える大所帯だ。しばらくはスパー相手に困らんぞ」そう言って樋口顧問がまたもニヤリと笑う。

バスンッ！

「もういい。ストップだ」

樋口顧問の声がリングサイドで響く。俺は連続して繰り出すパンチをぴたっと止める。その最後、右フックが相手選手のテンプルをがっつり捉えていた。直後、ロープ際に詰まった新三年生の先輩部員は脱力したように、がくっと膝を折ってリングにへたりこむ。

静まり返った体育館内、全部員がリング上で繰り広げられるファイトを注視していた。

「すんげえな」「これが無敗ノーダウン王者の力か」「あの三枝《さいぐさ》が一方的だったぞ」

俺がリングから下りると、遠巻きで見ていた先輩部員たちが感嘆の声を漏らす。三枝先輩はいまだ右フックが効いているようで、片膝を突いたまま起き上がることができない。

「あ――」

歩き始めた足が自然に止まる。先ほど見かけた女子がリングサイドに立っていた。至近距離で見ると透けるように白い肌が眩《まぶ》しく映る。艶やかな黒髪とのコントラストが美しい。

またも視線がぶつかる。まっすぐに射貫いてくる黒い双眸に吸いこまれそうになる。

「あ、平井です。新しく入った一年です」

思わずぺこっと頭を下げて名乗ると、

「知ってるわ。ここで君のこと知らない人はいないわよ。それに私、去年の十二月の実地テストのとき、君のスパーリング観てたし」

そう言って、くすっと笑う。クールな見た目だけど、表情がほぐれると少女のような顔になる。か細いけどよく通る、独特の深みを感じさせる声色がすごく印象的だった。

「あの、あなたは?」

「私はボクシング部でたった一人のマネージャー。今度二年になる飯島桜《いいじまさくら》」

「次、斉藤《さいとう》がスパーに入れ!」

「はっ!」

「平井、いまのミドルレンジのコンビネーション、雑だったぞ。もっと上下の打ち分けをきれいにまとめていけ」

「わかりました」

肯きながら俺は、つい先ほどの連打を頭のなかでリピートする。たしかに三、四発目のフックは角度がやや甘く、クリーンヒットしなかった。レンさんは異様に鋭い洞察力で針の穴ほどのミスにも容赦しないが、樋口顧問もまた厳しく突っこんでくる。

その間にヘッドギアを装着した三年の斉藤さんがリングに上がってきた。

これで五人目。実戦練習至上主義の樋口顧問は、アマボクシングの指導者としては珍しく、スパーリングを重要視する。武倉高校での生活がスタートして早二週間。予想通り、大阪よりさらに過熱感を帯びたボクシング漬けの日々が始まっていた。

カーン。インターバル終了を告げるゴングがボクシング部専用体育館内に響き渡る。

スパーリング相手をつとめる斉藤さんは、五十六キロから六十キロまでのライト級。昨年の国体の準優勝者。インターハイでも上位に喰《く》いこむ武倉ボクシング部の精鋭の一人。スカウト特別枠で最後まで生き残った一人でもあるという。

「よっし、平井！　一気に距離を詰めていけ！　斉藤も前へ出ろよ！」

樋口顧問の檄が飛ぶ。俺は目の前に立ちはだかる相手にだけ全神経を集中させる。

俺にはボクシングしかない。ボクシングだけが家族をつなぎ、幸せにしてくれるんだ。

ダンッ！　左足を深く踏みこみ、俺はワンツーを斉藤さんの顔面に当てながら、得意のインファイトへ持ちこむべく、ボディへの左フックを振り抜いて右脇腹を抉る。

鍛え上げられた斉藤さんの屈強な体軀が前傾で折れ曲がる。わずかに下がった左ガードの裂け目に鋭い右フックを打ち貫く。ヘッドギアをした斉藤さんの頭部がグラッと揺れる。間髪容れず、さらに踏みこんで追撃の右のダブルフックを決める。

グガッ！　激しい打音とともに斉藤さんが両膝をキャンバスマットに突く。

「次、安西《あんざい》だ！　平井とのスパーの準備に入れ！」

樋口顧問がリングサイドで叫ぶ。俺は心に念じる。絶対に負けるわけにはいかない、と。脳裏によぎるのは、昨晩、母さんから送られてきたメールだった。

〝暁

そちらの新生活はいかがですか？　私は元気にやっています。

おかげさまで暁空の具合はずいぶん安定してきました。

いまさらですが、暁空の世話ばかりで、これまであなたにほとんどなにもしてあげられなかったことを反省しています。本当にごめんなさい。

それでも神奈川へ行ってしまったあなたを心配しない日はありません。

そして考えることがあります。寡黙なあなたはなにひとつ言ってくれないけど、暁空を名古屋の病院に移すため、ずいぶんと大変な約束を学校側としてしまったのではないでしょうか。もちろん、心から感謝しています。あなたのおかげで暁空は救われたのですから。でも、親として気がかりでならないのです。

それに今月から早くもインターハイの予選があると、暁空から聞かされました。

あの子は「お兄ちゃんは絶対に優勝するよ」って言うくらい回復してきましたが、やはり私は心配です。スポーツといっても、殴り合いがボクシングという競技の本質だということはよくわかっているつもりです。

暁空や私のために捨身で闘うような、自らを削るみたいな覚悟だけは持たないでください。それは暁空と私を悲しませるだけだから。どうか無理だけはしないでください。

そうしていつの日か、自分の納得がいくゴールに辿り着けたと思ったなら、この家へ戻ってきてほしい。

必ず暁空は良くなります。私は信じてます。

そうなればあなたには普通の高校生の生活に戻ってほしいのです。

まだ十五歳のあなたが背負ってしまった重荷を、一日でも早く大地に下ろすことができるよう祈っています。そのために私も頑張っているつもりです。すべてはふがいない母親の力不足が原因なのに、身勝手な想いばかりを書きつらねて、本当にごめんなさい。

母〟

◇

来週四月十九日の金曜日から二十二日の月曜日まで、四日間にわたってインターハイ神奈川県予選が行われる。小学五年生からアマボクサーとして連盟に登録して、すでにアンダージュニア全国大会で五年連続優勝を果たしている俺は一年生から出場資格がある。

高校一年生からボクシングを始めた一年部員は出場できない。安全上の理由から、選手登録後八ヵ月が経過しなければ資格が与えられない規定が連盟で決められているからだ。

武倉高校の全部員と関係者、そして全校生徒が注視するインターハイ神奈川県予選。

勝って当たり前。みんなの関心は、平井暁がどういう勝ち方をするかということ。

結果として俺は、四日間にわたって四回戦連続1RKOかRSC勝ちという、圧倒的な成績で優勝を果たす。プレッシャーがなかったといえば嘘になる。レンさんがセコンドにいない試合への恐怖もあった。それでも俺はこれまでレンさんと積み重ねてきたボクシングスタイルを貫き、相手選手を寄せつけないパワーとスピードで殴り倒していった。

どんな対戦相手が目の前に現れようが負けない。いや、負けてはならない。

県予選を勝ち抜き、そういう自信と自負が備わってくる。

それでいて、去年あたりから感じ始めていた言いようのない孤独や不安が、ふいに突然、心に押し寄せる。家族もレンさんも島の友だちも、いまの自分にはない。

そんなとき俺は自身に言い聞かせる。まだ始まったばかりだぞ。心を強く持つんだ、と。

次戦は五月三十一日から六月三日まで、ここ武倉高校の体育館で開催されるインターハイ関東ブロック予選大会。選手層日本一を誇る東京都からも強者ファイターが集結する、全国でも屈指のハイレベルなトーナメント戦だ。

八冠達成の第一歩として、俺は絶対に勝ち上がらなければならない。

五月三十一日。大会の初日。相手選手は埼玉県修徳《そうとく》高校でナンバーワンの実力者といわれる藤原信二《ふじわらしんじ》。身長百七十七センチで俺との差は約十センチ。

1R三十一秒。放ったパンチはたった一発。一撃で俺はKO勝ちを収める。

大歓声に沸く満席の会場内。満面の笑みをたたえた樋口顧問らが待つコーナーポストへ戻ろうとしたときだ。俺は想定外の人物をリング上から見つけて大きく驚く。

シロ——な、なんでお前がこんな場所に？

約七年振りに見る幼馴染みは、かつての印象と違い、逞《たくま》しく精悍《せいかん》な顔つきになっていた。繊細な線の細さが消えて、目には力強い輝きが宿っていた。

しかもその隣には、あの男が——。

見て見ぬ振りして、俺は即座に視線を外し、身を翻《ひるがえ》す。

シロの横に座っていたあの金髪男は守屋弘人。

二人はいったいどういう関係だ？　異質な組み合わせに心が引っ掛かる。

臆病で気弱な幼馴染みと、現役続行不可能に追いこんだ男。その二人が俺の試合を観にきている。そこには偶然でない、なにか数奇な命運すら感じてしまう。

「もしかして、シロの奴、ボクシングを——」

そこまで考えて、まさかな、と打ち消す。そして頭を振ってコーナーポストへと向かう。背中に当たる二人の視線を感じながら、もう後ろは振り返らなかった。

間もなく六月が終わる。

暁空の容態はかなり回復しているという、母さんからのメールを昨夜受信し、励みになった。俺の選択は間違ってなかった。そう思えるだけで闘志が湧き上がる。

七月に入り、部活はいっそう熱を帯びてくる。

来月上旬には全国高等学校総合体育大会、すなわちインターハイが開催される。下旬になれば国民体育大会関東ブロック大会が待っている。予選を勝ち抜いてこれら二大会に出場する武倉高校の選手は総勢十八名。もちろん神奈川県では最多となる。

学校側とマスコミの俺に対する期待度の高さはハンパない。一年生で両大会を連覇すれば、その先にそびえる高校八冠達成という、大記録へ邁進《まいしん》していくことになる。法外な好条件で武倉高校が俺を迎え入れたのは、まぎれもなくその大記録を達成するためだ。

実戦練習のスパーリングに重きを置く樋口顧問だが、すでに部内の上位選手の手の内は覚えこんでしまうほど拳を交えていたため、この頃には早くも他高校との対外試合に出向くようになっていた。

鈍色の梅雨空から小雨《こさめ》が降りしきる、七月中旬のその日。俺を含めた、ライトフライ級からライト級までの軽量級選手五名による対外練習試合が行われることになった。

出向いた先は東京都江戸川区にある私立青盛《せいせい》工業高校。伝統的にボクシング部の活躍が目覚ましい男子校で、関東ブロック大会では武倉高校と鎬《しのぎ》を削る強豪校でもある。

武倉高校と並んで、地方からのスカウト特待生が多いことに加えて、両校の顧問が旧知の間柄《あいだがら》ということもあり、年に一、二度、スパーリングの場を設けているという。

部室に到着すると、いかにも男子校ボクシング部らしい強面四十人近くが戦意に満ちた視線を向けてくる。偏差値が低くて不良が多く、都下での評判は良くないらしい。

「平井君の相手選手、ウェルターの真壁豪《ごう》さん。三年生で実力は部内随一よ。あと十分ほどで始まるわ。あ、ひとつ違いの弟は東峰高校のトップファイター、真壁直也《なおや》なんだ」

青盛工高ボクシング部に到着し、ほかの部員から少し離れたベンチに座ってバンデージを右拳に巻いていると、ファイルブックをのぞきこみながら飯島さんがそう告げる。

普段は部室まわりのサポートがメインだが、対外練習の際はアテンドもする。

樋口顧問が彼女を信頼しているのは誰もが知っていた。選手のコンディションや能力の目利きが優れているのも周知だ。彼女がボクシングに注ぐ情熱には頭が下がる反面、俺はそんな飯島さんの姿にどことなく翳《かげ》りを感じるときがあった。

「昨年はインターハイで二位、国体と選抜はともに優勝してるね」

目線を上げると、すぐ近くに飯島さんの顔がある。黒い瞳がじっと俺を見ている。

「聞いてないですよ、そんな話。今日は軽量級の遠征ですよね？」

それほどの重量級強豪と闘うなんて樋口顧問は言ってなかった。同級かライト級の中堅選手を当てるから、３Rフルで時間を使って足回りと距離感を意識してファイトしろ、と課題を伝えられてあった。当の顧問を目で捜すが、いつの間にか部室から消えている。青盛工高の佐々木顧問も同様だった。

「国体関東ブロックの運営の話があるとかで、どちらの顧問も離席してるの」

思いを見透かしたように飯島さんが涼しい面持ちで言う。

「樋口顧問は知ってるんですか？」

「さあ、私にはわからないけど」

彼女は小首を傾げるようにしてつづける。

「体重差、気になるの？」

「だってウェルターですよ。さすがの俺でもこれまでやったことがない」

ウェルター級は六十四キロから六十九キロ。しかも大会までまだ一ヵ月近くある。絞りこむには早すぎる時期。だとしたら十五キロ以上の体重差があってもおかしくない。

「そんなトップクラスの重量級選手がバンタムの俺とスパーする意味なんてないでしょ？」

「君でも、こわいことあるんだ？」

くすっと口元が笑ったように見えて、俺はムッとする。

「こわいとか、言ったつもりはありません。ただお互いに無意味じゃないかって」

「無敗ノーダウンのバンタム級アマ王者。君って最強を求めてるんじゃないの？」

「は？」

「君の闘いぶりを見てて、私はそう感じてるんだけど」

「言ってる意味、まったくわからないんですけど」

「あちらは君とのスパー、ヤル気満々みたいだけどね」

言いながら整った顔で黒い瞳を泳がせて、飯島さんは部室の反対側へと向ける。

筋骨隆々のいかにも重量級ボクサーがこっちを睨んでいる。あれが真壁豪か。身長は百八十センチ近くある。鍛え上げられた肉体は明らかに軽量級とは異質の筋肉に覆《おお》われている。飯島さんが言うように全身から戦意が漲っているのはひと目でわかる。

そういうことか——俺は悟る。階級なんか関係なく、俺を追ってくる連中はうんざりするほどいるってことだ。六年間、無敗ノーダウンという戦歴はむやみに敵を作る。

「やめる？」

試すような表情で飯島さんがのぞきこむ。

「私、言ってきたげるよ。平井は闘いたくないって。そしたら回避できるから」

「誰が闘いたくないって言いました？」

拳骨を覆う真っ白なバンデージを睨んだまま、俺は言葉を返す。

しばしの沈黙が飯島さんと俺との間に降りた。

「最強がどうとか、さっき言いましたよね？」

両目だけで仰いで飯島さんを睨む。

「そんなに見たいんなら、見せてあげますよ。俺の強さを」

直後、インターバルを告げるゴングが鳴り、俺はベンチからすくっと立ち上がる。

「飯島さん、グローブはめてください」

そう言って、俺は強い声を押し出して真壁に向ける。

「おい、真壁。次のラウンドからやろうぜ。さっさとグローブつけてリングに上がれよ」

ざわっと部内の空気が不穏にうねる。

「どんだけだ、てめえ？」真壁が顔を紅潮させて荒らげた声をぶつけてくる。

「ごたくはいい。顧問が戻ってくる前にけりつけようぜ」

俺は飯島さんに右グローブをはめられながら、顎でリングを指す。

◇

1R開始早々から俺はアグレッシブに動いていった。ボクサーファイターでミドルレンジが得意だと飯島さんが教えてくれた真壁に対し、体重差を逆手《さかて》に取って軽量級ならではのスピーディなフットワークを駆使する。

キュ、キュッ、キュ、キュッ、キュッ――軽快なシューズの音が鳴り響く。縦横無尽にステップを踏んで真壁の距離感を翻弄《ほんろう》し、上下左右にフェイントを交えたトリッキーなコンビネーションで主導権を握っていく。重量級ではあり得ないスピード戦だ。

戸惑いの色を隠せない真壁に早くも俺は一閃の隙を見つける。

ボディへの右フックのフェイントを放った瞬間、左グローブの顔面ガードがわずかに下がった。そこに狙いを定める。

ダンッ！　強烈な踏みこみで俺はステップイン。すかさず右フックのダブルで、真壁の横っ面に拳をめりこませる。

ゴッ。このスパーリングで初めて鈍い音が弾けた。青盛の部員たちが声を上げる。

手応えは完璧に近い。タイミングも間合いも角度もジャスト。だが俺は体重差十キロ以上ある真壁の打たれ強さまで計算に入れてなかった。バンタム級かライト級の選手なら、まず一発で仕留めることができた、完全KOのクリーンヒット。しかしタフな真壁は倒れない。両膝がかくんと折れかけたものの、鼻血を噴き出しながら前のめりで持ちこたえ、しかもごつい肩を押し出すようにして、猛烈なタックルを浴びせてくる。

試合では考えられない、なりふり構わない反則技。意表を突かれたラフプレーだったが俺はサイドステップでかわす。と、真壁は俺の動きを読んでいた。すかさず今度は太い両腕を回して強引にクリンチに持っていく。がぶり寄るように体当たりしながら、左右の太い腕が俺の上体を締め上げる。ウェルター選手に力で勝てるわけない。

両校の部員が固唾《かたず》を呑んで見つめている。身体を揺すってもがき、俺はなんとかクリンチからの脱出を試みるが、真壁は両腕にこめた力をけっして緩めようとしない。

放せよ、この野郎！　マウスピースをきつく嚙んで、声にならない声を喉の奥で吐く。言いようのない怒りが俺のなかで噴き上がってくる。

突然だ。ふっと拘束が解かれたと同時、ガツッと鈍い衝撃が俺の頭蓋《ずがい》を震わせる。目の前が真っ暗になる。ボクシングで初めて味わう強烈なダメージ。一瞬、なにが起きたのかわからない。大腿《だいたい》の力が抜けるように両足の踏ん張りがきかなくなる。不穏に部室がざわついている。いまの一撃がバッティングだったとわかったのは数秒後のこと。次なる真壁の卑劣な追撃を警戒して、朦朧《もうろう》としかける意識を即座に現実へ引き戻そうとする、その刹那《せつな》だ。

「左エルボー!」

女の叫び声が轟く。その声に弾かれるようにして俺はウィービングで避ける。チッと右眉を凄まじい一撃がかする。剃刀《かみそり》で削《そ》がれたような鋭利な痛みがビリビリ皮膚に走る。

「今度は右っ!」

飯島さんだ——これまで聞いたことない、力強くてよく通る、別人みたいなハイトーンボイスが、白濁しかけた俺の脳を覚醒《かくせい》させていく。

瞼を見開いた瞬間、立てつづけに強烈な右の肘《ひじ》打ちが真上から振り下ろされてくる。

真壁の目にはキレかけた凶暴さが宿っていた。

残存する力をフル稼働させ、なんとか俺はスウェーバックで上半身を後退させる。

卑劣な反則技に怒りが湧く。

この野郎! そうまでして勝ちたいのか! 反則で勝利してうれしいのかよっ!

グウオッ! 空を斬る真壁の強烈な右エルボー。俺は心で吠える。

「本当の強さっていうのはな！　俺の求める最強はそんなんじゃねえんだ！」

バランスを崩して大きく上体が傾《かし》いでいく真壁のその顔面に向け、本能のままに渾身の右ショートフックを打ち貫く。「本気で闘ってる奴をナメんじゃねえ！」

ゴガッ！　十オンスグローブを介して拳が喰いこんでいく。

ヘッドギアからのぞく真壁の眉間に中指の拳骨がみしみしと突き刺さるのがわかる。

ほぼ同時だ。ビキッという、かつて体感したことのない嫌な激痛が、右拳の先端から腕を伝って全身に駆け抜ける。背筋がぞわりと震えるような悪寒を覚える。

「あぁぁぁ――」

驚きと諦めと嘆きが入り混じる青盛部員の声が漏れていくつも重なる。

一撃を振り抜いたまま、すぐには身体を動かせない。視界の真正面に映る真壁の巨体が、のけぞるようにしてリングへと倒れていく。血飛沫《ちしぶき》がまだらになって宙に飛ぶ。白いマウスピースが舞う。だが俺の意識は真壁になど向いてない。

ビキビキビキビキビキッ――拳骨が決裂し、忌《いま》わしい痛みを放ちつづける。

あまりにあくどい真壁の反則攻撃にリミッターが外れてしまった。ハードパンチャーの宿命とはいえ、こんな低レベルな男とのスパーリングで傷つけてしまうとは。

ドドッゥウッ。

真壁がリングに沈んだ。大の字になって仰向けで倒れた真壁はぴくりとも動かない。

数秒後、棒立ちだった青盛部員数人がリングへ駆け上がってくる。対して武倉高校の四人は誰も動けない。飯島さんだけが違った。慌ててリングに上ってくると、俺のそばへ寄り添うように近づき、白いハンカチを手にして右眉に当ててくる。彼女の肌と同じくらい白いハンカチに目をやり、反射的に顔を背けて避けようとすると、

「ダメ。動かないで。血が出てる」

ついさっき叫んだハイトーンボイスとは一転、普段のクールな声になって告げる。

「痛い？」

右拳のことを訊かれたのかと動揺し、すぐには言葉を返せない。

「エルボーがかすって皮膚が切れてるだけだと思う」

そう言われて、顔面の裂傷を指していると理解する。

「あ、ああ――」

俺はなんとか短い返事を声にする。右拳の痛みは引かない。というかギシギシと不吉な熱を帯びた激痛へと変わりつつある。やっぱり骨をやってしまった。直感で悟る。

「問題はそっちね。最後の右フックね」

飯島さんがすべてを見透かしたように小声を向けてくる。

「とりあえず、ここを出ましょ」

ささやくように言い、飯島さんは俺の左腕を握りしめ、ぐいと引きながらリングを降りる。真壁はいまだリングに倒れたまま動かない。武倉高校の軽量級部員四人はコーナーポスト近くに立ちすくんだままだ。彼らに向かって飯島さんがつづける。

「私、平井君を病院に連れていくから、顧問に伝えといて。後で電話するって」

「あ、は、はい――」部員たちは戸惑いつつも返事して肯く。

俺は飯島さんに連れられる形で部室を出ると、そのまま校門を出たところでタクシーに乗せられた。

「ごめん、平井君」

そう謝ってくる意味がわからない。

それっきり飯島さんは口を閉ざしたまま、会話をやめてしまった。

二

真壁とのスパーリングが両校でどう処理されたのか、わからないまま曖昧《あいまい》に終わった。樋口顧問はそれについて特に語ろうとしなかったし、部員の誰も話題にすらしなかった。そして飯島さんは病院へ向かうタクシーのなかで言った謝罪の言葉について、俺に説明することもなかった。

幸い右拳骨中指の中手骨は、破断する寸前の不全骨折という診断だった。担当した医師曰《いわ》く、元来俺の骨は太くて非常に頑強であったため、完全骨折を免《まぬが》れたという。

全治約二週間。サンドバッグやスパーリングは三週間が経過した時点で、ほぼ問題なく再開できると言われた。八月一日から群馬県で開催されるインターハイの出場にはぎりぎり間に合う。樋口顧問をはじめ学校関係者も俺も胸を撫《な》で下《お》ろした。

そうして迎えたインターハイ。

俺は一回戦から四回戦まで全戦ＫＯで勝ち進み、決勝戦に臨んだ。

相手は真壁直也。二年生。去年のインハイ、国体、選抜を制したバンタム級最強覇者。

リングに近づくうち、真壁選手を見て、おや、と思う。どこかで見たことある顔だった。そのときになって初めて、樋口顧問があの一件に関《かか》わることを口にする。

「青盛工高の真壁豪の弟だ」

驚いて俺は顧問に顔を向ける。そういえば真壁豪とのスパーリング直前、飯島さんがそんなことを言っていたと思い返す。

「お前が殴り倒して、頭蓋骨《ずがいこつ》陥没骨折を負わせ、三年生最後の公式戦出場のチャンスを奪った、あの真壁豪の実弟だぞ」

樋口顧問は淡々とつづける。

「あの一件はケンカ両成敗ということで落ち着いた。お互いが骨を負傷したし、真壁兄が反則技を繰り出したのはあの場にいた全員が見てたからな」

初めて聞く話に俺は無言で肯く。おおかたそんなことだろうとは想像していた。

「だが弟はそんなことなど関係なく、兄の復讐《ふくしゅう》戦とばかりに怒り心頭で立ち向かってくる。絶対に気魄《きはく》負けするんじゃないぞ」

寸時そこで言葉を止め、樋口顧問は念を押すように言う。

「絶対に優勝しろよ。俺たちにはそれ以外の選択肢はないからな」

「はい、絶対に勝ちます」

力をこめて俺は肯いた。


インターハイの決勝戦だけあって、会場の盛り上がりは最高潮だった。俺がリングに上がると、いっそうの声援や拍手が鳴り響く。コーナーポストで樋口顧問のアドバイスを聞きながら両肩をほぐし、ゆっくりと会場内を見渡していく。最前列にいる飯島さんが見つめていた。と、同じく最前列に座る男たちが視界に映りこんで意識を奪われる。

六月の関東ブロック大会につづいて、またもシロがいた。

しかも金髪の守屋がその隣で当然のように座っている。

俺は確信した。シロはボクシングをやってる。だから群馬まで決勝戦を観にきたんだ。守屋が今回も同行している理由は謎《なぞ》だが、シロがボクサーになったのは間違いない。

決勝直前のこんな場面だというのに、自分でも意外なほどのうれしさがこみ上げてくる。離ればなれになったシロとボクシングでふたたびつながろうとしていることに素直な喜びを感じる。闘う以外は孤独しかない心に仄《ほの》かな光が射すみたいだった。

直後、レフェリーに呼ばれてリング中央へ進む。

真壁直也は闘志満々の顔つきで怒気を漲らせ、鋭く睨みつけてくる。

「ぜってーイケるぞ、真壁!」「勝つのはお前だ!」「連勝記録を打ち破れよっ!」

真壁陣営の部員たちがリングサイドで檄を飛ばす。

レフェリーが両者を自軍のコーナーポストへ分かつ。

カーン。1Rが始まった。猛スピードで飛び出した真壁が凄まじいラッシュ攻勢をかけてくる。俺はじっくりと目を据えて猛攻を難なくかわしていく。そうして真壁の出方を冷静に洞察し、モーションを読み取る。真壁は猛撃を緩めない。ジャブ。ストレート。左右のフック。どれだけパンチが空を斬ろうと執拗に追いかけてくる。

俺はステップワークを加速させ、スピーディなフットワークで前後左右へ動いていく。試合開始早々、押し進む真壁に対し、足を使って防戦に徹する展開になった。

だが、パンチは当たらない。

やがて痺《しび》れを切らしたように、真壁はこれまでキープしていたミドルレンジから大胆に踏みこみ、間合いを詰めてきた。右フックでボディを狙ってくる。

ドグゥッ。派手な濁音がリング上で弾ける。だが俺は肘で完璧にプロテクトしていた。

「オオーッ」クリーンヒットと勘違いした観客が大きくどよめく。

「当たる当たる！　真壁！　入ってるぞ！」真壁陣営からも熱のこもった声が上がる。

直後、調子づく真壁がふたたび攻撃を仕掛ける。またも右フック。

再度、激しい打音が会場を覆うが、やはり俺は左肘でガードしてノーダメージだ。

攻勢ペースを完全掌握すべく、果敢に前へ出る真壁。兄に骨折を負わせた俺への復讐心が、いつも以上の苛烈《かれつ》なファイトにしている。止まることなく血眼で攻めつづけてくる。

が、俺はすでに見切っていた。こいつの直線的な攻撃パターンと身体的予備動作を。誘いのトラップを仕掛けるため、俺はわざと後退しながらロープを背にする。そのタイミングで真壁陣営のセコンドが上気した声で叫ぶ。

「いいぞいいぞ！　押してる押してる。一気にパンチを集めてけ！」

大方の予想を裏切る真壁の一方的な展開に、にわかに会場もざわついてくる。背に受けるそういう空気を察したかのように真壁はさらに大胆になる。踏みこんできてもミドルレンジに戻っていた間合いが離れなくなる。すでに俺が得意とするインファイトレンジに完全突入していた。狙い通りだ。俺はロープにもたれかかりながらチャンスを待つ。

スウェーバック。ダッキング。ウィービング。真壁の連打をぎりぎりのタイミングで避けつづける。いまだ俺は一発もまともにパンチをもらってない。

そして、いまだ一発だってまともにパンチを放ってない。

試合直前、最前列に座るシロを見て、とっさに思いついた。

俺ならではのファイトを見せてやろう、と。はるばる群馬まで試合を観にきたのなら、誰も想像のつかない大逆転劇と、一撃必殺のボクシングの真骨頂を教えてやろう、と。

調子づく真壁は左右のショートフックを繰り出しながらいよいよ勝負を決めにくる。とどめを刺そうと、さらに上体を前のめりにして踏みこんできた。

「追うなっ、真壁っ！」

真壁陣営のセコンドから警戒する怒声が響く。だが真壁の耳には届いてない。予想外の俺の苦戦に会場内は興奮の坩堝《るつぼ》と化していた。

虎視眈々《こしたんたん》と俺は完全にロープに背を預ける。ここぞと怒濤《どとう》の連打で攻めてくる真壁。冷静さを失っている。みるみるパンチが大振りになる。ガードが甘くなる。

「いったん距離をとれっ！　離れろっ！」

またも真壁陣営が声を張り上げるが聞こえてない。一撃ＫＯを決めるべく、真壁は力のこもった右フックを放とうと大きく振りかぶる。

その一瞬、左グローブのガードが顔面から十センチほど下がる。狙い通りだった。

これだ、お前の弱点は！　一気に俺が右拳を伸ばそうとした、そのときだ。

「真壁！　右だ！」

驚いた。会場の大歓声を凌駕《りょうが》する咆哮《ほうこう》がリングサイドから轟いた。

刹那、声のほうへ横目を動かす。

「カウンターを狙われてる！」

守屋――椅子から立ち上がり、大声で叫んでいる。

読んでた？　俺の攻撃を？　まさか――。

そう思いながらも、ぐんぐん伸びる俺の右フックは確実に真壁の横顎を捉えていく。

ギゴッ！　鈍く重い破壊音がリングサイドの四方に拡散していく。

ヘッドギアから露わになっている真壁の顎が、ごりっと直角に振れる。

カシャカシャカシャカシャカシャカシャカシャカシャカシャ。

リングサイドに陣取るマスコミ関係者のデジカメのシャッター音が連続する。

顔面の皮膚と肉を震わせ、表情も意識も失っていく真壁。すぐさま俺は踵を返す。

打ち抜いた右拳の感触で確信していた。もうこいつは絶対に起き上がれない。

「まかべぇぇ――――!!」

ありったけの絶叫を張り上げるセコンド陣営の声が背に届く。

熱狂の渦に包まれていた会場が、しんと静まり返ってありとあらゆる音を消している。

静寂のなか、ドッ！　と真壁の体躯が横たわる。

キャンバスマットへ突っ伏す衝撃がシューズ越しに伝わる。

そのまま俺は歩を進めていく。自軍のコーナーへ戻って振り返ると、レフェリーが両腕を交差し、試合を止めていた。即座、呼ばれたドクターがリングへ駆け上がる。

真壁は白目を剥いたまま昏倒し、びくびくと爪先《つまさき》をリングに打ちつけている。

試合終了のアナウンスが響く。ただちにストレッチャーが運びこまれる。

にわかに騒然となり、やがて絶叫と歓声と拍手がこだまする満席の会場。

俺は最前列に座るシロに目を動かす。シロもまた茫然《ぼうぜん》とした表情で俺を見ていた。

どうだ？　これがボクシングだ。その一秒先を信じる者だけが勝つ世界なんだぞ。

声なく語りかけながら、俺はリングを降りていく。

もし、お前が本物のボクサーになろうとしているなら、いまの一撃でわかったはずだ。

この場所に立ちつづけるには、そういう覚悟と執念が必要なんだぞ。

十歳から俺はそうやって闘いつづけてきたんだ。

ずっと憧れつづけた本当の強さを手に入れるために。

次の瞬間だ。ハッと俺は気づく。自分がシロとの闘いを求めていることに。

あいつがどれだけ強いのか、どういうファイトをするのか、まるでわからない。

だけどシロと同じリングで闘うことを想像しただけで、いま俺は奮い立っている。

いつの頃からか影みたいにまとわりつくようになった孤独や不安が消え去っていく。

その理由はまだ自分でもよくわからなかった。


1R一分四十四秒KO勝ち。俺が放ったパンチは横顎を直撃する猛烈なカウンターの右フック一撃だけ。圧倒的勝利で真壁直也を退け、インターハイ全国優勝を決めた。

もう右拳に痛みはない。それにしても、とあらためて試合を思い返して舌打ちする。

ロープ際に真壁を誘いこんでカウンターを狙い打ちする瞬間、リングサイドにいた守屋は大声で叫んだ。

「真壁！　右だ！　カウンターを狙われてる！」と。

完全に読まれていた。俺の手の内を。

もう現役続行は不可能なはずなのに、奴は決勝戦会場にいた。しかもシロと一緒に。

もし、あいつらが——俺のなかであり得ないはずの想像が膨らむ。

もし、それが現実になったら——俺のなかであり得ないはずの期待と畏怖《いふ》が膨らむ。

大会会場を後にする武倉高校のマイクロバスのなか、車窓越しに映る真夏の夕景をぼんやり眺めながら、妄想でしかないシロとのファイトをあらためて俺は思い描いていた。

◇

翌々週に開催された国体関東ブロック大会。俺はまたも全戦KOという快挙で優勝を果たす。圧倒的強さに武倉高校ボクシング部と学校関係者とマスコミは沸きに沸いた。

嵐みたいなその渦中にいながら、俺は中三のときに覚えた以上の孤独や不安や恐怖をごちゃ混ぜにしたような不協和音の軋みを感じていた。

闘い抜いて勝ち上がり、全国制覇を果たしたのに満足感などない。先の見えない勝負はこれからまだまだつづく。次から次へと名前も顔も知らない奴らがリングに上がってくる。

そう考えただけで、ぽっかりと心に穴が開くような虚無感に囚われそうになる。

夏休み最終週に入った月曜日。

部活が終わって寮へ帰ろうとすると、正門近くで飯島さんが待っていた。

「たまには一緒に帰ろうよ、途中までだけど」

そう切り出され、俺たちは暮れなずむバス通りを肩を並べて歩き始めた。

「あの、ごめんね、平井君」

「なんで、いきなり謝るんですか？」

「あのときのこと、私、反省してるの。真壁さんとのスパーの件」

「どうして？」

　訊きながら頭のなかでは、タクシーで彼女が口にした謝罪の言葉を思い出していた。

「だって、君でもこわいことあるんだ、とか、けしかけるようなこと言ったし」

「最強、求めてるんじゃないの、とも言いましたよ」

「わかってる。けど、悪意で平井君をけしかけるために言ったんじゃない」

「だったら、なぜ？」

「純粋に見てみたかったの」

「見てみたかった？」

「正直、十キロ以上、ううん、もしかすると十五キロ近くウェイト差があるはずなのに、リングに上がるなんて絶対にあり得ないって思ってた。いくらスパーリングとはいえ、もうそれはボクシングっていうスポーツの領域じゃないから」

　そこまで言って彼女は真顔で俺に向き直った。

「なにを背負ってるの？」

　数瞬、会話が止まる。俺たち二人の歩も止まる。

「言ってる意味がわかりませんけど」

「うそ」

「いや、わかりません」

「君、闘うこと、辛くなってるでしょ。でも、闘いから逃れられない――」

思いがけないほど、彼女の言葉に胸が揺さぶられてしまう。

「――なんで?」俺は訊く。

「全部が重なるから。強いとこも弱いとこも。なんもかんも」

「重なる?」

「そう」

「俺、やっぱ飯島さんの言ってること、まるでわかりません」

「だよね――」

飯島さんは俯いてゆっくりと歩き出す。俺も彼女について歩を進める。その一瞬、近づきかけてた彼女の心が、すっと引いていった気がした。この人はなにかを隠している。

俺が翳りを引きずるように、彼女もまた翳りを引きずっている。

「けど、ボクシング、詳しいですよね? それだけはわかる。ボクシングが大好きなことも」

それには返さず、あらたまったように彼女はふたたび向き直って足を止める。

「あのね、今日、平井君のこと待ってたのは、これを渡したかったから。今週末、夏休み最後の日なんだけど、ちょうど部活が休みだから、いいかなって思って」

彼女が差し出した手には、一枚のチケットみたいな赤い紙がある。

「これは？」

「私のライブ。聴きにきてよ、平井君。横浜で演《や》るの」

そう告げた瞬間、彼女の透けるように白い肌にうっすら赤みが差す。暮れかけた夏の夕《ゆう》陽《ひ》の悪戯《いたずら》なのか、紅潮したのかはわからない。

「私、バンドやってるの」

俺は驚いた。部でそんな話、聞いたことがなかったし、そんな感じに見えないから。

「一度、平井君に聴いてほしかった。私が作った歌。よかったら感想、聞かせてほしいの」

「俺、音楽のこと、全然詳しくないけど」

「そんなの関係ない。思ったままのことを聞かせてほしいの」

「なんで、俺が？」

するとと飯島さんはわずかに目を落として黙りこくる。

「あ、いや。嫌とかって意味で言ったんじゃないから。行きます。聴かせてもらいます、飯島さんの歌。正直、突然言われてちょっと驚いただけで。あまりに意外すぎて」

そう言いながらチケットを手にすると、彼女の表情はわかりやすいほど元通りになる。

「いつからバンドやってるんですか？」純粋な興味から俺は訊く。

「中二の夏から。ギターは小二から弾いてるの」

「すごいよ。平井君のほうが何百倍もすごい」

「じゃあ、もう八年も。すごい」

彼女はまっすぐに黒い瞳を動かしてくる。やっぱり部室にいる飯島さんとは違って映る。普段はほとんど気持ちを露わにしないクールな人なのに、こんなふうに感情を表す一面もあるのか。俺もまた飯島さんに視線を向けると、

「全部が重なるのよ。君の強いとこも弱いとこも。なんもかんも」

そこまで言ってくるりと背を向けると、先に一人でまっすぐなバス通りを駆け出していく。

「あ！」

「じゃ、また明日。部活でね、平井君」

彼女はみるみる夕闇のなかで小さくなっていった。

その場に残された俺は、全部が重なるっていったい誰のことだろうと思案する。でもわかるわけない。ふいに彼女の歌を聴いてみたくなった。もしかしたら彼女が作った歌を聴けばなにかがわかるのかもしれない。彼女が引きずっている翳りがなにかも。

そんなことを淡く考え、俺はすっぽりと太陽が落ちてゆく方角を見つめた。

三

「元気なの?」

苛立ってるというか、少し怒ってるのは声色ですぐにわかる。

「母さんは、元気そうだな」皮肉っぽく返すと、「ばか」とすぐになじられる。

「なんで電話してこないのよ?」

「たまにメール送ってるだろ。俺なら心配ないって。大丈夫だよ」

神奈川県へ一人で越してきて半年と少し。インターハイ全国優勝。国体関東ブロック優勝。無敗ノーダウンはキープしたままだ。あの樋口顧問も、期待通りの成績だぞ、と称賛する反面、俺の心は極端に揺れる日がある。母親との直の会話を避けるのは、張り詰めた緊張感がぷつんと切れてしまいそうで怖いから。思えば右拳を負傷して以来、誰にも打ち明けられない、さまざまな負の感情を内面に抱えるようになった。理由はわからない。確実に強くなってるはずなのに、本当の強さから遠のいてばかりいるように感じる。

「大丈夫じゃないでしょ」

胸の内を見透かすように母さんが言う。

「声に張りがない。元気がない。覇気がない。いつもの暁じゃない」

俺はなにも返せない。さすが母親だと思う。どんなに離れていても二言三言話しただけでわかるんだ。親ってすごいなと感心してしまう。

「もっと言おうか?」追い打ちをかけるように言葉を重ねられ、

「もういい。わかったよ」

と、あっさり白旗を上げる。

「なんで電話してきたわけ？」

訊きながら、もしかして暁空になにか、と思いつつ、だったら母さんがこんな調子で会話するわけない、とすぐに否定して不安を打ち消す。

「暁空がお兄ちゃんに会いたいって、そればかり言うの。それに今度の日曜、暁空の誕生日じゃない」

「そっか。そうだった」

すっかりあいつの誕生日のこと忘れてた。

「そんなこと言えるなら、かなり元気になったんだ」

わずかな間が空いた。母さんが訊いてくる。

「名古屋へ会いにこられる？　まだ夏休みなんでしょ？」

「簡単に言うなよ」

「どういう意味よ？」

「十月には国体があるし、十一月には選抜も始まる。これからまた激戦がつづくんだ」

「だって、インターハイ、優勝したんでしょ」

「あくまで一優勝にすぎない。俺の目標は高三で八冠制覇。前も言ったろ」

しばし沈黙になる。

「ちょっとでも暁空に会いたいと思わないの？」

「そういう話じゃない。暁空に会いたい。決まってるだろ」

言いながら、なかば衝動的に学校や寮や部活から離れたくなっていた。

「――わかった。なんとかしてみる。顧問に話してみるから」

「ほんと？」

「うん。俺だってたまには家族に会って気分転換したいし」

本心だった。暁空の見舞いも飯島さんのライブも行きたい。少しの間でいい、ボクシングから離れたい。

「ちゃんと決まったら連絡するから。だから、それまで暁空には黙っといて」

「ありがとう。あ、そうそう」

「なに？」

「今度、暁空に携帯電話を持たせてあげようと思ってて」

「携帯電話？」

「ええ。名古屋の病院だから、私もそんな頻繁にお見舞いに行けないし。具合が良くなってきたら、病室からメールとかでやりとりできるから。通話は胸に負担がかかるからダメだけど、メールなら先生もいいっておっしゃって」

「いいんじゃない」

「ね、そう思うでしょ。そしたら家族三人でメッセージを送ったりして、あれこれマメに近況を報告できるの。暁空の気持ちにも張りが出ると思うし、私も安心だし」

それからしばらくは暁空用に親子で契約する携帯電話の話を母さんはつづけた。

電話を切った後、スマホを机の上に置いて俺は深く息をつく。

「誕生日か。あいつ、もう十三歳になんのか――」


「お兄ちゃん」

病室に足を踏み入れたとたん、懐《なつ》かしい声が届く。約半年振りに弟を見て俺は驚く。げっそりと顔の肉が削げ、両目が落《お》ち窪《くぼ》み、顔は異様に青白い。著《いちじる》しく精気を欠いているのはひと目でわかる。笑顔を作っているけど、衰弱が激しくて逆に痛々しい。

ベッド脇に座っている母さんは複雑な表情で小さく肯くだけだった。

聞いてた話と全然違うだろ。訴えたかったが、もちろん声にはならない。

「やっぱり、きてくれたんだね」

暁空はそろりと起き上がり、ヘッドボードに背をもたれるようにして上体を預ける。

俺はなんとか微笑《ほほえ》みながらベッド脇に寄って中腰になると、暁空の肩に手を添える。

水色のパジャマ越し、いままで以上に薄い皮膚と骨しかない感触に、ぐらりと心が動揺しかける。それでも普段と変わらないよう意識して話しかける。

「どうだ、暁空、調子は?」

「うん、平気だよ。看護師さんもお医者さんもすっごく親切で優しいしね。それにね、同じ階に同い年の友だちもできたしね。あ、優君《まさる》っていうんだけどね。サッカー部なんだって。めっちゃ足が速くて、サッカーが上手でね。僕、サッカーのことよく知らなかったけど、すごい詳しくなったんだよ。それでね、それでね――」

一気にそこまでしゃべったところ、いきなり暁空の細い肩が震え出す。俯きかけた顔が強張る。両手で白いシーツを握り締める。直後、押し殺した呼吸音が聞こえ始める。

母さんが丸椅子から立ち上がり、暁空を抱えるようにして背中をさする。

「ゆっくりね。暁空。お兄ちゃんは今日ずっといるから。少しずつでいいのよ。ね、ゆっくり呼吸して。そんなたくさんしゃべっちゃうと、お兄ちゃんもわかんないよ」

ヒィー、ヒィー、ヒッ、ヒィー、ヒッ、ヒッィー。苦しげな呼吸音が断続的に漏れる。俺の前だから必死で我慢してるのがわかる、そんな弟を見ていて心が千切れそうになる。思わず骨張ったか細い手首を俺は握ってやる。生まれてからずっと、春も夏も秋も冬も、暁空はほとんど知らない。東京から島へ引っ越しても、家か病院のなかの四角い部屋に閉じこめられた生活。陽ざし。空気。匂い。波の音。土の地面の感触。全身に触れる風に四季を感じることも、ぐんぐん自然が目覚めていく息吹に触れることも、澄んだ青い空に悠然と舞う鳶がピーヒョロロロロゥと独特の声で高らかに啼くことも知らないんだ。

「痛い、痛いよ、お兄ちゃん――」

その声にハッとする。

「暁、あなたが握っている手よ」

知らず知らずのうち強くなっていた握力を慌てて緩める。

「お医者さん、呼ぶね」

そう言う母さんの言葉に首を横に振る暁空は、ぐっとこらえるように俯いたままだった。俺たちはそんな暁空を無言で見守る。せっかく見舞いにきてくれた兄を気遣《きづか》って、先生に邪魔されたくない気持ちが痛いほど伝わる。

やがて胸の痛みが治まり、呼吸も落ち着いてきたみたいで、喉元で響いていた喘鳴《ぜんめい》が鎮まってくる。

「暁空、少し横になったほうが――」

母さんが心配そうに言うと、またも暁空は首を横に振る。そして顔を起こしながら、か細い声で、途切れ途切れに言葉を紡ぐ。

「ぼく、だいじょうぶだよ。それより、お兄ちゃんこそ、だいじょうぶなの？」

思わぬことを逆に訊かれ、俺は思考が止まりかける。そればかりか暁空は心配そうな面持ちで俺をのぞきこんでくる。

つぶらな瞳が俺を見つめる。心の奥底まで透視されているような感じがした。

「なんか、元気、なさそうだもん――」

俺の顔を見つめたまま、ぽつりと言う。

「ば、ばか。なに言ってんだよ。俺は元気だよ」

笑いを作って暁空のさらさらの髪の毛をくしゃっと撫でる。

「そう？」小首を傾げ、納得しない感じで、さらに俺の両目をじっと凝視する。

「なんか、つかれてるっていうか、すごい辛そう」

自分のほうが具合が悪くて胸が苦しいはずなのに、真剣なまなざしで心配そうに言う。

とっさに俺は言葉を失う。そして思う。お前にはわかるというのか？

俺が行き詰まっていることが。苦しんでることが。お前には見えるのか？

遠く離れてて半年振りに会ってすぐなのに、お前には俺の心内が読めるというのか？

「ボクシング、もう、やめたら？」

「な、なに言ってんだよ、お前。どうしたんだよ？」

「お兄ちゃんがやめたいんなら、ぼく、それがいいとおもう」

「だから、なに言ってんだよ。暁空、どうしたっていうんだよ」

「むりして、やるひつようなんか、ないから」

ふたたび喘鳴がか細い声に混じり始める。

「やめろって――」

「あ、暁空――」

俺の声に母さんの声が重なる。でも、暁空は言葉を止めようとしない。懸命に口を開く。嗚咽《おえつ》と喘鳴が苦しげに絡まる。刹那、その両目に涙が溢《あふ》れてこぼれ出す。

ぽろぽろと白い頬を伝って落ちていく。それでもかまわず暁空は必死でつづける。

「ぼくがびょうきだから、おにいちゃん、どっかとおくにいったんでしょ。ぼく、しってるよ、ぜんぶ。びょういんがかわったことも。ぼくのせいだから。ぼくがよわいから。だから、おにいちゃん、やりたくないぼくしんぐ、やんなきゃいけないんでしょ。いやいやたたかってるんでしょう」

ヒッ——突然、喉元が締めつけられるような悲鳴が白い病室に響く。

直後、暁空は上体を折って、咳きこみながら肩で息をする。ヒッ、ヒィー、ヒッィー、ヒィー、ヒィ、ヒッ、ヒィー。さっきよりかなりひどい喘鳴が発作みたいに連続する。

「暁空！」

母さんが片手で肩を抱きしめて擦り、片手でナースコールのボタンを押す。

俺はどうしていいかわからない。ただその場で呆然としながら、暁空の言葉が耳の奥で何度も何度も繰り返される。

だから、おにいちゃん、やりたくないぼくしんぐ、やんなきゃいけないんでしょ。いやいやたたかってるんでしょう——だから、おにいちゃん、やりたくないぼくしんぐ——。

◇

「どうして、あの子、突然あんなこと言い出したのかしら」

その後、ただちに医師と看護師二名が部屋に入ってきて、暁空はそのまま集中治療室へと運びこまれた。それほど症状が急変したことはなかったという。

母さんと俺は所在なく病院の廊下を歩き、エントランスを出たところにある芝生の広場に面したベンチに腰かけた。お互いに話し出す言葉が見つからないみたいに、しばし黙りこむ。ややあって深い嘆息を漏らし、母さんはそんなふうにぼそっと吐いた。

俺は前かがみで両手を組んだまま地面を見つめ、無言で首を振る。

「あんなの、初めてよ。いつもは大人しくて、聞き分けのいい子なのに」

「なんか言ったわけ?」

「え?」

「俺のこと、なんかあいつに言ったんだろ」

隣に座る母さんに顔を向ける。母さんもまた怪訝《けげん》な面持ちで俺に顔を動かす。

「ど、どういう意味?」

「こっちが訊いてるんだよ」

「ちょっと、暁、あなたなに言ってるの?」

「おかしいだろ。半年振りに会ったのに、俺の顔見るなり、いきなりあんなこと言い出すなんて。母さんがなんかあいつに言ったからとしか、考えられないだろ」

「あ、暁——」

「そういう作戦だったのかよ。俺を呼んで、暁空にあんなこと言うよう差し向けて。でもって、ボクシングをやめさせるって魂胆だったのか。汚いよ、汚すぎるって!」

話しているうち、頭に血が上って語気が荒くなる。「誰のおかげであいつをこの病院に入れられたと思ってんだよ。俺が武倉のスカウトの話を持ってきて、受けたからだろ。あいつを助けるため、俺は行きたくもない神奈川の学校に行って、人身御供《ひとみごくう》のように必死で闘ってるんだぞ。人の気も知らないで、よくもあんな真似ができるよ」

「あなた、自分がなに言ってるか、わかってるの？」

血色を失ってわななく唇で辛うじて声を絞り出す母親は、これまで見たことのない目つきになって、俺を睨みつける。

「親の私が、我が子を傷つけるようなこと、するわけないし、させるわけないじゃないの」

「騙《だま》されないよ、俺は。暁空はうまく手なずけたつもりでも、俺は――」

突然、母さんがベンチから立ち上がる。右手が上がる。ぶたれることは瞬時にわかった。わかってたけど顔を母親に向けたまま、ぎっと睨み返す。

前も家の台所でこんなふうになって、結局母さんは俺をぶつことができなかった。ぶてるものなら、ぶってみろ。そういう気持ちと、いっそぶたれてしまったほうが、なにもかもすっきりするのに、という気持ちが交錯する。

と、想像よりもずっと強い力で、母さんの手が俺の頬を打つ。

パァァアンッ！

これまでリングで受けたどのパンチより効いた。幼い頃、ケンカで殴られたどの拳より痛かった。じんじんと心の底まで痺れるような痛みを感じながら、そんなことを思う。

「あ、あ――」

母さんは殴った右手で自分の口を押さえて狼狽え、こらえ切れないように両目から涙を落とす。　暁空が泣いて、　母さんまで泣いて、　いったいなんて日なんだ。　こんなことなら部活を休んでまで、新幹線に乗って名古屋へくるんじゃなかった。苦い後悔だけが押し寄せる。ぶたれた左頰をそっと指先で触れると、意外なほど苛烈な熱を感じる。

「ごめんなさい、暁──」

思い切り頰をぶっておきながら、すぐに謝ってくる。

俺もまたベンチから立ち上がる。そこで初めて気づく。高校に入って母さんより背が高くなってることに。というか、いつから母さんはこんなに小さくなったんだろう。そういう気持ちのほうが強くなる。目を逸らして踵を返す俺の背に、

「どこ、行くの？」

母さんが虚《うつ》ろな口調で訊いてくる。

「帰る。寮に戻る。学校に」

「そんな、さっききたばかりなのに」

「間違いだった。部活を休んだことも、暁空に会いにきたことも、なんもかんも──」

自分の声が震えているのがわかる。でも言葉を止めたら心が折れそうな気がした。

「俺、ボクシング、やめたいなんて思ったことないからさ。暁空とか、母さんのために、やってるわけじゃないから。俺は自分のためにボクシングを始めて闘ってるだけだから。さっき口走ったことは忘れてくれよ」

「待ってよ」

顔を背けて足を踏み出そうとした瞬間、母さんの必死な声が俺の動きを止める。

「あの子も、私も、応援してるよ。ずっとずっと。すごく感謝もしてるよ」

切々と語られる声に胸が掻《か》き乱《みだ》される。

「もし、辛いこととか苦しいことがあるんなら、いつでも帰っておいで。また家族三人で暮らそう。ね、暁。なんとかなるから。母さん、頑張るから」

赤い涙目で説くように言う。もう返事なんかできるわけなかった。

四

重い気持ちのまま名古屋駅から新幹線に乗りこみ、とんぼ返りで神奈川へ向かった。

自由席の窓側に座り、流れゆく景色をぼんやり眺める。時間の経過とともに自分のとった言動に対する後悔が押し寄せてくる。暁空も母さんも悪気や悪意があったわけじゃない。そんな思いが胸に突き刺さってくる。昔から暁空には鋭い部分があった。家族の心の内を見透かすみたいな能力があった。あいつはたしかに感じ取ったんだ。俺が悩んでいることとか、苦しんでることを。兄の顔を見た瞬間、全部がわかったんだ。

それにあいつも十三歳。今回の転院や治療にかかる費用を考えても不思議はない。

突然、兄が縁もゆかりもない神奈川県の私立高校に進学したことに結びつければ答えは導き出される。図星を突かれ、俺は逆上し、自分を見失ってしまった。心配してくれてる母さんに当たって、ひどい文句をぶちまけた。家族の誰も悪くないのに、自分自身に向き合うのがおそろしくて、その場をごまかし、逃げるように帰ってしまった。

安心させようと思って足を運んだ家族との再会を、俺自身が壊してしまったんだ。

深いため息をついて瞼を閉じる。黒い視界に暁空の泣き顔と母さんの泣き顔が重なる。

俺は弱い。弱すぎる。無敗ノーダウンがなんだ。なにが最強天才ボクサーだ。自分のことばっかで、いっぱいいっぱいになっている。どんよりと重い気持ちが沈殿する。

目を開けると、一緒に闘ってきた右拳を見つめ、ぎゅっと力強く握りしめる。もう治ったはずの拳骨がズキンと痛みを帯びた気がした。真壁豪との一戦だって、いくら反則技を見舞われようが、前の俺なら冷静に対処できたはず。すべては自分の弱さが招いたこと。

強いってなんなんだ？　どうすれば強くなれるんだ？

この頃、そういう疑問ばかりが湧き上がる。

いいや、違う。握りしめた右拳にさらに力をこめ、即座に否定する。

いまは疑念を抱いたり、闘うことが辛くなったりしている場合じゃない。暁空と母さんを守るため、とにかく強くなるんだ。理屈や理論とは違う。これは拳と拳の闘いなんだ。本当の強さを摑み取り、どんな修羅でも勝ち上がっていくだけだ。しっかりしろよ。

自らに訴えて心を引き締めながら、気持ちを前へと向ける。

まずは十月の国体だ。インターハイにつづけて二連覇を達成すること。

次は十一月から始まる選抜新人大会予選。暁空の入院費や治療費はかさむ一方だろう。

いまは桜井と樋口顧問と武倉高校の期待を裏切ってはならない。

そう考えた次の瞬間、インターハイの決勝戦で守屋と座っていたシロの姿が蘇る。

あいつもボクサーになった。いや、俺を追う側の一人に変わったんだ。臆病で気弱で金持ちの息子だったシロがなぜボクシングを始めたのかはわからない。でも、精悍な面持ちから推測する限り、かなり強くなっている。間違いない。あの守屋が仲間としてぴたりと付き添ってるのはそういう意味なんだ。

だとしたら、シロのボクシングを見てみたい。胸が疼《うず》く。

あいつのファイトをこの目で確かめたい。抑えがたい欲求がこみ上げてくる。

いや、それだけじゃない。俺はシロと闘いたい。あらためて強い想いを自覚する。

少年期をすごした二人の思い出が次々と色鮮やかに浮かんでくる。

俺にない優しさを持ってたあいつは、いつも内面に潜む寂しさを埋めてくれた。希望を与えてくれたんだ。あいつと同じリングに上がれば、この一人きりの孤独から解放されるのかもしれない。そればかりか、表裏一体のように心を通わせ合ったあいつなら、ファイトを介してなにかを教えてくれるように思える。

強いってなんなのか——その答えが見つかるかもしれない。

ずっと憧れていた強さは、いつの間にか俺のなかで形を変えようとしている。

シロが目指す強さに触れれば、もう一度取り戻せるような気がする。

原点に帰りたい。純粋に強くなりたかったあの頃に。

「シロ、お前だったら――」
じっと右拳を見つめたまま、思わず俺は声を漏らす。

◇

圧巻だった。ステージに立って、きらびやかなスポットライトを浴び、スタンドマイクを握って歌う飯島さんは、俺が知ってるボクシング部のマネージャーじゃなかった。クールさは残しつつ、シンガーとして圧倒的な存在感を放っていた。なにより強く惹きつけられたのはその歌声だ。澄んでいながら独特の奥行《おくゆき》があって、聴く者に安らぎを与える包容力と、勇気づけるような生命力を感じさせた。

俺はステージ上の彼女を見つめる。ライブが始まってから、飯島さんは最初に短く挨拶しただけで、ぶっ通しで歌いつづけている。かれこれ四十分近くだ。オールスタンディングの観客席は超満員。ほとんどが同じ世代か、ちょっと上くらい。飯島さんと一緒にフレーズを口ずさむ観客が多い。

彼女が率いる三人組ガールズバンドの楽曲は、どれもストレートなロック調の激しいリズムとサウンドだった。ボーカルでギターも弾《ひ》く飯島さんのほかには、ドラムとベースだけ。ポップソングみたいなふわふわした流行《はや》りの甘い歌を想像していた俺は、骨太な迫力あるサウンドにまず驚いた。音楽はわからないけど、すごく上手だ。それになにより、やはり飯島さんの歌には、心を鷲掴《わしづか》みにするなにかがあって引きこまれてしまう。

アップテンポの曲が終わり、割れんばかりの拍手と歓声が狭いライブハウスにどよめく。次の瞬間、スポットライトの光量がぐっと落ちる。あっという間に薄闇になった空間で、黒いアコースティックギターを持つ飯島さんにだけピンスポットが照らされ、その姿が幻想的に浮かび上がる。

すっと彼女が観客サイドに顔を向けて上げた一瞬、客が静まり返る。

これまでとは一転、柔らかな弦の音色が奏《かな》でられる。繊細な旋律でつま弾かれる音だけで、その場にいる全員が一体になるように動きを止めてゆっくりと同調する。

弾き語りの曲が始まる。飯島さんは瞼を閉じて、スローで美しいメロディラインを歌い出す。あ、と気づく。英語の歌詞だ。これまでの楽曲はすべて日本語の歌詞だったのに、この静かなスローバラードだけ英語で歌われる。人気が高い曲なのだろう。飯島さんの声に合わせて英語の歌詞をハモる観客が少なくない。

英語が苦手な俺はまったく歌の意味が理解できなかった。それでも穏やかで、優しくて、どこか哀しげな曲調から、好きな人のことを想うラブソングのような気がした。

飯島さんはほとんど瞼を閉じたまま、切々とした歌声で英語の歌詞を綴っていく。

ドラムもベースも入らない彼女のソロ演奏がやがてゆっくりと終わりを迎えるそのとき、凪《なぎ》の海みたいに静まっていた客から凄まじい拍手と歓声が轟く。

しばらくの間、鳴りやむことのない喝采《かっさい》を受けながら、ステージ上にぽつんと一人で立つ彼女はまなざしをすがめて中空の一点を見つめている。

そのとき俺は直感する。聴いてほしかった曲というのはこの歌のことじゃないかって。だとしたら、俺はなんて感想を伝えるべきなんだろう。

満員の客に囲まれた群衆のなか、心に感じた言葉を探そうとしたその瞬間だ。ステージ上から飯島さんが俺を見つめていることに気づく。いつの間に――そう思いながら、俺も見つめ返す。すると、彼女はわずかだけど微笑んだ。ステージ上で初めて見せる笑顔。

それは懐かしさや悲しさが入り混じった、複雑な色合いを帯びているように映る、偽りの笑顔に見えた。


「約束通りきてくれたんだ」

ライブが終わって、飯島さんに誘われるがまま、歩いて十分ほどのところにある大きな公園を散歩した。夕方まで土砂降りの雨が降りつづいていた平日のせいか、夜十時前なのにほとんど人影はない。俺たちは外周に沿う遊歩道をのんびり進んだ。

「約束したし。それに、飯島さんの歌、聴いてみたかったたし」

「ほんと？」

夜空を見上げていた顔を動かす。もうすっかり雨はやみ、雲の切れ間から小さな星がいくつか瞬《またた》いている。ステージ上で存在感を放ちながら、観客を魅了していたシンガーから、すっかり普段の彼女に戻っていた。

「どうだった？　私の歌」やや照れた感じの遠慮がちな口調で訊いてくる。

「──なんか、めっちゃ驚いたし、それに、めっちゃよかったです」

「じゃ、どの曲が一番よかった？」

「えっと、それは、どれもよかったけど、やっぱあの曲かな──」

「あの曲って？」

「最後から二番目の、英語の静かでスローな曲です。聴いてて一番好きになりました」

一緒に歩いていた彼女の足音が止まる。反射的に俺もまた足を止めて、横を見やる。

「そっか、よかった」飯島さんは部室では見せない嬉《うれ》しげな笑みを浮かべていた。

「なんで、あの曲だけ、英語なんですか？」

「どういうとこが、いいって思ってくれた？」

質問に質問を返される。なんとなく感じたことを俺はゆっくりと声に置き換えていく。

「うまく言えませんが、あの歌のなかには、誰かがいるような、そういう気がしました」

大切な人が、とまでは声にならない。

数瞬、飯島さんは黙りこくる。

「あ、見当違いだったらすみません。俺、音楽とかちゃんと聴いたことないし、ただなんとなく感じたことを言ってみただけで。それに英語もちんぷんかんぷんだし──」

「すごいね、君って」

「え？」

「そんなことまでわかるの？」

「どういう意味です？」

するとと、またも飯島さんがなにかを考えるように少しの間黙りこんだ、直後だ。

「おう、ガキども。夜の公園でなにチャラチャラしてんだ」

下品な巻き舌のがなり声が飛んできた。ハタチ前後の男三人が近づいてくる。

「こんなとこでいちゃついてんじゃねえよ」別の男の尖った声が夜の公園に響く。

「てか、不用心だろが、お？　へへへ」右端《みぎはし》の金髪男が猥雑《わいざつ》な顔つきで睨みを利かせる。

三人は二メートルほどの間合いを挟んだところで足を止めた。六個のぎらぎらした目が飯島さんに絡みつく。

俺は彼女の右腕を握り、背後に引き寄せるようにして体を楯《たて》にする。

「おっ、いっちょまえじゃんか。彼女を守ろうってか？」

最初に声をぶつけてきた、真ん中の巻き舌男が挑発的な目つきでガン見してくる。背はこいつが一番高くて、体格もがっしりしている。あとの二人はどちらも痩せてて、貧相なガタイだ。三人の力関係はひと目でわかった。

となれば、狙いはこの男。ずいと俺は半歩ほど左足を前に出す。

「ダメよ――」

飯島さんが小声でささやいて、俺の右手首を摑もうとするが、すっと払うように腕を上げて、両拳を顎の高さで構える。心配するのは目の前の三人に対してではなく、右拳の傷だ。素手で殴ってしまうとヤバい。

「あ、やろうってのか、ガキ、ああ？」

真ん中の男がさらに鋭い目つきで睨みつける。そうしてゆっくりと両腕を持ち上げる。半開きのふたつの拳が目の位置まで掲げられる。両足が独特のバランスで開いていく。

空手か。とっさに判断する。その一瞬、視線を下げると左足の踵《かかと》がすでに浮いていた。蹴り――と、いきなりスピードの乗った左前蹴りが繰り出される。瞬時に俺はスウェーバックで避ける。刹那、つづけざまに凄まじい右回し蹴りが真横から飛んでくる。

ビシュッ。左右の蹴りはどちらも空を斬る。俺は上体の動きだけでそれらの攻撃を難なくかわし、次の瞬間にはスピーディなステップインで男との距離をぐいんと詰め、同時に右ストレートを打つ体勢に入った。男は有段者クラスの空手使いに違いない。一気に蹴りの間合いを殺されたばかりか、一閃のモーションで攻撃に転じた俺の体さばきから、敏感になにかを感じ取った。

慌ててのけぞりながら大きく後方へ下がる。あえて俺は追わない。確実に顔面を殴れた右の一打をすぐに引き戻し、ファイティングポーズで対峙する。男も構えを決めるが、その両目からはすでに戦意が失せ、明らかな恐怖が浮《う》かんでいた。

「どうする？　まだやるか？」

俺は静かに訊く。後ろで見ていた二人は、なにが起きたのかわかってない。男が攻撃の気を解いて大いに後退した意味が理解できず、ぽかんと口を半開きにしたまま動けない。

数瞬の間が降りる。

「――い、いや、悪かった。てか、す、すんません。勘弁してください」

男がだらりと両腕を下げながら深々と頭を下げる。

「え、な、なに？　シュウちゃん、なに言ってんだよ。どうしたっていうんだよ？」

ハッとしたように金髪が怒気を滲ませた声を上げる。

「そ、そうだよ。まだ始まったばっかじゃん」もう一人が動揺した口調で声を荒らげる。

「バカ野郎が！」

焦ったように男は二人に怒鳴り散らすと、ふたたび俺に頭を下げてくる。

「マジで、すんませんでした」

「もういい。行けよ」俺もまたファイティングポーズを解きながら、短く告げる。

すぐさま男は踵を返し、二人の肩を両手でどついて促すと、早足にこの場を離れていく。二人は納得してないようだったが、力ずくで男に連れられる形で闇に紛れていった。

夜の公園に静寂が戻る。

「さすがね」

背後から飯島さんの声が届く。

振り向くと、やや強張った表情を緩めながら言葉を継ぐ。

「あんな人たちが三人がかりでも、全然おじけづいたり、恐くなったりしないんだ」

「え、まあ――」

「絶対に負けないって自信があるんだ。闘うことが辛くなっても」

そこでようやく飯島さんはわずかに白い歯を見せる。けど、その顔は浮かない。

「いや、俺は別に闘うことが辛くなってなんかないし、その、なんていうか」

「根っこにある本物の強さは全然似てないんだね。私の兄とは」

「兄？」

飯島さんはまっすぐ俺の目を見つめて、こくんと肯く。

「前に君に重なるって言ったの、兄のことなの」

「あ、飯島さん、お兄さんがいるんだ」

ううん、と彼女は首を振って否定する。

「もういない」

哀しげな顔になり、ひっそりと声を綴る。

「死んだの。ボクシングで——殺されたの——」


飯島悟《さとる》。世界ランク最高十位。十二戦十一勝一敗。右利き。インファイター。バンタム級。没二〇一一年七月。いまから八年前、彼女の兄は亡くなっていた。

「あなたが初めて、まだ入学する前の実地テストで部室のリングに上がって、総合格闘技で有名だっていう男子とテストスパーやってるのを見て、本当に驚いたの」

夜の公園で、感情を露わにした声で彼女は話しつづけた。

「兄が生き返ったのかと思った。いまだボクシングに囚われてる私に会いにきてくれたって思ったくらいよ。でも、顔とか体格とか、そんな表面的なことじゃないの。ファイティングポーズ、フットワーク、パンチ——なんていうかボクサーとしての動きが瓜《うり》ふたつで、まるで退路を断ったように相手選手に向かっていく姿勢っていうか、そういう凄まじい覚悟や執念を背負った雰囲気までそっくりなの」

「そうだったんですか」

彼女の話を聞きながら、俺はひどく驚いていた。お兄さんがいて、しかもプロボクサーで、すでに死んでしまっていて、ボクサーとして俺と瓜ふたつだという。

そして彼女は、殺された、と表現した。

「平井君、兄のこと、知らないでしょ」

「すいません。プロボクシングの世界はそんな詳しくなくて」

飯島さんは力なく首を振る。「いいの。世界ランク十位とかいっても、一部のマニア的なファンを除けば、ほとんど無名の選手だったから」

そこで会話が止まった。しばし無言の時間が流れた。

「——じゃ、行くね、私」

慌てて俺は言う。「歌の感想、まだ全部言ってませんよ」

「ううん、もう十分」

「どうして?」

「あの曲が一番好きだって言ってくれたし。あの歌のなかに、誰かがいるような、そういう気がするって答えてくれたから」

「そんなことで?」

「それが私の訊きたかったことだから。あのメロディとリリックに、誰かの存在を感じてくれたのなら、それだけで満足よ」

憂いを帯びた顔でわずかに微笑み、彼女は闇に包まれた遊歩道を駆けていった。

つい二時間前のことを思い返しながら、あらためて俺はネット上に書かれた飯島悟の記事に視線を動かす。享年二十。インファイター。プロとして闘った十二戦のうち、デビュー以降の十一試合は全戦KO勝ち。だが、ネットを流し読みしていくにつれ、激しいダウンの応酬が繰り広げられる凄絶な試合ばかりだったとわかる。派手なラフファイトで一部の熱狂的なファンがいたということも。

世界最大級の動画アプリを起動して、俺は〝飯島悟〟と検索してみる。自分と重なるというボクサーのファイトシーンを見てみたかった。

ずらりと並ぶ映像集から、もっとも視聴数が多いコンテンツをタップする。タイトルは『無冠のファイター ファイナルバトル』。WBA世界バンタム級タイトルマッチ前哨《ぜんしょう》戦《せん》。勝った方が暫定チャンピオンへの挑戦権が得られるという試合だった。相手選手は同級二位のリカルド・アステカ。この名前は俺でも聞き覚えがある。いまも世界王者として君臨するバンタム級モンスター。

モニターには、鍛え上げられた筋肉に覆われる褐色の長身ボクサーと、鬼気迫る闘気を漲らせる若い日本人ボクサーが映っている。

見た瞬間、俺は息が止まりそうになる。飯島さんの兄だというその男は、外見が似てるとかじゃなく、全身に纏う闘気や熱や怒りや憤りが、たしかに俺が抱くそれと似ていた。

そういうボクサーをほかに見たことがなかった。

さらに俺は映像を見ていて全身がフリーズする。

な、なんで――どういうことだ？

飯島陣営のコーナーポストには、レンさんがセコンドとして映りこんでいた。

じんわりと音なく不安が広がる。俺と飯島悟はつながっていた。そして彼女は言った。

ボクシングで殺された、と。


その後、飯島悟というプロボクサーについて、俺は徹底的にネットで調べてみた。

彼はリカルド・アステカ戦で2R開始早々、強烈な左フックをテンプルにもらってダウンし、そのままリング上で昏倒して病院に搬送され、亡くなっていた。プロ期間が三年余りと短く、しかもノンタイトルで世界ランク最高十位という中途半端《ちゅうとはんぱ》な戦歴のせいか、彼に関するそれ以上の詳しい記事は見当たらなかった。死因に関しても同様だった。

もちろん、そんな彼のセコンドだったレンさんに関する情報も皆無だ。

飯島さんに二人の関係性を訊いたところで、なにか得られるわけではないだろう。当時の彼女は小学二年生。セコンドのことまで知るわけがない。不幸な事件を蒸し返《かえ》すみたいに、俺から触れるべき話題でもない。結局、俺の心の内で妙なもやもやを引きずったまま、フェイドアウトさせるように忘れるしかなかった。

◇

高校アマ三大大会のひとつ、選抜予選を兼ねた高等学校ボクシング新人大会が、十一月二十二日から二十四日までの三日間開催される。会場は厚木市の私立商業高校の体育館。全百四十八名の参加者が集う。優勝者は翌十二月下旬に開かれる関東選抜大会が控えている。勝者は翌年三月に行われる全国高等学校ボクシング選抜大会の出場権が得られる。

「あ、平井君、頼まれた件、調べてみたけど、やっぱり出場するみたいよ。君の幼馴染みの月城四六君。しかも同じバンタム級で」

部室に入ると、飯島さんが俺に近づいてきて耳打ちするように教えてくれる。

「ほんとですか?」

予想していたことだが、あらためて聞かされて声が跳ねる。

「どこの学校です?」

「都内にある私立星華高校。といっても、わからないでしょ」

「聞いたことないです」

「ちょっと前までは若手顧問が優秀なコーチとして有名で、わりに強かったらしいけど。最近は部員が激減して鳴かず飛ばずっていうか廃部の噂まである」

シロの調査を頼んだのはつい二日前のこと。何げに思いつきで俺は訊いてみた。「もし飯島さんで調べることができるなら――」と。選抜大会が近づくにつれ、シロが出場するか気になっていた。高校からボクシングを始めたとすれば、選手登録後に最短で出場できるのがこの秋の選抜予選になる。

そして今日、飯島さんはシロが通う高校と、選抜予選出場を突きとめてくれた。しかも聞けば、東京都予選は神奈川県予選とは重ならず、一週間早く開催されるらしい。

その瞬間、心は決まっていた。

十一月十五日。東京都予選大会初日の第一試合にシロは出場する。高校アマボクサーとして初の公式戦。試合当日。俺は一人で会場に入ると、シロの高校側とは反対の観客席に座った。こういう場所だと目ざとく俺を見つけるマニアや関係者が少なくないため、黒いウィンドブレーカーのフードを深めに被《かぶ》る。もう間もなく試合が始まろうとしていた。

シロの対戦相手は日章学院高校の二年生、山根一彰《かずあき》。知らない選手だった。

ぽつぽつ鳴るまばらな拍手に迎えられ、両選手が入場してくる。

遠目に映るシロを見て、ほう、と思わず唸った。鍛え上げられ、きれいに仕上げた身体なのが、ランニング姿でもすぐにわかる。しなやかな筋肉が歩を進めるたびに躍動する。

相当走りこんでいる。しかも夏に見たときよりさらに研ぎ澄まされた凄みのある面持ちになっている。頰が削げ、やや落ち窪んだ両目がたぎるように燃えていた。

完全にボクサーとしてシロは生まれ変わっていた。いったいどんだけのトレーニングを積んできたんだ——そんなことを考えながら、リングへと向かう幼馴染みを目で追う。

その背後には今日もあいつがいる。守屋弘人。今日のデビュー戦ではセコンドとしてぴたりとシロを守るように控えている。やはりそういうことだった。

間もなくシロがリングに上がってきた。

直後だ。深くフードを被った俺と目が合った。シロは不敵に睨みつけてくる。

その瞬間、胸の奥底から忘れかけていたなにかがこみ上げ、俺のなかを鮮やかに駆け抜けていった。

カーン。シロのデビュー戦が始まった。山根はガードを固めてゆっくりとコーナーを離れる。対して右足が前になるサウスポースタイルのシロは、軽快なフットワークで間合いを計っていく。足の動きがいい。躍るようなクイックステップに上半身がきちんとついてきている。その見事なモーションを見つめながら違和感が頭をもたげる。

山根は様子見を決めるように自分から攻めていかなかった。小ずるそうなにやついた表情を浮かべ、細い釣り目でシロを注視し、出方を探っている。

ハーフタイムが迫ろうとする中盤。シロが一気に動いた。俺は目を疑う。

左サイドへ大きく踏みこんだかと思ったら、突如として左足が前の右利きの構えに切り替えた。スイッチヒッティングだ。アンダージュニアでも高校でも、そんなトリッキーなテクニックを使う選手は見たことない。すかさずシロは左右のパンチを打つ。が、二発ともスピードが欠けた手打ちで、難なく山根はかわす。角度も速度も中途半端なシロの打撃を見切った山根は得意げな表情になっていく。フェイント。まんまと山根はシロの戦略に引っ掛かっていた。と、シロはふたたびサウスポースタイルに戻る。二度のスイッチヒッティングに山根は動揺を隠せない。守屋が授けたテクニックのひとつだろう。

その一瞬、山根に隙が生まれる。間髪容れず深く踏みこんだ右足を基軸にして、凄まじい動きで上体を振り切るように、目にも留まらぬ高速の左ストレートをシロが打ち抜く。

ドウッ！　ガードが下がった山根の右顔面にシロの左グローブがまっすぐ刺さる。

山根は派手に鼻血を撒《ま》き散《ち》らしながら頭をのけぞらせ、そのままロープ際まで後退する。瞬く間に会場が沸く。速い。抜群の反射神経。屈強な身体能力。なにより驚いたのは俺と同等に卓越した動体視力だ。こいつ、異様に目がいい。

「行けっ！　追えっ！　月城っ！」

シロ陣営の青コーナーから守屋が吠《ほ》える。すぐさま反応して追撃態勢に入る。

二人の距離が縮まる。ほぼノーガード状態の山根の顔面に狙いを定めて、シロの猛撃が始まる。右左右左右左右左。滅多打ちだ。ストレートの連打で殴りまくる。

ワンテンポ遅れてレフェリーが駆け寄り、シロを背後から羽交い締めするようにして試合を止める。ロープに寄りかかっていた山根がズルズルずり落ちるようにしてキャンバスマットに崩れる。もう意識がなかった。

圧倒的なシロの勝利。その強さにまばらな観客がどよめき、拍手と歓声が集まる。

1R五十九秒。RSC勝ち。アナウンスが響き渡る。シロはなかば茫然、なかば恍惚《こうこつ》とした顔つきで、頭上から降り注ぐライトの光を見つめていた。

そのときハッとする。序盤でシロの見事なモーションを見た瞬間に覚えた違和感の正体。直後に猛撃で山根を仕留めた凄まじいファイトを見つめながら、俺のなかで点と点が線になっていた。あの動き、足さばき、パンチ、コンビネーション――すべてが似ている。似すぎている。俺が習い、叩きこまれたボクシングと、シロのボクシングは同一のスタイルだ。身長差や体格差、戦歴の違いから、微細な動作や特性はもちろん異なる。だが、芯《しん》として植え付けられた基礎技術はまったく同じだ。

そう、レンさんのボクシングスタイルにほかならない。この俺が見間違うわけない。だとしたら、いったい全体、どういうことだ？

翌週二十二日から開催された神奈川県の新人大会。俺は全戦KOで相手選手を倒し、優勝を果たす。シロも全国でもっとも選手層が厚いバンタム級都大会を見事に勝ち上がってきた。もし、レンさんが見こんでコーチングした選手なら、当然といえば当然。

次戦は翌十二月十九日から四日間にわたって開催される関東選抜大会。本戦を勝ち進んでいけば、俺とあいつは絶対にどこかで対戦する。想像しただけで胸の奥が疼いてくる。俺に対してシロはどう闘うのだろう。拳を交えたい。真剣勝負をしてみたい。

デビュー戦以降、全試合でシロが繰り広げた勇猛なファイトを目の当たりにし、俺の想いは加速的に強くなっていった。

だけど、一方で冷静に考える。小学四年生から本格的なトレーニングを積んできた俺に、シロが勝てるわけない。実戦キャリアが違う。培われた経験値と勝負勘に歴然の差がある。なにより背負ってきたものが違う。シングルマザーで病弱な弟を持つうちと、裕福で有名な建築家の父親がいる家とでは、ハングリー精神が違いすぎる。

絶対に俺が負けるわけない。いや、絶対に負けてはいけない。母さんや暁空のためにも。

そこで、ふと我に返る。こんなふうに闘気が漲るのはいつ以来だろう。インターハイと国体で優勝しても高揚しなかった気持ちがどんどん熱くなっている。俺は気づいた。

ひたむきにシロが強さを目指し求める姿に、かつての自分自身を見出していることを。

五

十二月十九日。今日から四日間にわたって開催される関東選抜大会。会場は先のインターハイ関東ブロック予選大会につづき、またも武倉高校体育館になった。シロは東京都予選会を、俺は神奈川県予選会をともに勝ち抜いて優勝を果たした。

シロの一回戦は午後二時から。相手選手は蔵前《くらまえ》高校二年生の相良《さがら》。最高レコードは昨年の関東選抜大会での準優勝。果敢な接近戦を展開するインファイターだ。先月の東京都予選会を優勝した自信からか、シロの双眸にはいままで以上に闘気が漲っていた。それだけじゃない。さらに研ぎ澄まされた体軀は、見事なまでの仕上がりだった。

セコンドには顧問と思われる、レンさんと同い年くらいの精悍な顔つきをした男と守屋。二人のどちらか、あるいは両方が優秀なトレーナーとしてシロを支えているに違いない。レンさんが基礎を指導したとしても、日々の継続的なハードトレーニングをこなしていなければ、なかなか短期間でこうも選手の器を大きくできるものではない。

結果はシロの圧勝に終わった。2R中盤、勝負に焦る相良がさらに前へ出た一瞬、ガードが下がった顔面に見事なワンツーを打ち放った。相手サイドからタオルが投げられたのは直後のこと。圧倒的なシロのABD（アバンダン＝放棄）勝ちに観客席が沸いた。

面持ちをやや紅潮させながらも、シロは落ち着いた表情でセコンド陣営と話している。そこに星華ボクシング部の部員たちが数人集まってくる。顧問も守屋も、誰もが満面の笑みを浮かべ、肩を叩き合ってシロの勝利を喜び、祝福しているのが遠目からでもわかる。さも楽しげな部活のワンシーン。部員たちと和気あいあいな雰囲気で、笑い合っている光景を見ていると、羨《うらや》ましさと寂しさが入り混じって心が軋んでくる。

武倉高校のボクシング部はまるで違う。スカウト特待生は鎬を削って自分の階級の代表の座を守り抜き、試合で結果を出さなければ、瞬く間にアウトだ。実力至上主義の樋口顧問の御眼鏡にかなわなければ、即座に階級替えや退部宣告をされてしまう。誰もが自分の身を守るのに必死で、勝って結果を残すことしか考えない。

俺はシロから目を逸らすと、即座にパイプ椅子から立ち上がって会場を後にし、まっすぐ選手控え室へと向かった。


初日、1Rから俺は猛攻を仕掛けて相手選手を滅多打ちし、フィニッシュは右アッパーでボディを抉り、一方的なKO勝利を収める。

翌日、二回戦。シロも俺も1RKO勝ちで次戦に進む。このまま両者が勝ち上がっていけば、明後日《あさって》の決勝戦でぶつかる。

が、準決勝のシロの対戦相手の名前を見て嫌な予感がした。

前島健人《まえじまけんと》。昨年、フライ級でインターハイと国体と選抜の三連覇を達成した超強豪。成長期の減量苦で二年生の選抜予選からバンタム級に転向してきたが、その強さは変わることがない。本大会の関東ブロック予選では、俺か前島が優勝するとささやかれていた。

明日、シロはそいつと闘う。

「バカ野郎ッ！　なにやってんだっ！」

守屋の必死の怒号が轟いた次の瞬間だ。

ガッ！　闘いを放棄するように両腕をだらりと下げてノーガード状態になったシロの下顎に、渾身のアッパーカットが突き上げられた。血反吐《ちへど》が宙を点で赤く染める。

観ていて俺は前島という男への嫌悪がこみ上げてくる。パニック状態になって試合を捨てたシロの敗北はすでに決定的だった。にもかかわらず、前島は満員の観客の前で、シロを公開処刑するように、とどめの一撃を放った。

ロープ際まで吹っ飛んで、そのままキャンバスマットにうつ伏せで倒れたままのシロはぴくりとも動かない。リングのあちこちにシロの鮮血が無残に飛散している。

あまりに凄絶なKOに、観客は動かない。勝者への拍手も歓声も喝采もまばらだった。

すぐにドクターが上がってきて、ストレッチャーまでリング上に運びこまれる。星華高校ボクシング部の顧問と守屋が二人がかりでシロを担いでストレッチャーに乗せる。肢体をぐんにゃりさせて微動だにしないシロは完全に昏倒していた。どれほど凄まじい打撃を受けたかすぐにわかる。騒然とする会場内、前島は一人リング中央に立ったまま、運ばれていくシロを上から眺めている。その口角がピクッと動いた。

笑ってやがる。シロをあそこまでメタメタに痛めつけてほくそ笑んでやがる。

虫唾《むしず》が走った。あの野郎、ぜってぇ許せねぇ――。

俺は明日正午ジャストに前島と決勝戦で拳を交える。

一方で大惨敗を喫したシロのことを案じてしまう。あんなひどい負け方をすれば、心のダメージを払拭《ふっしょく》するのは相当難しい。一度でも植えつけられた殴り合いへの恐怖心は、プロの世界ランカーですらなかなか拭い切れない。

おそらく、というか、かなりの確率で立ち直ることは難しいだろう。

それにと思う。試合中にパニック状態で勝負を放棄してしまったシロの姿に、かつての臆病で気弱な幼馴染みを見てしまった。

「かわいそうに。あんなひどい負け方すると、もうボクシングつづけられないかもね、君の幼馴染み。トラウマになってしまうでしょうね――」

隣で観ていた飯島さんが同情する。彼女も俺と同じように思っていた。

やっぱあいつには無理だったのかもしれない。本当の強さを手に入れるには、覚悟と執念が足りなかった。それでも逃げないでほしいと願う。だけど俺にはどうしようもない。本人が自らの足で立とうと決意しなければ、ふたたびリングに上がって闘うことはできない。それがボクシングなんだ。

◇

俺は走る。疾走する。ひたすら夜の公園を駆け抜ける。

今日の試合で血反吐を撒き散らして昏倒したシロの残像が頭から離れない。

シロと闘いたかった。一点の濁りも汚れもなく、ひたむきに果敢なファイトを繰り広げるあいつの姿に、かつての俺自身を見ていた。あいつと拳を交えれば、自分のためのボクシングをふたたび取り戻せるんじゃないかと期待していた。純粋に強さを目指し求めていた頃の俺といまの俺とでは、なにが違ってきているのか確かめたかった。

幼馴染みのあいつのボクシングに向き合えば、きっと、きっと俺は——そう思っていた。

すべてが遠のいてしまった。いや、もしかすると二度と叶わない。

そんなことを繰り返し考えながら、ランのピッチを落として、ウォームダウンに入ろうとしたときだ。街灯に照らされる紺ブレ姿の高校男子を見て、俺は驚く。

「シロ?」

「アカ——」

先にその名を呼んだ直後、俺の名を呼ぶ頼りなげでかすれた声が重なる。

七年振りの対面。想像に違《たが》わず、ひどく心身が傷ついているのはひと目でわかった。最初のうちはお互い遠慮がちに、言葉少なに会話を交わした。偶然の再会に俺もシロも動揺していたのもある。だけど話しているうち、もうこいつは昔のシロじゃないんだと思い始める。その証拠に、ついいましがたシロは言った。

「——僕だって本当は強くなりたかった。ずっとずっと」

その言葉には、いまもなおボクシングを諦めてない熱が含まれていた。

その目には、いまだ完璧には失われてない闘気がくすぶっていた。

静かに俺は考える。いま自分がシロのためにしてやれることを。すべきことを。労《いた》わったり慰めたりという、上っ面の優しさで包みこむのは簡単だ。だけど、それじゃこいつは今日の惨敗から這い上がれないだろう。恐怖心を払拭できないだろう。

幼馴染みだけど、いま俺はボクサーとしてシロに向き合わなきゃいけない。

ボクシングという険しい途《みち》を俺らはともに選んだ。だったら、シロがもう一度自分の足で立ち上がれるよう、奮起させなければならない。おそらくそれは俺にしかできないことだから。なぜなら、俺がシロと闘うことに希望を見出そうとしているように、シロもまた俺との闘いを切望していた。だから最難関のバンタム級選手になったんだ。俺の試合を観にきていた理由は、間違いなく対戦相手として意識しているからだ。こいつも俺との真剣勝負を求めてる。俺とのファイトになにかを懸け、過酷な練習に耐え抜いてきたんだ。

いまここで、七年かけてふたたびボクシングでつながろうとしている糸を、断ち切ってはならない。

俺は歯を食いしばって心を鬼にする。

「で、強くなれたのかよ？」

予想通り、シロは眉間に皺を寄せて言い返してくる。

「観てただろ、今日」

「観てたよ。ひっでえ試合だった」そう言って、ははは と笑い、追い打ちをかける。

「もう、やめるんだろ？」

一気にシロは言葉を失った表情になって目元に怒りを滲ませる。俺は繰り返す。

「もう、やめるんだろ、ボクシング」

「──な、なんで？」

「顔に書いてあるぜ。その情けない負け犬の面にな」

「な、なんだと！」

ついにシロは怒気を露わにして声を荒らげる。それでいいんだ、シロ。俺は思いながら、冷たい言葉をつづける。辛いだろうが、ここで壁を乗り越えないとダメになってしまう。ボクシングをやめてしまう。このとき俺は確信していた。シロにも過酷で辛い過去があったんだと。臆病で気弱だったシロが、あそこまでリングで闘えるようになった背景には、強くならなきゃいけない理由や出来事があったに違いない。この俺と同じように。

だとしたら──。

「立てよ、シロ」

意を決して俺は告げる。そして右拳をぎゅっと固く握りしめる。

「え？」

「立ってみろよ」

俺に命じられ、シロが木のベンチからそろりと立ち上がった、次の瞬間だ。

ビシュッ。渾身の右ストレートを打ち放つ。まるで予期せぬ俺の一撃に、シロは微動だにできない。前島との試合でボコボコにされた無残《むざん》な顔面を硬直させ、驚愕《きょうがく》で瞳を震わせている。でも、シロは瞼を閉じなかった。いきなり浴びせられた俺の鋭いパンチを最後まで見切った。やはり完璧には失われてない。

俺の左拳はシロの鼻頭の皮膚一枚にぴたりと触れて止まったままだ。張り裂けそうな胸の内を隠して俺は言う。

「なめるなよ、シロ。ボクシングを」

その一瞬、シロは恐怖の色を両目に滲ませながらも、瞳の奥にふつふつと闘気を漲らせ、俺を睨み返してきた。

そうだ、シロ。怒れ！　奮起しろ！　立ち上がるんだ！

俺だって辛いんだ。苦しいんだ。いつも涙が出そうなことばっかなんだ。

でもな、でもな、歯を食いしばって乗り越えてきたんだよ。こんな俺にできたんだぞ、お前にできないわけないだろ、なあ——。

言いたかった。訴えたかった。打ち明けたかった。洗いざらいぶちまけて、わかってほしかった。俺のただ一人の幼馴染みであり、友だちであり、大親友であるシロに。

だけど、それはいまじゃない。

ずっと俺らが憧れてきた本当の強さを手にしたとき、初めてできることなんだ。

もう俺はなにも言葉を発することなく拳を下ろして踵を返すと、全力で疾走した。

そしてひたすら走りつづけた。

俺は信じる。シロが立ち上がってくることを。リングで再会できることを。

待ってるからな、シロ。あの場所で。

◇

翌日、関東選抜大会バンタム級決勝。俺は前島を1R二十九秒で二度目のダウンを奪って勝利する。選抜大会の最短記録を塗り替えて優勝を果たした。決めのパンチはすべてボディへの右フック。これまでのファイトスタイルを一変させ、ゴングが鳴ると同時、怒濤のファイトを展開し、奴の弱みといえる左脇腹へ攻撃を集中させた。前島が腹部の攻撃が苦手なのはそれまでの全試合の映像ですでに見切っていた。

最後に浴びせた右フックは見事に決まった。

リング上でマウスピースを吐き出し、顔を歪めて悶絶する前島を見下ろして俺は言う。

「月城四六の仇だ」

翌年三月。全国高等学校選抜大会。俺は全戦KOで優勝し、一年生にして三冠を達成する。無敗ノーダウンのまま、連戦連勝でここまできた。

しかし、言いようのない孤独や、うねるように膨らむ負の感情が消えることはない。

そればかりか勝てば勝つほど、ますます本当の強さから、かけ離れていくと感じる。

はたしてシロはもう一度立ち上がれるだろうか——。

不安定になる心を鎮めるように、俺はシロのことを考えては自分自身を奮い立たせようとした。母さんからの電話に出る気になったのは、そういう弱い気持ちから逃避したかったからかもしれない。

「やっと電話に出てくれたのね」

親子の会話は本当に久しぶりだった。

夏休みに名古屋の病院へ暁空の見舞いに行って、左頬をぶたれて以来、電話もメールも無視しつづけた。そのため手紙がほぼ毎週のように届いた。さすがに手紙まで無視できず、開封して目を通した。暁空の病状は一進一退を繰り返していたものの、特別悪化した様子はないようで、とりあえず胸を撫で下ろしていた。

約七ヵ月ぶりに聞く母さんの声。元気がないことはすぐにわかる。

「なにかあった？」

しばしの沈黙が降りた後、母さんは遠慮がちに声を発する。

「あなたが悩んでる夢を見た。苦しんでる夢を。だから心配になって――」

「俺のことはいいって。それより暁空は？　手紙だとそんな悪くないみたいだけど」

図星を突かれるようなことを切り出され、思わず精一杯の空元気で話題を変えるように訊くと、

「あ、うん。それも伝えようと思って、電話したんだけど」

意外なほど母の声色が明るくなったので、ふっと気分が軽くなる。

「おとといくらいから、急に良くなったのよ。少し前にやった検査の結果が今日出てね、先生にも驚くくらい良くなってるって言われたの。こんなの初めてよ」

「ほんとに？」

「そう。今年に入って根気よくつづけてた新薬の投与が効いてきたって。看護師さんまですごく喜んでくれてね」

「ほんとのほんとに？」

「そうよ。ほんとのほんと。あの子も頑張ってる。お兄ちゃんだけじゃなくて、僕も闘って絶対に病気を治すんだって、今日もすごい元気だったんだから」

話を聞きながら、じんわりこみ上げてくる安堵と喜びで胸が詰まる。

「もう春休みに入ってるんでしょ」

「あ、うん」

「ほんの数日でいいから、部活を休んでお見舞いにきて。暁空、すっごくあなたに会いたがってるの。元気になった姿を見せたいって」

夏に戻ったとき、混乱状態で泣きじゃくった弟の姿が浮かぶ。俺だって会いたい。会って元気な姿を見たい。いろんな話をしたい。

「戻りたいよ。けど」

「でも、なんなの？　また試合なの？」

「試合は来月下旬までないけど、二年になったらすぐにまたインハイ予選が始まるから。

一番大切な公式戦で、特に春休みは集中特訓の時期だし、強化合宿も来週末にはスタートするし。だからちょっと抜けるわけにはいかない。とりわけ俺みたいな特待生は」

とたん、母さんが黙りこむ。なにが言いたいのか、沈黙だけで十分すぎるほどわかる。

無言が十秒ほど会話を止めた後だ。

「わかったよ」諦めて俺が言うと、

「こられるのね?」

母さんがうれしげな声を上げる。

「さすがに日帰りはあれだから、なんとか一、二泊して、合宿までにこっちへ帰ってこられるスケジュールで、顧問に頼んでみる。たぶん嫌味とかぶつけられると思うけど」

「あなた、ノーダウンの無敵王者の三冠王なんでしょ?」

意外なことを母さんが言う。「なんでそんなこと、知ってるんだよ?」

ボクシング自体に好意的じゃない母親は、これまで絶対にそういうことを息子の俺に向けて口にしなかった。

「耳にタコができるほど、暁空から聞かされてるから」

思わずぷっと笑ってしまう。

「お兄ちゃんはすごいんだから。お母さんももっとボクシングを勉強して、お兄ちゃんのことわかってあげなきゃダメだって。元気なときはそんなことばかり言うのよ。いい加減、覚えちゃったわ」

「あいつらしいな」

「絶対きてあげてね。約束よ」

「ああ。なんとかする」

「あ、そうそう」

「なに、まだなんかあるの？」

「親子の携帯電話を契約してね。ようやく暁空に渡してあげたの。元気になってきたから。そしたらすっごく喜んでね。今度あなたにメールを送るって言ってたわ」

電話を切った後、これまでになく満ち足りた気持ちになっていた。

暁空の具合が良くなっている。母さんも元気になっている。俺は高一で三冠達成した。弱気になんかなる必要はない。ようやく、なにもかもがうまく動き始めたんだ。世界が変わろうとしてるんだ。初めて実感する。これでシロが復帰すればもう言うことない。

早く家族に会いたい。暁空と母さんとそんな話をしてゆっくりしたい。

家族三人で幸せになれる日が、もう近くまできていると俺は実感した。

◇

翌朝。新幹線がホームに入ってきた。そのタイミングでもう一度母さんの携帯に電話してみる。六回のコールの後、またも留守電に切り替わる。今日これで四度目だ。母さんが電話に出ない。最初の留守電に、予定通り七時四十九分ののぞみに乗るとは伝えておいた。それ以上話すべきことが見つからず、二度目の留守番電話も三度目の留守番電話も、メッセージを残さなかった。昨日、新横浜を出るときは必ず確認の電話をくれと言ってたくせに。そう思いながらも、なんとなく胸騒ぎがする。博多《はかた》行きのぞみ十一号に間もなく乗車できるというアナウンスが入る。自由席の扉付近にいっそうの人だかりの列ができる。その群れに俺も加わり、スマホをデニムの後ろポケットに押しこむ。

母さんからのコールバックを待ったけど、新幹線が発車しても電話はなかった。車窓の向こう側に映る、ビルと電線と車だらけの街が視界に移ろう。まだ冬空に染まる灰色の都会は、いつ見ても馴染めない。宙に舞う鳶を目で探すけど、もちろんそんなものいない。黒い鴉《からす》の点がせわしなく無機質な空を飛んでいくだけだ。そんな寒々しい情景を見ていて、半年振りに家族に会えるというのに、どうしてだか胸騒ぎが激しくなる一方だった。

「え?」

病院に到着してエントランスをくぐり、総合受付に向かおうとしたところ、数メートル先の壁際によりかかるようにして母さんが立ちすくんでいた。

その姿を見た瞬間、ぴたりと俺の両足が床に張りつくようにして動かなくなる。俺に向けている顔は、涙が涸れ果てた、あらゆる精気を失った虚ろな表情にしか見えない。

それがなにを意味するのか、家族であり兄である俺が一番よく知っている。

昨日までの満ち足りた気持ちが消し飛ぶ。

一瞬、絶句し、頭がくらくらと混迷しながらも、

「う、うそだろ――うそだよね――」

なんとか声にできた言葉はかすれて空気に溶けて消えてしまう。母さんに届くわけないはずなのに、それでもわかったみたいだ。

苦悩に満ちた表情で顔を歪ませ、ゆっくりと顎を引き、おそるおそる肯く。

その瞬間、母さんの両目が真っ赤に染まる。大粒の涙が頬を伝って一滴こぼれ落ちる。

大きな病院だから、行き交う人が絶えない。左右を交差していく見舞客や病人や医師や看護師がひっきりなしに通りすぎる。そのたびに母さんの姿が見え隠れする。

俺ら親子はお互いの存在をわかっていながらも距離を近づけられない。世界が進んでいくことを拒絶するように、その場に立っているだけで精いっぱいだった。

母さんが歩を進めたのはしばらくしてから。

背を突かれるように、俺もまた歩き始める。

往来する人たちを避けながら、ときに誰かにぶつかりそうになり、ときに誰かの身体に当たったりつまずきそうになったりして、それでも次第に距離が縮まっていく。

挟む間合いが二メートルに満たないところでお互いの足が自然と止まる。

雑踏のなか、わずかな沈黙を挟んで消え入りそうな小声が届く。

「今朝、暁空は――」

そこまで言いながら母さんは両手で顔を覆う。ほぼ同時、崩れるようにその場に両膝を突き、押し殺した嗚咽を漏らす。何事かと周囲にいた人たちが視線を向けてくる。

そんなのどうでもよかった。受け入れがたい事実を伝えられ、思考回路が崩壊しそうになる。眩暈がする。足が震える。全身の力が抜ける。呼吸が苦しくなる。

いきなり突きつけられた信じがたい悲報に、思わず大声を張り上げる。

「うそだうそだうそだうそだ、うそだうそだ——嘘言うなよ、そんなわけないだろが！」

「あの子なりに、必死に、闘ったのよ」

母さんが涙目の顔を上げて、湿った声で綴る。

「あの子もわかってたんだと思う、だから、早くあなたに会いたいって、いつになく私にせがんでたのよ。お兄ちゃんにお見舞いにきてほしいって。そればかり繰り返してたわ。そして最後の力を振り絞ってお兄ちゃんに会おうとしてたんだと思う」

「そ、そんなことって、あるのかよ！　そんなばかな話があってたまるかよっ！」

「難しい病気だったし、あの小さな体でよくここまで頑張れたって、お医者様も言ってた」

「俺が聞いてたのと全然違うだろが」

「あの子がお兄ちゃんに伝えないでって、いつも口癖のように言ってたから」

寸時、俺が言葉を失っていると、母さんがつづける。

「暁空はベッドに寝たきりでも、私たち家族のこと、いろいろ大変だったことも含めて、なんでもわかってたのよね。頭のいい子だったから。自分がどこまで生きられるかも、わかってたんだと思う――――」

絞り出すような苦しげな嗚咽に語尾がかき消される。それでも母さんは唇を噛みしめて号泣することを必死でこらえている。もう一人の我が子の前で母親であろうとしている。ハッとする。俺よりも辛いのは母さんなんだ。ずっとそばに寄り添い、世話をしてきて、逃げることなく暁空と一緒に病魔と闘ってきた。現実から目を背け、逃げてばかりいた俺なんかより、何百倍も何千倍も衝撃を受けてるんだ。

中腰のまま、小刻みに細い背を震わせる母の肩に、そっと俺は手を添える。

次の一瞬、驚いて腕を引いてしまう。母さんの身体はあまりに痩せこけ、薄い皮膚のすぐ下にはごつごつ硬い骨が露わになっていた。暁空とおんなじだった。

見た目じゃわからない母の苦悩と苦労が、か細い体に残酷なまでに浮き出ていた。

「母さん――」

「――ごめん、暁」

その言葉を母から聞いた瞬間、もう限界だった。それは俺の台詞だ。俺が謝らなきゃならない。母さんは悪くないって。母さんの細い肩を握りしめ、俺もまた両膝をフロアに突いて、人の目もかまわず泣いた。なりふりかまわず号泣しつづけた。

死亡時刻は三月二十七日午前七時五十八分。死因は心室細動だと担当医から説明された。母さんはすでに教えられていたが、俺がきたことであらためて聞かされる。詳しい医学的なことなんて理解できないけど、心臓の心室が痙攣《けいれん》してしまったため、血液を送り出せなくなり、脳が血液不足に陥《おちい》って失神し、そのまま心拍停止になったという話だった。

「不整脈の一種で、突然死につながる危険性の高いものです」

申し訳なさそうに医師は言ったけど、意味がわからなかった。

暁空の心臓が悪いのはいまに始まったことじゃない。もう十年以上も前から治療と入院をつづけながら、どうしてそういうことになってしまうのか、まるで受け入れられない。

「手術すれば治ったんですよね？」

「ドナーが見つかれば、という前提ですが、おそらくは治ったでしょう――」

「ここは心臓の専門医がいて、医療体制が整った心臓病に強い病院なんですよね？」

自然と語気が荒くなる。

「たぶん大丈夫だって先生は言ってくれたんですよね？　なのになんで、暁空が死ななきゃならないんですか？　なんでなんですか？　教えてくださいよ！」

「暁！」

横で母さんが制するように大声を上げる。俺は無視して睨みつける。

「だから、ドナーが、心臓の提供者がタイミングよく見つかれば大丈夫だろう、という話はしました。そういう患者は全国、いや全世界にたくさんいて――」

「俺は暁空の話をしてるんだ！　全国とか全世界なんてカンケーねえよ！」

言いながら俺は丸椅子から立ち上がり、五十代と思われる担当医の白衣の胸倉を思わず力任せに摑んでいた。

「ひっ――」

「やめてっ！　暁！」

担当医の悲鳴と母の叫び声が重なる。直後、ドア口に控えていた若い男性看護師二人に俺は羽交い締めされる格好で引き剝がされた。

「落ち着いてくださいっ！」看護師の一人が告げる。

「やめて。お願いだから、暁――」母さんが湿った声で懇願《こんがん》する。

しんとした。診察室の空気が凍ったように固まる。

俺は自分の浅はかさを呪《のろ》う。ボクシングが強くなって世界を変えていけば、暁空は絶対に完治して元気になれるって思いこんでいた。そういうことじゃないんだ。現実を思い知らされた。俺たち家族の目には見えない、幸福と不幸を分かつ境界線が足元に引かれてある。そう感じた。俺たちはその境界線の向こう側には行けない。絶対に。もっと根本的ななにかが備わってなければ、人はそうやすやすと幸せになれないんだ。

母さんは俺の隣で顔を両手で覆い、いつまでも声を押し殺して泣いていた。

診察室で俺は、最後まで涙をこらえた。そして自問する。

俺はなんのためにボクシングをしてきたんだ？

小学生の頃から、強くなれば家族が幸せになれると信じてきた。世界が変わると。

強くなりたいという願望は、そう信じることで支えられつづけた。どれだけ追い詰められ、孤独や不安や虚無感に囚われても、闘い抜くことができた。

ならばこの先、俺はどうなる？　リングで闘えるのか？　いや闘う必要があるのか？　なんのために憎くもない相手と殴り合う必要があるんだ？

ふつふつとこみ上げる自身への問いかけに、なにひとつ答えられるわけない。

やっと家族三人で幸せになれると思ってたのに――。

目の前には絶望がそびえるだけだった。

◇

暁空の死後措置はあっけないほど粛々《しゅくしゅく》と進んだ。

島の地元の葬儀社に依頼して遺体は自宅に搬送され、町の知り合いだけを集めたささやかな通夜と葬儀が行われた。呼んでもないのに、宮前と佐藤と沖村が高校の制服を着て参列してくれた。放心状態の母さんにかわってあれこれ手配を手伝ってくれたのは、宮前と彼の両親らしかった。俺と目が合うと、宮前は強張った顔で真っ赤に腫《は》らした瞼を俯かせて目礼する。佐藤と沖村は彼の両隣で声なく泣いていた。

「――ありがとうな、宮前」

絞り出すようにして、なんとかそれだけ伝えられた。

「平井っ――な、なんで、暁空は――どうしてなんじゃ？　なんであんなええ子が――」

　突然、宮前が大きな体で俺に抱きついて叫び出したかと思うと、そのまま脱力するように膝を折って床に座りこみ、突っ伏したまま号泣する。

「み、宮前――」

　俺はしゃがんで彼の背に手を添えた。全身を激しく震わせて宮前は泣きつづける。妹の夏帆ちゃんのことも思い出してるんだろう。

　気がつけば俺の目の奥に涙があふれていた。もう泣き涸れて涙腺《るいせん》にはなにも残ってないはずなのに、俺もその場にうずくまって宮前と一緒に泣いた。

　出棺後は市内の火葬場で暁空は焼かれて、母さんと俺の二人きりで拾骨した。

　か細い骨を箸《はし》で拾う一瞬、俺はひどく戸惑う。ちょっと前まで生きてた弟がこんなにも素《そ》っ気《け》ない欠片《かけら》になって短い命を終えてしまうという現実に、理解がついていかない。

　いったい暁空はどこへ消えてしまったんだろう。そういう混乱と動揺だけが思考を支配して、いまだ弟が死んでしまった事実が受け入れられないでいた。

　家に帰れば、布団に横たわってすやすや眠っている暁空がいるように思えた。

　その夜、試合の夢にうなされる。酷《ひど》い悪夢だった。

　これまで倒した相手が、次から次へとリングへ上がってきて、俺に押し寄せてくる。

　前後左右から殺意に満ちたパンチが放たれる。最初はディフェンスやフットワークでかわそうとしていたが、一発のパンチを顎にもらってからは、体が膠着《こうちゃく》したみたいに動かなくなり、数十人に寄ってたかって殴りつけられる。そいつらの誰もが、かつて俺に殴られた顔面とボディの傷や腫れを残したままの痛々しい姿だった。その恨みを晴らすかのように、闇雲《やみくも》に猛進してきて、俺は玩具《おもちゃ》のようにボコボコに殴られつづけた。

やがてマウスピースが口から吹っ飛ぶ。肋骨がみしみしと折れる。打ち砕かれた鼻骨がぐじゃぐじゃになる。派手に鼻血が飛散する。唇が張り裂けて、前歯が砕ける。

もうダウンして負けを認めて、この凄まじい公開リンチから解放されたかった。

でも、俺は倒れることすら許されない。棒立ちのまま、攻撃も防御もできず、ただ無残に殴られつづける。血まみれになって、それでも容赦ない殴打に晒《さら》される。

直後だ。ガゴッ！　それまでにない強烈なストレートをテンプルに受ける。意識が飛びそうになりながらも、そいつに目を据える。シロ――いつの間にか目の前にシロがいた。無数の敵はもう誰もいない。リング上にはシロと俺の二人きり。無表情のシロが一気に踏みこんでくる。いままで見たシロとはスピードが違う。

俺はふたたび猛烈な左ストレートをもらってよろける。身体のバランスが崩れていく。

その瞬間、俺は安堵する。やっと倒れることができる。やっと負けることが許される。

長くつづきすぎた、闘いの連鎖からようやく足を洗うことができるんだ。

生まれて初めて体感するダウン。キャンバスマットに仰向けで倒れこんでいく。

全身にかかっていた重圧が消えていく。これでいい。俺は思う。これで終わるんだ。

眼前が頭上から降り注ぐ光の渦で真っ白なハレーションに塗り替えられていく、その一瞬だった。暁空の泣き顔が光の渦から浮かび上がってくる。それが俺の視界全体を覆い、そこでストップモーションになったまま、世界は霞《かす》み、暗黒へと切り替わっていく。

強くなっても幸せになれなかった——誰かの声が聞こえる。

いいや、それは俺自身の声だった。

暁空の死後、無気力状態のまま、一週間が経過した。

気がつけば四月に入っていた。間もなく二年生になって新学期が始まる。約三週間後にはインターハイ神奈川予選大会が開催される。全国の高校アマチュアボクサーが集って鎬を削る最重要な公式戦の幕開けだ。当初、特別に部の休暇をもらったのは三日間だけ。すでに大幅に超過している。しかもその間、高校や部とはいっさいの連絡を絶っていた。何度も電話やメールを受けていたが、応答することも読むこともなく無視しつづけていた。

家の前の砂浜に腰を下ろして、ただぼんやりと春の海を眺めていたときだった。

ポケットに入れたままのスマホが鳴った。ディスプレイに〝飯島さん〟の文字が映る。

一瞬、躊躇《ためら》ったけど、出ることにした。

「もしもし」

「平井君?」

「はい」

一拍の間が空く。深い吐息が聞こえた。

「なにやってるのよ」

いつもはクールな飯島さんの声が苛立っている。

「なにって、別に――」

「いつまでくすぶってるつもり？」

言われて言葉に詰まる。

「ねえ、なにか、あったの？」

彼女の尖った声が一転して不安げなトーンに変わる。

先週、弟が死にました――思わず言おうとした言葉をぐっと呑みこむ。

彼女にだけは甘えてはいけない。お兄さんを亡くしてしまった彼女にだけは。

「ちょっと疲れたっていうか、里心が出たっていうか、骨休めが長引いてしまっただけです」

できるだけ普段の感じで返す。電話の向こう側で、しばし彼女は無言になる。

「ほんとに？」

ややあって訊いてくる声はか細い。なにかの異変を察したかのように。

「なんでですか？」

「疲れたとか里心とか、君はそういうこと言うタイプじゃないって思ってたから」

「俺だって普通の高校男子ですよ」

またも彼女は黙りこくる。そしてふたたび深く息を吐き出す。

「ねえ、戻ってくるよね？」

今度は俺が黙りこくる。飯島さんが縋《すが》るような声でつづける。

「ボクシング、やめないわよね？」

この人はお兄さんの姿を俺に重ねているんだ。裏切りたくない。裏切ってはならない。

「――なに、言ってるんですか？」

そう返すのがやっとだった。俺がボクシングをやめてしまえば、彼女はさらに傷ついてしまうだろう。仄かな春色に染まる海を見つめ、言葉を探していると、

「そういえば、月城四六君。ボクシングやめなかったわよ」

飯島さんが驚くことを告げる。すぐに俺は言葉が見つからない。

「今度のインターハイの都予選大会、エントリーしたの」

「ほ、ほんとですか？」

訊きながら、それまで自分のなかで消えかけていたなにかが発火するような微熱を覚える。

「ええ。前島選手との試合後、なんとなく彼のことが気になってたから調べてみたの。そしたら星華高校から出場登録してあった」

思わずスマホを握る手に力がこもる。

そうか、シロが。あいつ、自分の足で立ち上がったんだ。気持ちが届いたんだ。

だとしたら俺は――。

「もしもし？　ねえ平井君、聞いてる？」

「明日、朝イチのフェリーに乗って、新幹線に乗り継いで、そのまま午後には部活に顔出しますから」

気がつけば声が出ていた。

シロと闘いたい。いまの俺を救うのはあいつとのファイトしかない。

「信じていいのね？」

そう訊いてくる飯島さんの口調が心持ち明るくなる。

「約束します」

寸時の間があった。

「顧問、めっちゃ怒ってるから。覚悟しといたほうがいいかも。それに、ひどいサプライズまで用意されてるから。心しといて」

普段の声色で、しかも最後のほうは針を含んだ語調になって彼女は言う。

ひどいサプライズ？

意味がわからなかったけど、このタイミングで訊く気になれない。

「とにかく戻りますから、明日。電話ありがとうございました」

そう告げて通話を切ろうとしたとき、

「ちょっと待って」飯島さんが制止する。

「まだなにか？」

しばし、なにかを考えこむような時間が流れる。

やや口ごもりながら、彼女は声を綴る。

「ありがとう、平井君――」

「なんで、そんな礼を言うんですか」

「優しいんだね、君って」

「意味わかりませんけど」

「でも、私にまで気を使わないで」

「だから――」

「私のことなんか考えなくていいから。君は自分のことを大切にして」

そこまで言って、彼女は一方的に通話を絶った。

俺は砂浜に座ったまま、しばらく海を見つめた。頭のなかにはシロのことと飯島さんのことがめぐる。こんな精神状態でどこまでできるかわからない。けど、シロが待ってる。飯島さんも待ってくれている。戻らなければ。闘わなければ。暁空がいなくても、いまだ、つながる人のために。ぐっと膝頭《ひざがしら》に力をこめて、俺は砂浜から立ち上がった。

刹那だ。

突然、眩暈に襲われる。今朝見た悪夢がフラッシュバックする。

シロの強烈な左ストレートで倒れていく自分。

あの瞬間、俺は安堵していた。これで終わる、と。

もしかして俺は、心のどこかで負けることを待ち望んでいるのだろうか。
もし俺を打ち倒す相手がシロなら、満足してボクシングから足を洗えるのだろうか。
背負いつづけてきた重荷を下ろして終止符が打てるのだろうか。
だから俺はあいつと闘いたいのか？
ここにきて自分がわからなくなっていた。
それくらい暁空がいなくなった喪失感は、ひどく俺を混乱させた。

第四部

一

部室に足を踏み入れた瞬間、樋口顧問が厳しい顔を向けて睨んでくる。ほかの部員も似たような反応だったが、すぐに自分の練習に意識を戻して体を動かし始める。

突然の復帰を誰も驚いていないのは、飯島さんが昨日の電話の内容を伝えたからだろう。

音なく深い息をつき、とりあえず更衣室へ向かおうとしたとき、リングサイドに立つ男の存在に気づいて、心臓が破裂するくらい驚いて全身が硬直する。

「レ、レンさん――」

「よお、アカ。久々やの」

言いながら不敵にニヤッと笑う。歩み寄ってきた樋口顧問が仏頂面で口を開く。

「平井の八冠達成に向けたトレーナーとして、四月からうちにきてもらうことが内定してたんだ。ところが当のお前は三日間の休みが終わってても戻ってこなければ、まるで連絡がつかない。昨日、飯島から聞かされてなかったら、この話はなかったことにしてもらうところだったんだぞ」

「せっかくきてやったっちゅうのに、相変わらず、俺をイラつかせるガキやな、お前は」

上から目線で嫌味を言うレンさんだったが、その顔は怒ってるふうじゃない。それでも俺のなかに疑問符が湧き上がる。

よりにもよって、なんでケンカ別れした俺のトレーナー役を引き受けたんだ？

「ちょっと外出て話そうか？　樋口さん、ええやろ？」

「ああ。積もる話もあるだろうからな。平井、行ってこい。俺からの説教はその後だ」

あくまで険しい目で睨んでくる顧問だが、その声色には俺が戻ってきたことに安堵した響きが感じられる。あのまま学校に戻らずにいたら、それこそ大問題になって指導責任者として立場が危うくなったのかもしれない。

気安く俺の肩をぽんと叩いて促すレンさんに、渋々従って歩を進める。

その途中、入学してくる新一年生のスポーツ特待生部員らに、基礎トレーニングのプログラム表を配っていた飯島さんと目が合う。

口元で小さく笑みを作るけど、その表情にはきつい怒りが滲み出ていた。

俺に対してじゃない。昨日「ひどいサプライズ」と飯島さんが言った意味を理解する。

とっさに思い出す。悟さんの最後の試合を。セコンドにレンさんが映っていたことを。

「覇気のない顔やな。久し振りに会ったっちゅうのに」

校庭の木のベンチに腰を下ろし、しばしの沈黙の後、レンさんが口を開く。目を合わせることなく、俺は中空にまなざしを向けたまま黙っていた。すぐ近くにある桜の木はまだ二分咲きくらいで蕾《つぼみ》のほうが多い。今年の春はひどく冷える。特別そんな感じがする。

「弟さん、亡くなったんやてな」

即座に顔を動かす。レンさんもまた至近距離で俺を見つめていた。

「なんで、あんたがそんなことを――」

「宮前の親父から電話があった。四、五日前にな。一応、俺も島には長く住んどったし、実家もある。それなりに知り合いは多いんや。あ、樋口さんには話してないで。俺はそういう余計なことせん性分やからな」

俺は納得する。宮前の父親は網元で島の顔役だ。狭い島だし、レンさんのボクシング教室に通っていたと宮前が言ってた。二人がつながっていてもなんの不思議もない。

「ボクシング、やめるつもりやったんやろ」

すぐには俺は返す言葉が見つからず、視線を逸らす。

「無敗ノーダウンの最強高校アマボクサー、平井暁もしょせんその程度か」

「好きに言えばいい」

「最後の一秒まで勝負を諦めん男はどこへ行ったんや？　あ？」

俺は黙ったまま、腰を上げようとした。と、左手でガシッと右肩を掴まれ、ベンチに引き戻される。おそろしい怪力だった。

「肩の筋肉もなまっとるな。しょせんお前のメンタルは、弟くんの存在に支えられてただけの、やわなもんやったんかいな」

言われた瞬間、胸の奥がうずいた。反射的に激昂《げきこう》して体が動いていた。

ググッとレンさんの黒いパーカの胸倉を両手で締め上げるようにして力をこめる。

「俺のことはいい。けど、弟のことだけはあんたにとやかく言われたくない」

「相変わらずやな。勝ち気な性格はどんだけ弱ってても変わらんか」

「俺は認めないからな。あんたがトレーナーとか冗談じゃない」

「文句があるんなら樋口さんにぶつけろ。俺はただの雇われや。それにあの人からしつこいくらい誘いがあったから引き受けた話やぞ」

俺が凄んでもレンさんは表情ひとつ変えないばかりか、口元が笑っている。

「離せや。このパーカ、買ったばっかやねん。安物やけどな」

軽口を叩きながら、力で捻《ね》じ伏せるように俺の右手を左手でぐいと握ってくる。鉄のように固い指先が右拳の中指の拳骨にめりめりと喰いこんでいく。

真壁豪とのスパーリングで痛めた箇所だ。うっ——あまりの激痛に両手を離すと、

「やっぱ根が完治しとらんか。お前の握力はそないなもんやないはずや。ボクサーの生命線である拳まで痛めるとか、どんだけ腕と意識が落ちとるんや」

かつてと変わることなく、すべてを見透かしたように言い切って言葉をつづける。

「そんな体たらくやったら、あいつががっかりするで」

「あいつ？」

今度はなにを言い出すのかと思わず訊いてしまった。

「そうや、あいつや。月城四六。星華高校ボクシング部バンタム級。お前のライバルやろ？」

「やっぱ、そうだったのか」

レンさんの口からシロの名前が出て腹に落ちる。この人はシロにボクシングを教えてたんだ。俺の直感は間違いじゃなかった。

「あ、いや、お前よりあいつのほうがまだましか。対前島戦の大惨敗から復活して、再来週から始まるインターハイじゃお前に勝つ気でおるで」

やはり飯島さんの話は本当だった。あらためてシロのことを聞かされ、自分がこんなひどい状態なのに安堵する。けど、レンさんに返す言葉はない。

「なんや、シロの話、もっとあれこれ訊きたくないんか？　俺との関係性とか」

「別にもうどうでもいい。あいつごとき、俺の敵じゃないし」

「どうかな、それは？」

意外なことを真面目な口調でぶつけてくるレンさんに俺は目を向ける。

「これからあいつは大化けするで。お前が考えとる以上に強くなる」

「はっ。前島と闘って、戦意喪失してリングから逃げ出そうとした奴に？　あんたこそ、自慢の慧眼が腐ってきたんじゃないのか」

「本気で言っとんのか？」

「なにをだ？　あんたの慧眼が腐ってきたってことか？」

「そんなことやない。シロが自分の敵にもならんて、本気で思うとんのか？」

「当たり前だろ。俺はあの前島を選抜最短記録でＫＯしたんだぞ」

「お前は腕や意識だけやのうて、ボクシングそのもののセンスまで失ってしもうたんか？」

深刻な面持ちになって訊かれて、答えられないでいると、

「もしほんまにもう一度、ボクシングをやり直す気があるんなら、俺が鍛《きた》え直《なお》したる。それでもあのシロに勝てるかどうか、マジでわからんぞ」

真顔でレンさんは言う。

「なんでいまさら俺側につく？　そんなにシロが凄いならあいつのトレーナーになれよ」

「俺の主義に反する」

「主義ってなんだよ？」

「フィフティ・フィフティちゅうことや」

「俺のほうが分が悪いっていうのか？」

「現にお前のメンタルは挫《くじ》けかかっとるやろが。ボクシングをつづけられるかどうか、自

分でもわからん精神状態のくせして、なに強がっとんねん」

またも心を見透かすようにレンさんが言う。鋭いその眼力は相変わらずだと驚く。

「シロはその逆や。あいつの目が物語っとった」

「目？」

「ああ。ちょい前のことや。兄弟弟子の対決、ほんま楽しみにしとるでと言ったときな、あいつの目がたぎるように燃えた。俺は前島戦でボクシングを諦めたと思うてたからな。正直驚いた。あいつはやる気満々やった。どういうきっかけで、なにがあったか知らんが、立ち直って絶望的な壁を乗り越えたんや。ああなった奴は強い。地獄をくぐってきた奴ほど強いもんはないからの。キャリアや実績じゃお前が遥か上や思うても、そんなん過去の話にすぎん。飛び越えていく奴は一瞬でのし上がっていく。それがボクシングや」

「あんたはそれでいいのか？　俺との遺恨はクリアできるのかよ？」

「事情は宮前の親父からすべて聞いた。それになにより想像してみぃ。俺が育てたボクサー二人が、インターハイで雌雄を決する。こんな愉快なことあるか？　師匠である俺が望むのは、お前らが歴史に残るような大接戦を繰り広げることだけや」

もうなにも言えなくなる。この人は最強ボクサーを育て上げることだけが生きがいだ。それは島で徹底した指導を受け始めた頃から誰よりも知っている。ある種、シロや俺よりもボクシングの魔力に囚われて離れられないでいる。

「さらにオマケがあってな」饒舌になったレンさんが滑らかに言葉をつづける。

「因縁《いんねん》はシロとのことだけやない。星華高校ボクシング部で現在、シロを指導しとるのは、高校、大学と、鎬を削ったライバルの新垣巧《あらがきたくみ》や。なんという偶然が重なっとるんかと思うたで。まさに舞台ができあがっとる。そこに上がらん愚か者がおるか。これから頂上決戦が始まる。この夏のインターハイでな。俺はそれを見届けたいし、見せてやりたいんや。ある意味、トレーナーとしての集大成を、あの人らにもな」

見せてやりたい？　あの人ら？　なに言ってるんだ？

でも訊かなかった。飯島悟の一件も確かめたかったけど、いまはそういう雰囲気じゃない。

そんなことより、と俺は真剣に考える。

心の底では、レンさんがそばにいてくれることをずっと望んでいた。

弟を失った絶望から立ち上がってシロと闘うには、レンさんの力が必要なのは確かだ。

シロと闘いたい。レンさんがそこまで言う強いシロと、ますます拳を交えたくなる。

負けるために闘うんじゃなく、勝つために闘いたい。

この人と話していると、そんなふうに強気の自分になれてしまう。

口惜《くや》しいけど、これがレンさんの力であり、魅力だと感じてしまう。

「どうする？　シロが立ち直ったっちゅうのに、兄弟子のお前はあっさり諦めるか？」

想像だにしてなかった、レンさんの加入による武倉高校での部活が再スタートする。名目上はボクシング部のチーフトレーナーということだが、実質は俺専属だ。

「なまりきった身体とメンタルをしごき直すからな。覚悟しとけよ」

そう告げられ、翌日から地獄に近いマンツーマンの猛特訓が始まった。

過酷なレンさんの練習メニューに、部員の誰もが、そして樋口顧問までも唖然《あぜん》とする。ロープスキッピングにはじまり、筋トレ、シャドーボクシング、パンチングボール、サンドバッグ、ミット打ちにいたるまで、部の普段の練習量のほぼ倍近くをレンさんは課した。俺は文句のひとつも言わずに従った。やはりトレーナーとしてこれ以上信頼できる人はいない。少なくとも俺にとっては。どんな諍《いさか》いがあってもその事実は変わらない。

島での少年時代を思い起こすようなハードトレーニングに集中していくにつれ、崩れかけたように感じられた心身が、不思議なほど均衡を取り戻していく。みるみる戦意が復活してくるのが自分でもわかった。

◇

「どうしてあいつの指導を受け入れたのよ？」

レンさんがボクシング部に出入りするようになって、ちょうど一週間が経過した帰宅途中だ。学寮につづく公園の近道を歩いていると、背後から針を含んだ声をぶつけられる。誰なのかは振り向かなくてもわかる。飯島さんがきつい語調でつづける。

「あいつはね――」

「知ってます」

「え？」

「お兄さんの最後の試合、レンさんがセコンドとしてついてたんですよね」

言いながら振り返ると、夕闇のなか、飯島さんが強張った顔で立ちすくんでいる。

「だったら、なんで――」

「俺はあの人に育てられた。だからわかるんです」

「なにがわかるっていうのよ」

「俺なりの考え、言っていいですか？」

すると彼女は声なく肯いた。部活でレンさんは飯島さんを避けるように遠ざけている。彼女もまた絶対にレンさんに近寄ろうとしない。不自然な距離感を俺は知りつつ、自分なりにレンさんに対して思っていることを彼女に伝えるべきだと考えていた。

「あの人の最優先事項は強いボクサーを育てることです。そして育てた以上は最後まで守り抜くのが、あの人のやり方なんです。俺の許に戻ってきたのも、そういう主義を貫くためだと思ってます。だから、こんな言い方は飯島さんにとって失礼かもしれないけど、あれは事故だったんじゃないかと思うんです」

心にあることを一気に話した。別にレンさんを弁護するためじゃない。でもレンさんは選手を大切に考える。事実だ。育てた選手の成長を見届ける。成拳ボクシングジムに不義理して俺が飛び出したときも、結局殴ることなく見逃してくれた。なんだかんだ言ってシロのこともひどく気にかけている。誤解される部分は多いけど、そういう一面がある。

「そう言えって、笹口に命令されたの？」

「違います」

「だったら、どうして？」

「俺はネットで調べられた過去の一部分しか知りません。お兄さんとレンさんとの間になにがあったのかわかりません。でも、リカルド・アステカとの最後の試合の動画を何度も何度も観てるうち、俺なりに感じたことがあります。それは闘ってるお兄さんも、支えようとしてるレンさんも、二人がひとつになっていたということです。ボクサーとセコンドの関係は一瞬でわかるから」

「それが笹口蓮《れん》を受け入れた言い訳ってわけね？」

「言い訳じゃない。理由です」

「もういい。これ以上、君と話してもムダみたいね」

飯島さんは苦悩の表情を浮き彫りにしたまま、きっぱりと踵を返す。

「待ってください！」

強い声で呼び止めると、ビクッと彼女は背を伸ばして振り返る。

「俺の闘いを見ていてください」

「なに言ってるの」

「たぶん、俺はこれまでと変わるから。レンさんがいたら、もっともっと強くなれる。お兄さんもボクサーとして同じ気持ちだったって、飯島さんならきっとわかると思います。だからレンさんにトレーナーとしてそばにいてほしかったんだと思うんです」

理解不能といった面持ちで、飯島さんが呆れたように首を振る。かまわず俺はつづける。

「俺があなたの悲しみや誤解を消してみせる、だから、レンさんと俺のこれからのファイトを見守ってください」

「もうやめて。君に私の気持ちなんてわからないわ」

「俺も、弟を亡くしました。つい二週間ほど前です」

薄闇に映る、飯島さんの整った顔が硬直していく。

「飯島さんにだけは言いたくなかった。学校に戻るのも躊躇った。でも、飯島さんが電話してくれたから。シロがまた試合に出るって教えてくれたから。待ってくれてる人たちがいるから、もう一度だけやってみようって思えたんです」

唇を結んだまま、彼女は俺を見つめている。

「想像でしかないけど、レンさんは、あなたにもわかってほしくて、俺のトレーナー役を引き受けたような気がしてならない。ある意味では」

「なに、それ？　どういうこと？　妹の私がこの学校にいるって知ってたってこと」

俺は首を振る。「だからあくまで想像です。飯島さんが直接訊いて確かめたらどうです？」

「冗談じゃない。あんな奴と口もききたくないし、目も合わせたくないわ。それにあいつだって私のこと避けてるじゃない」

「俺もレンさんがなにを考えてるのかよくわからない部分がある。ボクシング以外の話は昔からほとんどしない関係だし。でも、とにかくあの人はボクシングが大好きなんです。言葉数は少ないし、ぶっきらぼうだけど、あの人なりの実直なやり方というのがあって、トレーナーとしては類を見ないくらい優秀です。そうしてレンさんは誰よりも選手が大切で、一人でリングに上がって闘う選手のために、必死で説いて教えてくれます」

「なにを——？」

「1R百二十秒。3R三百六十秒。その間につづく闘いの一秒先、自分がリングに立ってることを信じろって。それがあの人の一途《いちず》な教えです。誰よりも孤独のなかで闘うボクサーの苦しみや辛さがわかってます。自分の手柄《てがら》とかお金のために無謀な勝負を仕向ける人じゃない。最後の最後まで選手と一緒に一秒先を信じて、勝利を支えていく人なんです」

レンさんを弁護するつもりなんてないのに、気がつけば俺は言わなくてもいい弁論を重ねていた。飯島さんは唇を嚙みしめ、俯きかげんで無言のままだ。

「賭《か》けてみませんか。もし、飯島さんがお兄さんの影を追ってボクシングに関わりつづけ、なにかを確かめようとしてるのなら、俺のこれからの勝負を見届けてみてください。レンさんが正しかったのか、正しくなかったのかを含めて」

飯島さんがゆっくりと顔を上げる。

「兄に会ったこともない君が、どうしてそこまで言えるの？」

「あのシロです。幼馴染みで星華高校の。あいつもまたレンさんの教え子でした。俺と同じで。シロは信じられないくらい強くなり、成長しました。だからあの前島戦を乗り越えて復活できた。すべてはレンさんのおかげです。そしてあいつはもっともっと強くなる」

そこで言葉を区切り、俺は内にある想いを切々と綴る。

「今度のインハイで俺らは絶対に闘います。俺らのファイトを見てもらえば、きっと飯島さんの気持ちは変わると思う。レンさんが自分の選手にどういうボクシングを教えているかをちゃんと自分の目で見て知れば。お兄さんのことも、すべて」

深く息を吐いて彼女は言い捨てる。

「絶対無理。あいつは私の大切な兄をぼろぼろにして使い捨て、あげく殺したのよ」

二

四月十八日。土曜日。インターハイ予選大会が開催された。神奈川県も東京都も同じ日程で来週月曜日までの三日間行われる。

あろうことか初日、レンさんは俺の一回戦のセコンドとして姿を見せなかった。

時間ぎりぎりになっても会場控え室に現れず、樋口顧問は分刻みで腕時計に目を落としながら何度も何度も電話をかけ、舌打ちしたり足を踏み鳴らしたりを繰り返した。

「しょせん、そういう人なんじゃないですか」

ぴりぴりムードが充満する控え室で、樋口顧問にそんな声を向けたのは飯島さん。

「なに？」

「私はあの笹口って人を最初から信用してませんでした。平井君はいままで通り、顧問が指導すればきちんと結果を出せる選手です。顧問自身がブレないこと、それが部にとって一番大切だと思います」

一瞬緊迫しかけた控え室で、スポーツバッグに入れてあった俺のスマホが鳴る。

手に取ってモニターに映る名前を見て、即座に控え室を飛び出す。

ややあって俺が戻ったとたん、

「もしかして笹口か？」

と、樋口顧問が針を含んだ語調で問いただしてくる。

「あ、いえ、母親からでした。試合頑張れって」

「そうか――」仏頂面で受け答え、顧問はそれ以上なにも言わなかった。

運営の係員から出場の呼び出しを受けたのはそれから数分後。

ウォームアップしていた俺は、樋口顧問につづいて武倉高校の控え室を出る。レンさんがセコンドメンバーから外れたため、かわりに飯島さんが入ることになった。

午前十一時からの第二試合。もう間もなく俺の神奈川県予選大会が始まろうとしている。

「私、この間の君の話、全然信じてないし、受け入れてないから」

リングへ向かう廊下を歩きながら、飯島さんが尖った声で耳打ちする。

数歩前を歩く顧問の広い背から視線を動かし、俺は彼女に顔を向ける。

「それならそれで仕方ありません」

すると一拍の間を置いて、

「でも——」

と、飯島さんが声のトーンを変える。

「君の闘いは最後まで見届けようって決めた。シロ君っていう幼馴染みの選手との試合まで」

「ありがとうございます」

礼を言いつつ、俺はいましがたの通話を反芻《はんすう》する。電話はレンさんからだった。

「シロは一回戦を1Rワンパンチの左クロスカウンターで決めたぞ」

電話に出るなり、レンさんはそう告げてきた。

「まるでお前と俺への宣戦布告のような試合やったで」

「やっぱりそっちに行ってたんですね」

そう返しながらも、シロの勝利にうれしさがこみ上げてくる。

「一応な。あいつも教え子や。復活と成長をこの目で見ておきたかった」

「それでわざわざ俺に？」

「お前らはお互いがスイッチだ。あいつが強くなれば、お前も強くなる。さすが幼馴染みやで。これでフィフティ・フィフティに近づいていく」

会話の切れ間、会場のざわめきが聞こえてくる。

「そろそろ試合やろ。絶対負けんなよ」そう言ってあっさり電話を切られた。

そうか、本格的に復活したか——一歩また一歩、リングへと進みながら、俺は気持ちを試合へと向ける。

会場内に足を踏み入れた瞬間、満員の観客の声援や拍手がこだまする。みんなが俺のファイトを観にきている。早くも熱を帯びて盛り上がる空気がビリビリと肌に伝わる。

「始まったな、これで四冠だぞ」

サングラス越しにでリングを見つめながら樋口顧問が粛々と告げる。

隣に立つ飯島さんが真顔でまっすぐ黒い瞳を向けてくる。

俺は二人に肯いて見せる。同時に思う。待ってろよ、シロ。

カーン。インターハイ神奈川県予選大会、一回戦のゴングが鳴った。

◇

三試合連続1RでのKO勝ちという、圧倒的な強さでシロは都予選を優勝した。対して俺は思いのほか手こずった。

一回戦、3Rでなんとか相手選手を右フックで倒した。

二回戦、高校生になって初めて判定にもつれこんでの勝利。

三回戦、やはり最終ラウンドまで殴り合って辛くもKOを捥ぎ取った。

どの試合もリングに上がるまで、俺は葛藤《かっとう》と闘っていた。どのような反動で、暁空の死という喪失感が、俺のメンタルを壊しにかかるのか、そういう一抹の不安が蠢《うごめ》きつづけた。それでも試合に集中して勝ち上がれたのは、シロとレンさんの存在があったからだ。もし一人きりで勝負を挑んでたなら、いつどこで心身の均衡を失い、リング上で砕け散ってもおかしくなかっただろう。

十歳でボクシングを始めてから、そんなことは初めてだった。

それくらい暁空の死は、致命的なおそれをもたらしていた。

二回戦以降、レンさんはリングサイドで俺のファイトを見守りながら、険しい表情を浮かべていた。

ビデオ録画された試合を観たはずのシロも守屋も、俺の異変に気づいているに違いなかった。

　翌五月二十九日からインターハイ関東ブロック予選大会が、ホームグラウンドである武倉高校で開催される。シロと対戦する可能性は五分五分。出場選手が多い関東エリアは、地区予選でありながらブロックがふたつに分けられるからだ。

「あいつを叩くなら早いほうがええんやけどな」

レンさんは試合前日の練習が終わった後、ぼそりとつぶやいた。

「どうしてですか？」

　俺の不調を知りつつ、意外なことを言うレンさんに訊く。

「あれは修羅場をくぐるほど強くなるタイプや。ここにきて学習能力の伸びが高すぎる。それにセコンドの金髪のガキ。あいつがいる限り、シロの成長は計りしれん」

「あの金髪って、総合格闘技の守屋は、入学前のテストスパーで昏倒させた選手ですよ」

「そういう問題やない。あいつは異様に観察眼が鋭い。トレーナーとして秀逸な腕を持っとんのや。選手以上の才覚をな。そいつをお前は覚醒させてしもうたうえに、どういうわけかシロにぴたりとくっついて心身を支えとる。二人がセットになっとるから、さらに厄介なことになりつつあんのや」

　が、レンさんの思惑通りに事は運ばない。大会初日、本部前に貼り出《はだ》されたトーナメント表を見ると、シロと俺の名は同じブロックになかった。

「ち、八月までお預けか」

レンさんは舌打ちする。苦々しげなその表情を見て、思わず俺は口を挟む。

「俺だってアンダージュニアから無敗ノーダウンの日本一だ。いくらシロの調子が上がってきて、横に守屋がいるからって、買いかぶりすぎですよ」

「いまにわかる。それに、お前は心に少なからず爆弾を抱えとるやないか。その結果、県予選大会レベルで、あれほどの苦戦を強いられたんやないんかい」

鋭い目でそう言い切るレンさんは言葉をつづける。

「モチベーションの低下がさまざまな能力に支障を及ぼしつつある。完全に自己制御できなくなった時点でアウトやぞ。よう覚えとけ。ま、その修羅すら自力で乗り越えられれば、お前にも分はあるかもしれんがな。あとは自分次第や、アカ」

「どういう意味です？」

「そのままや。こっから先、前へ進める奴が勝つ」

「前へ？」

「そや。最後の最後、前へと進んで闘い抜くほうが試合で勝利する。逆に闘いつづけることを諦めて後ろへ退いた奴が負ける」

控え室に向かうまっすぐな廊下を歩きながら、レンさんはいつになく深刻な声で告げる。

「くれぐれも心身の均衡を失って己が砕け散らんようにしとけ。いま俺が言えるのはそれだけや。ふとしたきっかけで、予告なくそいつは忍び寄ってくるからの」

シロの一回戦。凄まじい試合展開で序盤から相手選手を捉えていき、ハーフタイム直後に完璧なワンツーのカウンターを打ち抜いてKOを決めた。レンさんの指摘通り、確実にパワーアップしている。しかもここにきて進化スピードが速すぎる。

セコンドで吠える守屋、ガッツポーズを決める星華の顧問、そしてリングサイドで狂喜するボクシング部員たち。彼らを見つめながら心がざわめく。

俺にないものをあいつは味方にしている。

俺が突き進む孤独とは真逆側にあいつはいる。

けど、あの夜の公園で再会を果たして俺は確信した。臆病で気弱だったシロがここまで闘えるようになった背景には、強くならなきゃいけない理由や出来事があったんだと。

真逆でありながら、俺たちはボクシングでつながっている。だからシロが近づくことで俺は救われている。モチベーションが湧き上がる。シロが勝ち上がり、迫りくるごとに、孤独も不安も恐怖も虚無感も薄らいで消えていく。

レンさんが言ったように、いま、俺らはお互いがスイッチなんだ。

あいつが強くなれば、俺も強くなれる。それだけは事実だ。

翌日。シロの対戦相手は長谷大樹《たいき》。昨年の国体関東ブロック大会で、俺は長谷の鼻血でスリップした2R中盤、ラッキーパンチをもらいロープ際へ追い詰められた。右拳の怪我から間もないこともあり、いつもなら猛撃で倒しにいったのだが、右の決定打を渋《しぶ》った。それが長谷を調子づかせた。あわや俺がダウンかと会場は大いに盛り上がったものの、直後には難なくカウンターの右フックを長谷のボディに決めて打ち倒した。

それでも俺をロープに追い詰めたパワーファイターとして長谷の格と名は上がった。しょせん俺の敵ではないが、しかし並の選手と比べれば、頭ひとつ抜きんでた才能と身体能力を備えている。その証拠にインターハイ埼玉県予選の三試合すべてをKOで勝ち上がってきた。

「長谷選手に勝てたらすごいね、君の幼馴染みのシロ君」

会場後方の出入り口付近の壁に寄りかかってシロが立つリングを見つめていると、いつの間にか隣にいた飯島さんの声が届く。

「平井暁選手をロープ際まで追いこんだ、唯一の高校生ボクサーだもんね」

「あれは単なるラッキーです。でもシロよりは長谷のほうが明らかに強い。戦歴が違う」

「ほんとは勝ってほしいくせに。祈ってるくせに。シロ君の勝利を」

「そんなわけありません。くだらない冗談やめてください」

「嘘。君の顔を見ればわかるわ」

「なにがわかるっていうんです。別に俺は——」

「あの子なら、君がずっと背負ってきたもの、下ろしてくれるのかな?」

一瞬、俺は胸を抉られそうになる。暁空が亡くなった夜にうなされた悪夢が蘇る。

「終止符、自分で打てないから、シロ君に打ってほしいの？」

彼女は力なく首を振る。「私も終止符、打ててないよ、全然。自分じゃ無理だってわかってる。でも前進しなきゃとも思ってる」

「な、なにを──」

切々とした口調で飯島さんは声を綴る。「自分勝手なこと言ってるってわかってる。けどやっぱり、君にはボクシングをつづけてほしい。だから勝つことだけを考えて、弟さんの死を乗り越えてほしい。私のためにも。ボクサーを目指す誰もが絶対に手にしたい卓越した才能とか身体能力とか、それらすべてを君は持ってるんだから」

リング上に立つ、青翔《せいしょう》高校三年生の長谷大樹、つづいて星華高校二年生の月城四六がアナウンスで紹介される。

どっと歓声と拍手がこだまする。この一戦は関東ブロック予選の最大の山場のひとつだ。

「兄にはできなかったわ。最後まで。外国人選手にメタメタに殴られて、血だらけになって、そして無残に負けて、ひっそりと息絶えた。そんな兄の死を私は引きずったまま抜け出せないでいる」

カーン。長谷とシロの闘いを告げるゴングが鳴る。

「誰にもない力が君にはあるから見せてほしい。兄が目指した場所を。本当の強さを」

言いながら一瞬、飯島さんはリングへ視線を動かす。長谷が鋭いジャブの連打をシロに浴びせていた。それでもシロは後退することなく、果敢に前へ出ていく。

「そして私を、この閉じこめられた場所から救い出してほしい。君の圧倒的な強さで、ボクシングの素晴らしさを教えてほしい。兄が最後まで信じたボクシングというものを」

直後、会場が沸く。シロの左顔面を長谷の強烈な右フックが貫いた。よろめいて前傾姿勢のシロが右手をリングに突いた。ダウンだ。観客がどよめく。

だがその目はまるで負けていない。時間稼ぎすることなく、シロはすぐに立ち上がる。

俺は思う。飯島さんは俺の弱さも迷いも、なにもかもをわかっていて、それでも支えようとしてくれている。信じてくれてるんだ。そして俺になにかを懸けてくれている。

大歓声が轟く。飯島さんも俺もリングを見る。試合が再開され、シロと長谷は闘志剝き出しの激しい打ち合いを展開していた。アマチュアボクシングに珍しい、熾烈な打撃戦に観る者は興奮している。シロは一歩も退かない。長谷も同じだ。

グゴッ！　ドッ！　今度は右ロングフックの相打ち。これがシロの顔面の真芯を捉え、鼻血が噴き出した。長谷もシロの右を顔面にもらって鼻血を垂れ流す。

ゴガッ。ドドッ。グドッ。ゴッ。パンチの応酬が繰り返される。両者ともに顔を血まみれにして殴り合う。カーン。そこでゴングが鳴る。

俺はまなざしをすがめてリングに立つシロを見つめる。

その凄絶な闘いぶりにあらためて感じる。やはりこいつも過酷な試練をくぐり、重いなにかを背負って、ここまで死ぬ気で這い上がってきたんだ。

ここにきてシロのファイトは、それほどの覚悟と決意と執念を感じさせた。

三

2Rが始まった。序盤ですでに明暗が分かれていた。

長谷は1R後半の打ち合いのダメージがまるで回復していない。

対してシロは冷静沈着な動きで様子見している。あの劣勢から一気に優勢に持ち直した自信が全身に漲っていた。満身創痍《そうい》の長谷はまともなジャブすら打てない。肩で呼吸を繰り返し、なんとか両拳を構えている。

と、シロが見切った。勝機だと。

ダンッ！　豪胆に前足を踏みこんでいく。顔面への左ストレートのダブル。間髪容れずに今度は右ストレート。そこでがら空きのボディに左フックを突き刺していく。

ドウッ！　うまい。完璧な上下の打ち分け。長谷の動作の先の先まで読んでいた。

ビシュッ！　最後は凄まじい左ストレートが長谷の顎に炸裂《さくれつ》する。

ゴグッ！　ふっと長谷の両足が浮く。脱力した長い左右の腕がちぐはぐに宙を舞う。

そのまま長谷はリングに強く背を打ちつけて大の字で倒れた。長谷陣営から白タオルが投げこまれたのは直後のこと。

沸きに沸く会場内。シロは圧倒的な逆転劇で勝利を決めた。

三回戦、四回戦も、当然のようにシロは相手選手をＫＯで仕留め、八月に開催されるインターハイへと駒《こま》を進めた。

俺もまたなんとか全戦連続ＫＯで決めて、四冠奪取へと向かう。

翌六月中旬。国体予選の神奈川県大会で俺は四戦四勝を果たして、関東ブロック大会出場を決めた。じわりと調子が上がってきた。

都大会、シロも全戦ＫＯ勝ちを収める。

真夏の八月一日から六日間、岐阜県営アリーナ総合体育館にて、全国高等学校総合体育大会、すなわちインターハイが始まる。

あいつが勝ち進み、俺も勝ち進めば、必ずどこかで激突する。

◇

「頂上決戦かいな。なんとなく厄介な展開になってきたで」

腕組みして壁に貼られた対戦表を見つめながら、神妙な声でレンさんが吐き捨てる。

シロと俺は五回戦目、つまり最終日の決勝で闘うことになっていた。

「シロ君との対決は最終日か。神様も憎い演出してくれるね」

隣に立つ飯島さんが耳打ちするように小声で訊いてくる。

「いけそう？　四冠達成は」

「そのためにここまで猛練習に耐え抜きました」

ふっと彼女は笑う。久し振りに和んだ表情を目の当たりにした気がする。

「そうよね。君自身が一番頑張ってるんだものね」

「そう思いたいです」

「君はあいつのこと、本当に信じ切ってるのね」

ひときわ声のトーンを落として飯島さんが言う。レンさんのことだ。

「でなければ、俺はいまここに立ってないかもしれません」

すると飯島さんは強張った面持ちに変わる。レンさんをひどく嫌い、なかば憎しみの目すら向ける彼女の態度はいっこうに軟化しない。それればかりか日に日に激しい怒りを内側に抱えていくように映る。レンさんもまた彼女に近づこうとしない。ごくまれに、飯島さんの姿を目で追うように見ているることがあるが、それは単なる俺の気のせいなのだろう。

「そんなに信じ切ってると、いつか足をすくわれて、悲劇に見舞われるから」

硬い声で告げ、彼女はその場から離れていく。

そのときふと考える。レンさんにとって飯島悟は、使い捨ての道具なんかじゃなく、最後まで見捨てることができない大切な人として在りつづけたんじゃないだろうか、と。

翌日、シロの一回戦は第二試合、俺は第三試合で組まれてあった。俺は控え室を出て、壁際に立って遠目からシロの初戦を眺める。隣にはレンさんがいる。

リング上に立つシロは、自軍コーナーで守屋や顧問、そして数人の部員に囲まれ、穏やかな笑顔すら浮かべていた。

「俺が言った通りになったやろ？」

「まだわかりません。これまでの地区予選はままごとみたいなものでしょ。この全国大会こそ真価が問われる。あんたが一番よく知ってるはずです」

そんなやりとりをしているうち、1R開始を告げるゴングが鳴る。

珍しくシロが勢いよくコーナーを飛び出していく。相手の日下《くさか》選手はその勢いに戸惑っている。ジャブジャブジャブジャブジャブ。凄まじいスピードのジャブの連打でシロが猛進していく。序盤は慎重な試合運びをする星華高校らしからぬアグレッシブな展開だ。

シロの一挙手一投足を見つめながら、どんどん動きが速くなってる、と感じる。それだけじゃない。パンチにパワーが漲り、ひとつひとつのモーションにまったく無駄がない。

「あぁっ！」

すぐ近くに座る高校生男子の観客が大声を上げる。一方的なラッシュでコーナーポストに日下選手を追い詰めたシロが強烈な左ストレートで顎を貫いた。

ガクッと膝を折って日下選手がよろけた瞬間、早くもセコンドからタオルが投げこまれる。1R開始わずか一分足らずで勝負は決まった。シロの完勝だ。

「完全に覚醒したな。高校四冠、そうやすやすと手中にできんぞ」

そう言うレンさんはどこか満足げな表情を浮かべていた。


一回戦、俺も1Rで圧倒的なKO勝利を収める。

翌日の二回戦、シロはまたもジャブの猛撃で相手選手のガードを砕き、2R終盤で三度のダウンを奪ってRSC勝ちする。

俺は2R前半で右フックを決めて相手選手をリングに昏倒させる。

準々決勝、シロは地元岐阜の選手に対し、3R中盤で見事なワンツーを顔面に決め、一瞬でリングに沈める。激しいKO劇に観客は沸きに沸いた。

俺は今大会最短記録を更新し、1R二十二秒というタイムレコードで相手選手を一撃KOする。カウンターの右フックで仕留めた。ここにきてぐっと調子が上がってきた。暁空を亡くした喪失感を抑えこみ、ファイトに集中できるようになった。シロとの勝負にまっすぐ心を向けることで、かつてのリズムを取り戻しつつあったのだ。

次戦の準決勝は沖縄県首里南《しゅりみなみ》高校三年生の真栄田俊《まえだたかし》。俺の無敗ノーダウン記録阻止のため、あえてライトから一階級落としてバンタムへ転向してきたという強者だ。これまで高校二冠を達成している、沖縄を代表するエースファイター。

「まあ、イケるやろ。いまのお前とやったらステージが違う」

レンさんはそう言い切った。おそらく、というか絶対、その読みに違いなかった。

そのはずだった──。

◇

スマホが鳴ったのは準決勝当日の午前十一時半すぎ。試合は午後一時から。早めに会場入りせず、ホテルの部屋で自主アップをこなし終え、制服に着替えた直後のこと。モニターを見ると、飯島さんだった。

「もしもし」

「ちょい顔貸せや、平井ぃ──」

いきなりドスのきいた男の声が鼓膜を震わせる。その一瞬、沈黙が支配する。

「誰だ？」

「真壁だ」

スパーリング中に卑劣なエルボーを打ち下ろしてきた青盛工業高校の真壁豪が浮かぶ。飯島さんがどういう状況なのか瞬時につながっていく。あいつならやりかねない。

「あ、俺、直也のほうな。弟だよ、覚えてんだろ」

ちょうど一年前だ。昨年のインターハイの決勝戦、横顎を直撃する猛烈な右フックの一撃でぶっ倒した。兄同様に、俺に顔面の骨を砕かれた弟は、以降の国体にも選抜にも出場してないらしい。飯島さんから聞いた話だった。

「どういうことだ？」

「一年前の雪辱を果たす」

「もう終わったことだろうが」

「俺らのなかでは終わってない」

「飯島さんは関係ない」

「そのへんはわかってるつもりだ。だが、あとはお前の出方次第だ」

「これは犯罪だぞ」

「中学から死ぬ気で踏ん張ってきたボクサーとしてのプライドをずたずたにされた苦悩、お前にわかるか？」

「仕掛けてきたのはお前の兄貴だろうが」

「そういうところ、マジムカつくんだよ。そのエリート気取りがな」

抑えた声に憤激と憎悪が滲んでいる。

「どうしろっていうんだ？」

「小澤《おざわ》ジムにこい。そこのホテルからタクシーに乗れば二十分ちょいだ。道路が空いてればの話だがな」

「行けば、飯島さんを解放するのか？」

「言ったろ。お前の出方次第だ」

「お前の言ってることがわからない」

「十一歳のアンダージュニアから、無敗ノーダウンの天才アマボクサー。その実力をいま一度、目の前で証明してみろ。納得すればすべては水に流してやんよ」

「意味がない。勝負は終わった」

「お前は終わっても、俺らのなかじゃ終わってない」

「なんで俺にこだわる？　一年も経って。しかも飯島さんまで巻き添えにして」

「そもそも兄貴との闘いを仕向けたのは、この女だからだ。発端はお前らにある」

俺は声を失う。

「お前らが俺ら兄弟をめちゃめちゃにした。同じ闘いでも遺恨を残すことなく、普通の試合で終わったものをな」

「お互い様だろが。エルボーを仕掛けてきたのはお前の兄貴だぞ」

「とにかくこいや。ここは俺らの地元だ。覚悟しとけよ」

「調子に乗るな。もし飯島さんになにかあったら、殴り殺してやる」

思わず強く声を押し出していた。

「上等だよ、平井。待ってるぞ。準決勝に間に合うようにこい。五体満足で帰れたら、という仮定だがな」

「ふざけるな」

「言っとくが他言は無用だ。お前がチクったりすれば、すぐに別行動に出る」

そう言って、電話は切れた。

俺は制服姿のまま、スニーカーを履いてホテルを飛び出し、タクシーを拾った。

頭上から真夏の太陽が照りつける。一瞬、俺は薄青い空を見上げ、眩しさに目を細める。いつもこうだ、と思いながら。

なにかがうまくいきそうなとき、必ず大切なものが壊されていく。ふっと消えていく。そうやって摩耗し、傷つき損《そこ》なっている。

でもとにかく、飯島さんを助ける。いまはそれだけだ。そう意識を切り替えて俺は運転手に告げる。

「小澤ボクシングジムへ」

約二時間後に準決勝が開始されることなど、もう俺の頭にはなかった。

右拳の骨がじくっと疼いた。

四

ぼんやりと明かりがついた小澤ボクシングジムの前に立つ。

ガラス張りの窓の向こうの薄暗いジム内、練習生の動く姿が目に映りこむ。

サンドバッグやパンチングボールを殴る激しい打音が耳に届く。部活とは明らかに違う、殺気というか闘気というか、両拳に懸ける情念のほとばしりがビリビリ伝わる。数歩近づくと、肩や腕にびっしりとタトゥーを刻みこんだ練習生が少なからずいる。

真壁直也と飯島さんの姿はない。

俺は錆《さ》びかかった鉄のドアを開けてくぐる。練習生たちは一心不乱にワークアウトに集中し、俺の存在など見向きもしない。ジム関係者を目で探すが、それらしいトレーナーやスタッフは見当たらない。

そのタイミングでゴングが鳴る。

カーン。インターバル。ちょうどいい。俺は声を出す。

「あの、真壁直也に呼ばれてきたんだけど」

練習生十数人がいっせいにこちらを振り向く。

「あいつは、どこにいます？」

普通の口調で訊いたつもりだが、たちまちジム内が奇妙な空気を帯びて静まり返る。

「そんな奴、ここにはいねえよ。てか、お前、平井だろが。無敗ノーダウンの」

リング上でミット打ちしていたハタチ前後の男が、いきなり野太い声で叫ぶ。五分刈りの頭は金髪。胸板から肩、そして肘にかけて、二匹の龍が躍る毒々しいタトゥーが彫ってある。見たところ階級は、ライト級か、その上のクラス。

「あ？　マジすか？」

即座に反応したのはリング脇の姿見の前でシャドーボクシングをしていた、体の分厚い男。ミドル級はゆうにある。十代後半くらい。が、こいつの背中もまた、びっしりとタトゥーで埋め尽くされている。業火に燃える髑髏《どくろ》と大蛇。

「そんなエリートがなんでうちのジムにいんだよ？」

今度はサンドバッグを叩いていた、筋骨隆々の二十代前半の男が声を上げる。銀髪のモヒカン。敵意剝き出しの面で俺を見据えてくる。フェザー級か、ライト級。

「ごたくはいいから、真壁を出せよ。ここにいるって電話があったんだぞ」

売り言葉に買い言葉とはこういうのをいうんだろう。ちらりと壁にかけてある時計に目を這わす。準決勝まで一時間半。制服のズボンの後ろポケットに入れたスマホがさっきからひっきりなしに震えている。焦りが押し出す声をさらに荒くする。

「早くしろよ。俺は時間がないんだ！」

「なんだ、てめえ。そっちから勝手に乗りこんできて、なに抜かしてやがるんだ！」

「おら、ガキ！　口のきき方に気をつけろや！」

ジム内がビリビリ殺気立つ。練習生全員が動きを止めて、俺を睨みつけている。

ひときわ強い視線を感じ、俺の目は奥でパンチングボールを叩いていた男に動く。

スキンヘッドで吊り上がった細い目にまだらの無精髭《ぶしょうひげ》。眉毛も剃ってある。不遜《ふそん》な面構えで俺を睨んでくる。柄の悪そうな連中ばかりの練習生のなかでも放つオーラの質が格段に違う。鍛え抜かれて盛り上がる肩と上腕部の屈強な筋肉は、ボクサーというより総合格闘技のファイターに映る。ウェイトはおそらく俺と同じバンタム級。二十代後半。

「遠藤《えんどう》さん、どうします？」

金髪男が声を向ける。ジムにいた全員が、遠藤と呼ばれたスキンヘッドに目を動かす。

遠藤は片側の唇を歪める。どうでもいい、という感じだった。

あっという間だ。

練習生がぐるりと俺を囲む。ガチャッ。硬質な音が響く。モヒカンがドアを施錠した。

「なんなんだよ。お前ら。俺はただ、真壁に呼ばれてきただけだ」

誰もなにも答えない。敵意を剝き出しにし、輪になってじりじりと俺を囲い始める。

獣の群れに飛びこんでしまった。即座に目で人数を数える。

一対十三。獣の群れどころじゃねえな、これは。完全武装した敵陣へ丸腰で飛びこんでしまった間抜けな兵士。そんなとこか。声なく自嘲《じちょう》する。

「平井! リングに上がれや」

「いきなりなんだよ。意味わかんねえだろが」

「俺らに勝ったら、直也に会わせてやんよ」

へへ、と金髪が憎々しげに笑ってつづける。

「やっぱいるんじゃねえか。ざけてんじゃねえぞ。ナメてんのか!」

俺は吐き捨てる。

「ナメてんのはてめえだろが。俺らは真壁兄弟の兄貴分なんだよ。あいつらは中三まで、ずっと一緒に練習した仲だ。てめえが二人をぶっ潰したって話はここいらじゃ超有名な話でな。ムカついてたどころじゃねえんだよ!」

金髪がドスをきかせた濁声《だみごえ》で一気にしゃべる。

「てめえもボクサーなら拳で筋通せよ。それしかねえだろが！　ぶっ殺すぞ、こら」

調子づいて怒鳴り散らしてくる銀色のモヒカン。

「いくねえ、大久保《おおくぼ》さん」

笑いを含んだ下劣な声が重なる。髑髏と大蛇のタトゥー男だ。

「遠藤さん。俺からでいいっスか？」

金髪が訊き、スキンヘッドが初めて口を開く。

「好きにしろや。ただし、殺すなよ」


ドッ！

金髪のボディに俺の左フックがめりこむ。つづけて、がら空きになった顔面にもう一発、ダブルの左フック。完璧なタイミングと角度で横顎を捉える。ぶうぉっと口から血が飛散する。数本の歯が鮮血と一緒になり、リング上へばらばらこぼれ落ちる。

金髪が白目を剝く。あっけなく膝から崩れ落ちる。そのまま、うつ伏せで倒れていく。

「野郎がっ！」叫びながらリングに上がってきたのは、髑髏と大蛇のタトゥー。

ぐったりとして動けない金髪が、別の練習生二人に担がれていく。

成り行き上、闘うしかチョイスは残されてなかった。時間がない。飯島さんが心配だ。

こんなチンピラの巣窟《そうくつ》に囲われているとなれば、マジでヤバい。

八オンスのプロ仕様の薄っぺらいグローブ。ノーヘッドギア。ノーマウスピース。おまけにノーレフェリー。しかも敵意を剝き出しにした野郎ども十三人に囲まれている。ルール無用のケンカ勝負。不思議と恐怖感はゼロだ。しょせん俺にはどこまでも修羅がつき纏う。

制服のネクタイを外して白シャツを脱ぎ、上半身裸になると、グローブを装着して自分からリングに上がった。全員に襲いかかられて袋叩《ふくろだた》きにされるより、リングの上でタイマンを張るほうが、無事ここを出られる可能性が高いと踏んだ。

「スカしてんじゃねえぞ。アマのくせしやがって。こっちはプロ六回戦だぞ」

威嚇するように髑髏がほざく。

「へ、御託はいいから、早くこいよ。六回戦ボーイ」

小鼻で笑いながら俺は挑発する。

「てめえ、マジ殺す」

言いながら、先制ジャブもなく、いきなり右フックを放って突進してくる。パンチをぐるように俺もまた前へ出る。紙一重でパワフルな右フックをヘッドスリップでかわす。と同時、右フックで応戦する。右腕をほぼ直角に曲げた鋭いショートフック。前のめりで向かってきた髑髏の鼻頭に、もろカウンターとなった一撃がみしっと喰いこむ。

髑髏の動きが一瞬で止まる。と同時に激痛が右拳から肘、肩へと伝わる。高圧電流を流されたような、ビリビリという凄まじい衝撃をなんとかこらえる。

俺に殴られた髑髏は脳震盪《のうしんとう》を起こしたのか。いっさいの表情がふっと消え、そのまま腰からリングに倒れ、かすかに手足をびくびく痙攣させ、昏倒状態になる。

使い古したぺらっぺらの八オンスグローブの破壊力はハンパない。というか、ほとんど素手同然の感触だ。

俺の右中指の拳骨が痺れまくって強烈な痛みを帯びている。

ジム内に戦慄《せんりつ》が走るのがわかる。攻撃的な怒気が行き場を失って彷徨《さまよ》う。

「矢田《やだ》――」誰かが呆《ぼ》けたような声を漏らす。

「次っ！」

痛めた右拳を悟られぬよう、ファイティングポーズを取って俺は叫ぶ。

俺のなかでなにかが完全に弾けていた。弟を亡くして以来、初めてだ。制御不能な激情が、すでに脳を完全支配している。湧き上がる一方のアドレナリンが、さらなるファイトを激しく求めて止まらない。辛うじてそれが拳の激痛を制御していく。

「次！　誰だ！」

「調子こいてんじゃねえぞ！」サンドバッグ脇にいた男が声を荒らげる。

「え、大久保さんが」

ジム内がざわつく。銀色のモヒカンがリングに上がってくる。先の二人とは目つきと構えがまるで違う。右手と右足が前。サウスポー。シロと同じ。

「ガキ。俺は日本二位だ」

「だったらどうした」

「俺がリングに上がった以上、五体満足でここを出られると思うなよ」

捨て台詞を吐くや、ぐいんと右ジャブが伸びる。

速い。パリーでパンチを弾くと、グローブ越しの手の甲にみしみしと硬い衝撃が走る。

ダンッ！　いきなり踏みこんでくる。今度はジャブの三連打。スピードもさることながら、高校生なら決めのストレート以上の破壊力がある。スウェーバックで避け、間髪容れず右サイドからステップイン。左ストレートをボディに当てる。それを大久保は右肘でガード。その一瞬、顔面に隙が生まれる。俺は左ジャブをフェイントで二発連続して打ちこみつつ、素早く上体を捻《ひね》って、本命の右ストレートでふたたび顔面を打ち貫く。極力、右は使いたくなかったが、この局面で出し惜しみすれば、追撃を受けて劣勢に陥る。躊躇《ちゅうちょ》している間はない。そして攻撃には攻撃でしか勝てない。そういうレベルの相手だ。

俺の四連打コンビネーションは冴《さ》えた。ボディから顔面、左右上下の打ち分け。

あまりの速さに、大久保の動体視力はついていけず、最後の一撃を避けきれなかった。

決めの右ストレートをがっつりこめかみに決まる。

グジッ。頭蓋を揺らすぐもった濁音が轟く。同時に俺の右腕全体が、先ほどよりさらに激しい痛みを帯びる。

「あ、あ――」観ていた練習生たちの間抜けな声が漏れて重なる。

両足でなんとか踏ん張ろうとする大久保。が、両膝がぶるぶる震えている。

勝負あった。もう、俺は次のパンチを打たない。

直後、大久保の体軀が力を失い、崩れ落ちていく。

「おい、そこのデブ。今度はお前がリングに上がってこいよ」

俺は左グローブで指し、目についた大柄な男にクイッと手招きして煽《あお》る。

「く、くそっ。ナメやがって。このクソガキが！」

グローブもつけず、そいつがリングに上がろうと、ロープに手を掛ける。

「やめとけ！」

突然、一喝する鋭い声。騒然としかけたジム内が一瞬で静まる。

遠藤と呼ばれたスキンヘッドがゆっくりとリングへ向かってくる。

「兄ちゃん、次は俺だ」

吊り上がった細い目が俺を射る。

「誰だって構わねえ。さっさとリングに上がれよ、おっさん」

俺は言いながら、壁に貼ってある赤い派手なポスターをチラ見する。目の前のスキンヘッドが真ん中でファイティングポーズを決めて写っている。スーパーバンタム級東洋太平洋王者。遠藤栄二《えんどうえいじ》。四度目の防衛戦。はっ、上等だよ。

その遠藤がリングに上がってくる。

と、これまでにない豪気が伝わる。異様な威圧感がこの場を支配する。

「手加減しねえぞ。いくらガキでも、天下の小澤ジムがここまでコケにされちゃあな」

遠藤がポスターと同じようにファイティングポーズを決める。

その瞬間、これまでとのレベルの格差を肌で感じ取る。

ひりひりと炎で炙《あぶ》られるような熱波が伝わる。こいつ、ハンパねえ――。

一瞬で全身から放たれる闘気が五体を覆う。一分の隙も力みもない。

しかも俺の攻撃の、先の先の先まですでに読み切ったような、異様な迫力に気圧《けお》される。

そのまま俺たちは十数秒間睨み合う形になる。

剛毅《ごうき》なファイターであるはずが、遠藤はすぐに攻勢に出てこない。

フットワークを使わず、じりじり間合いが詰められる。高くも低くもない、自然体の構えのなかに、得体の知れない胡乱《うろん》なオーラが浮かび上がる。それが俺の攻撃を抑止する。

一発撃ちこめば、その瞬間、逆に殴り倒される。本能が俺に警鐘を鳴らす。

闘う前にありありとした敗北が映し出されるような、そういう不吉な錯覚に陥りそうになる。レンさんと高架下で対峙して以来、二度目のことだ。

「どうした、兄ちゃん。手ぇ、出せないか?」

ファイティングポーズを取ったまま、俺の心まで見透かしたように、遠藤が静かに言う。

俺はなにも答えない。数瞬も間があった。

「大したもんだな。まだ高校生のくせに、そこまで読めるのか?」

「御託はいい。かかってこいよ、ハゲ」

ピクンと遠藤の眉間がかすかに反応する。だが俺の挑発に乗ってこない。打ってこない。

どこか訝《いぶか》る別の表情がその顔に重なっていくことに俺は気づく。

「ひとつだけ、教えろや」

遠藤が訊いてくる。俺は黙ったまま反応しない。

「誰に習った?」

意表を突く質問に、かすかな動揺が走る。

一拍の間が空く。問いかけの真意を計りかねつつ、迷いながらも答える。

「レンだ。笹口蓮」

聞いたとたん、遠藤は闘気を解いた。構えた両拳をすっと音なく下ろす。

「そういうことか」

言うや、瞬時に踵を返す。慌てて俺は声を荒らげる。

「待てよ。まだ勝負は終わってねえ」

「今日のところは笹口さんに免じて許す。おいっ!」

遠藤が身を翻し、裏手側の非常口に向かって大声を張り上げる。

「真壁! 出てこい! 女を連れてきてやれや!」

俺が視線を動かすと、半開きの非常口のそばに真壁直也の姿があった。

「で、でも——」

動揺した面持ちで唇を震わせている真壁に遠藤がつづける。

「こんな野郎の相手をしてたら、うちのジム、潰れちまうぞ！」

「そ、そんな、遠藤さん。や、約束が――」

「お前との約束なんかどうでもいい！　さっさと動けや！」

怒鳴り散らされてビビりまくった真壁が動く。その姿が非常口の裏側に消えたかと思うと、ややあって飯島さんが連れられてきた。無事なその姿を見て安堵する。彼女もまた俺を見て、ほっとした表情になった。

背を向けたままの遠藤に俺は訊く。

「どういうことだ？」

「俺もかつて笹口さんに教えを乞《こ》うた」

突然そんな話を告げられ、なにも言えない俺をよそに、遠藤は静かに声を継ぐ。

「だが、速攻で断られた。もう二度と教え子を殺したくない、と言われてな。つまり、あの人から見て俺は凡庸なボクサーだったということだ」

聞いた瞬間、〝殺したくない〟という言葉の裏側に飯島悟がいると思った。

「もう命を懸けるようなボクシングには関わりたくない。笹口さんは最後にそう言った。ところがあの人はお前にボクシングを教えた。十一歳から無敗ノーダウンのアマ王者、平井暁に。そうして俺はいまだ東洋太平洋から抜け出せない」

返す言葉を失っていると、遠藤がゆっくりと振り向き、

「右拳を守ってやれ」

真顔でそう言い残し、リングを降りていった。

五

タクシーの後部シートに飯島さんと俺は座り、岐阜県営アリーナ総合体育館に向かっていた。

「だ、大丈夫？」

「平気。大したことありません」

そう彼女に答えるが、どう見てもヤバい具合だった。ペラペラの八オンスグローブで二人の男を渾身の力で殴りつけてしまった。右中手骨が骨折している可能性は大。激痛がズキズキと神経を刺激しつづけている。まるでスズメバチに刺されたように中指部分が赤紫色になって異様に腫れ上がり、拳を握りしめることすらもはや困難だった。

「どこか薬局に寄って、せめて湿布でも――」

「そんな時間ないですって！」

つい語気が荒くなる。運転席のパネルにあるデジタル時計を見つめる。準決勝開始まであと三十分しかない。しかも道路は激しい渋滞が断続的に起きている。真夏のアスファルトの上、低速で走ったり止まったりをえんえん繰り返す。

「あと何分で着きます？」

こらえかねたように飯島さんが中年男性の運転手に訊ねる。

「うーん、市街地はけっこう混《こ》むからねえ。なんとも言えないなあ」

まるで他人事《ひとごと》のようにぼやく。もっともなんとか試合開始時間に間に合ったところで、この右拳で試合に出られるかどうかわからない。相手は強豪の一人と言われる沖縄県首里南高校三年生の真栄田。そいつと対峙する前、この右拳の負傷を見たレンさんと樋口顧問のリアクションを想像しただけで絶望的な気分になる。

「とにかく電話しなきゃ」

監禁されていた恐怖と混乱、そして俺がボクサーの生命線ともいえる右拳を痛めてしまったことで、動揺の極致にあった飯島さんが、気を取り直したようにバッグからスマホを取り出そうとする。

「やめなって」

即座に俺は左手を伸ばして制する。

「だって――」

言いながらも彼女は画面を見つめ、眉間に皺を寄せる。すでにうんざりするほどの着信履歴が表示されてある。俺のスマホはもう電源を切ってあった。

「電話したところでなにも解決しませんよ。いまの問題は、間に合うか間に合わないか、ただそれだけだし」

飯島さんの瞳が、膝の上に乗せていた俺の右拳でふたたび止まる。彼女がなにを言いたいか声にしなくてもわかる。利き腕の拳を壊した。俺は犯してはならない過ちを犯してしまった。深い後悔だけが胸中に渦巻く。

「——ごめんなさい。本当に」

「どうして、飯島さんが謝るんですか？」

「聞いたんでしょ。あの通りだから」

言われて思い出す。真壁直也の言葉を。だが、いまさらどういうふうに兄の真壁豪を煽ったのか聞きたくもなかった。知ったところでどうにもならない。

二人して黙りこむ。車内の沈黙が耐え切れないように、彼女が口を開く。

「知りたかった。強いってどういうことなのかって。アマチュア最高峰っていわれる天才ボクサーが入学してきて、どういう次元に生きる人か、この目で見て確かめてみたかった。兄の姿と重なるのに、いったいなにが違うのかって」

次の一瞬、どこかで派手なクラクションが耳をつんざく。渋滞はまったく解消されない。

所在なくまたもデジタル時計を見やる。十二時四十五分。音なく深いため息をつく。もしかするとこのまま準決勝に出られず、拳を痛めて現役続行不可能になり、退学になってしまうのかもしれない。それはそれで潔いことのようにも思える。暁空がいなくなったいま、高校アマボクサーとしてのキャリアがゼロになっても、もう俺ら家族は傷つかないし、失うものなどない。すでにさんざん傷ついてきたし、失いつづけてきた。

でも、シロが――。

と、飯島さんが言葉を向けてくる。

「ねえ、平井君」

「はい」

「こんなときだけど、聞いてくれる? 私の家族の話」

そう切り出す彼女はなにか思いつめたような表情を浮かべていた。

「聞けば君だってわかってくれると思う。あの男がどれだけ私たちを傷つけたか」

俺が言葉を返す前に、飯島さんは話し始める。

「私の父ってね、その昔、すごく強いプロボクサーで、引退してからはトレーナーになって、たくさんの優秀なボクサーを育てたの」

お兄さんのこと以外で初めて聞く、彼女の個人的な話。俺は黙って耳を傾ける。


飯島さんの父親、孝弘《たかひろ》さんはライト級のプロボクサーだった。

世界タイトルマッチに二度挑み、どちらもファイナルラウンドまで闘って判定はドロー。つまりチャンピオンにはなれなかった。悲運の天才ボクサーといわれ、惜しまれつつ引退し、その後はジムに残ってトレーナーとして選手育成に従事した。孝弘さんはトレーナーとしても秀逸な才能を発揮し、多くの一流ボクサーを世に送り出した。

当時、飯島さんはまだ幼くて、父親の軌跡を辿《たど》るように、ネットで調べたり、実際に所属していたジムに足を運んだりして、聞き集めた話だということだった。

「お兄さんの悟さんもプロボクサーだし、まさにボクシング一家だったんだ」

「そう。だけど兄は父からボクシングを習ったわけじゃなかった。子どもの頃からボクシングをやりたいって父にせがんでたけど、最後まで教えようとしなかった。そればかりか父は絶対にボクシングをやってはいけないと禁止してたの」

「どうして？」

飯島さんは悲しげに首を振って瞼を伏せる。「父にはわかってたんだと思う。兄にはそれほど才能がないって。人を見るたしかな目を持ってたそうだから」

「じゃあ、悟さんはお父さんの反対を押し切ってボクシングを始めたんですね」

「ううん。十三年前の夏、母と一緒に北海道《ほっかいどう》旅行に出かけ、交通事故に遭って死んでしまって。兄がボクシングを始めたのは父の死後からだって」

俺は言葉を失う。そういう不遇な環境で彼女が育っていたことに。自分だけが不幸な家庭で生まれ育ったと思っていた。つねに被害者意識にも似た劣等感を抱えていた。いつもクールでそんな過去を微塵《みじん》も感じさせない彼女の強さに胸が詰まる。

「兄は十六歳だった。彼は両親の死を悼むと同時に、ボクシングにのめりこんでいったそうよ。亡き父親の夢を継ぐように」

「そうだったんだ——」

「当時、私はまだ五歳だったから記憶にないけど。とにかくいずれにせよ、まだ子供だった私たち兄妹《きょうだい》は母方の祖母に引き取られて暮らすようになった」

声なく俺は相槌《あいづち》を打つ。

「祖母にはとっても感謝してる。兄は高校を辞めて、父が働いていたジムに通い始めたの。世界チャンピオンになって、みんなを楽にするからって、いつも笑いながら言ってたらしいわ。両親はいなくなったけど、それでも楽しかったという思い出はおぼろげに残ってる」

なにも返せずに黙りこんでいると、飯島さんが熱を失った声で言い放つ。

「そんな、なんとかやっていこうとする家庭をあいつが壊した。笹口が殺したの。兄を」

重苦しい沈黙が車内に充満する。

「慢性外傷性脳症」

彼女はぽつりと言う。

「まんせい、がいしょうせい——のうしょう?」

発せられた言葉の意味が理解できなくて機械的に復唱すると、

「パンチドランカーよ。兄は殴られすぎて、すでに脳の機能の一部が壊れてたの」

飯島さんが答える。俺はいっさいの言葉を失う。

「アステカとの最後の試合で兄はKO負けして、そのまま意識不明で病院に運ばれ、最後は頭蓋内出血で息を引き取った。リングに倒れてちょうど六時間後のことだった。妹の私が手を握ってもまったく反応しないくらい、兄の脳は死の間際、いっさいの機能を失ってたって。これもジムの人から聞いたことだけど」

激しい憎悪を纏っていく彼女の話を聞きながら、俺はなにを言えばいいか、まったく頭に思い浮かばないばかりか、思考が空白になっていく。

「前に君がライブハウスで聴いてくれた、あの英語のバラード。私が小学生になってギターを弾くようになり、初めて書いた楽曲なの。短すぎた兄の思い出が消えてしまわないよう、喉を震わせて必死で作った。タイトルは『Tiny Star』。ちっぽけな星って意味。ちょうどそんな感じなのかな、兄が輝くことができた一瞬って。その刹那の煌めきを私はいつまでも残しておいてあげたいと思って」

飯島さんは黒い瞳に涙をためていた。

「パンチドランカーというボクサーにとって悲劇的な終焉《しゅうえん》で、あいつは兄を死に追いやった。兄がパンチを打たれすぎて頭部を負傷しているのに、何度も何度もリングに上げて、あげくは世界最強といわれる外国人選手との無謀な試合を組んで、そして殺した。トレーナーだったら、絶対に兄の不具合がわかってたはずなのに。あいつは死ぬまで兄を闘わせて、そうして兄が死んだらふっと消えた。私たち遺族に謝罪することすらなく」

そこまで一気にしゃべり通すと、かすかな嗚咽が漏れる。

ようやく渋滞が緩和されてきたようで、タクシーがゆっくりと速度を上げていく。

無言のままの俺に、彼女は揺らいだ声を重ねる。

「それでも君はあんな奴のこと、本気で信じられる？　あいつは自分の名誉とお金のために兄を利用して、使い捨てたのよ。まだ二十歳《ハタチ》になったばかりの、これから未来が開けていく若い兄の命を絶ったのよ」

時間をかけて慎重に言葉を探しながら、おずおずと俺は答える。

「──わからない。たとえ飯島さんが言ってることがすべて真実だとしても、レンさんのおかげで強くなれたという現実は変わらない。あの人がボクシングを教えてくれたから、いま俺はここにいます」

「無敗ノーダウンでバンタム級初の高校八冠を達成させて、自分のギャラと知名度を上げるための、ただの道具にしかすぎないのよ、君は」

聞きながら首を振る。信じたくない、そんな話。俺が知るレンさんはそんな人じゃない。

「じゃ、どうしろっていうんです、飯島さんは」

「今回のインハイはもう辞退して。こんな事態に君を巻きこんでおいて、私に言う資格はないけど」

ギリギリと痛みつづける右拳を見つめて、ふたたび俺は黙りこむ。

「きっとまた、おそろしいことが起きる気がする。こんな大怪我で試合に出たら、それこそもう二度とボクシングができなくなるかもしれない。ううん、それだけじゃない。あいつの犠牲者に君までなってしまうのを、私は黙って見てられない。だから自分から辞退してほしい。樋口顧問には私から今回の経緯を話してきちんと謝るから」

数瞬の間の後、

「いや」

はっきりと俺は言って、一瞬、かすめた迷いを自分の声で断ち切る。

「ダメだ。俺は闘います。闘わなきゃダメなんだ」

「なんで？　そんな拳で勝てるわけないじゃない」

「まだ左拳が残ってる。この左腕だけでも俺なら闘えます」

言いながらぐいと左拳を目の前に突き上げる。

「これは俺自身の問題だから。レンさんは関係ない。どんなことがあっても、明日の決勝まで俺は闘い抜かなきゃならないんです」

なにかを考えるようにしばらく唇を結んでいた飯島さんが口を開く。

「――シロ君？」

「そう。明日の決勝戦であいつが待ってます。シロは絶対に今日も勝ち上がってくる。だから闘わなきゃならない。そして絶対に俺は勝たなきゃならないんです」

すると彼女は深く息をつき、俯いて口惜しそうに言葉を吐く。

「最後の試合が近づくにつれ、兄もそんなことばかり言ってたそうよ。闘わなきゃ、絶対に勝たなきゃって。なにかに囚われてしまったように」

「俺はあなたのお兄さんじゃない。俺を信じて、最後まで試合を見届けてほしい」

ゆっくりと伏せた顔を上げ、飯島さんが俺の目をじっと見つめる。

「たしかに飯島さんが言ったように、俺は闘うことが辛くなっていた。背負ってる重荷を下ろして終止符を打ちたいと何度も思った。弟を亡くした喪失感だけが膨張しつづけ、闘う意味も意義も見失いかけてた。けど――」

どれだけ殴られても諦めることなく前へ進むシロのファイトを思い浮かべながら、俺は声を押し出す。

「けど、この大会で一秒先の自分を信じて闘うシロの姿を見ているうち、俺ももう一度、自分を信じて闘いたくなった。そういう気持ちにしてくれたあいつが待ってる。だから俺も前に進まなきゃいけないんです」

◇

「なにやってたんだ！　飯島、お前がついていながら！」

「バカ野郎！　大事な試合を忘れたのか！」

控え室に足を踏み入れた瞬間、樋口顧問とレンさんの怒鳴り声が炸裂した。

すみません、と頭を下げて謝ろうとする前、

「おい、どういうことだ、これはっ！」

つかつかと歩み寄って俺の右手首を掴み上げ、レンさんが荒々しい語気でぶつけてく

る。

「す、すみません」

「すみませんじゃないだろが！」

右拳の異常はすぐに気づかれた。レンさんは険しい目つきで赤紫色に膨れ上がった拳骨を凝視している。樋口顧問は口を半開きにし、フリーズ状態になっている。準決勝まで残っていた先輩部員三人までが俺のほうを見て、やはり言葉を失っている。

そのとき、控え室のドアが開く。

「もうこれ以上待てません。次の試合に影響してくるので、平井選手は棄権という決定でよろしいですね」

白シャツに青いネクタイをした中年の男がぶっきらぼうに告げる。

「あ、いや、平井はここにいますんで、すぐに準備して入場します」

ハッとしたように慌てた口調で樋口顧問が返す。

「もう十分近く遅れてるんですよ」

「すみません。運営側には私が行って直接話しますから。棄権はしません」

そう言いながら俺に目を動かして肯く。リングに上がれ、という合図だ。

「責任は持てませんよ。すでに本部では棄権と判断している可能性もありますから」

捨て台詞のように中年男は言い終えると、渋々といった面持ちでドアをぱたんと閉めた。

「ったく、どうなってるんだ！」

樋口顧問が誰にでもなく当たり散らすように怒声をぶちまける。

「いいんですか、俺、リングに上がっても？」

レンさんに訊くと、

「棄権したいのか？　それともリングに上がりたいのか？　どっちなんだ？」

レンさんもまた俺に問いただすように訊いてくる。口調は普通に戻っているものの、その目には明らかな怒りと苛立ちが滲んでいる。

俺は思い出していた。悟さんがパンチドランカーだと知りながら無理やりリングに上げて闘わせ、死に向かわせたという飯島さんの話を。

それでも俺はきっぱりと答える。

「闘います。リングに上がります」

「だったら早く着替えろ！」

「――あ、あの、せめて応急処置は？」

そこで初めて飯島さんがおずおずと上ずった声を発する。罪悪感に加えて、この場の緊迫した空気のなか、俺に出場辞退を勧めたくてもさすがにできないようで、抑え気味につづける。

「消炎の湿布と塗り薬、医務室に行って取ってきます、私」

樋口顧問とレンさんのどちらにでもなく、相手を濁した感じの彼女の言葉に対し、

「これから数分後に試合なんだぞ。そんなのつけてリングに上がれるか！」

レンさんが声を荒らげる。

「そこに置いてある俺のデイパックのなかに痛み止めの錠剤がある。誰か出してくれ」

ロッカー脇のベンチに置いてある黒いデイパックを顎で指す。

「試合直前にそんなの服用してドーピングにならないんですか？」

思わず俺が訊くと、

「ロキソニンSはドーピング対象薬じゃない。ま、この短時間でどれだけ効果があるかわからんが、慰め程度にはなるかもしれん」

レンさんが答えると同時だった。

「わ、私が――」

誰よりも早く飯島さんが動いてデイパックに手を伸ばす。

即座にレンさんが慌てた大声を張り上げる。

「あ、いい！　触るな！」

すでに飯島さんはレンさんの黒いデイパックのジッパーを開けて、片手を入れている。

直後だ。

「えっ？」

飯島さんが短い声を発して全身を硬直させ、デイパックをのぞきこんだまま、ぴくりとも動かなくなる。

一気にレンさんは動揺した面持ちになって歩き出し、飯島さんからジッパーが全開になったデイパックを強引に奪い取る。

それでも飯島さんは反応するでもなく、棒立ちになったまま、ただぽかんと呆然とした表情になって黒い瞳だけを動かしている。

震える彼女の両目は明らかにレンさんの姿を追っていた。

六

不穏な空気に包まれた満席の会場内、なんとか間に合った俺は、沖縄県首里南高校三年生の真栄田とのファイトに向かう。

ゴングが鳴る直前、レンさんが俺に耳打ちしてきた。

「三十秒でケリをつけろ。むろん左だけだぞ。いいな?」

俺はコーナーポストから真栄田にガンを飛ばして睨みつける。できるだけあからさまに挑発したほうがいい。短時間で、しかも左だけで決めるなら、カウンターしか手は残されてない。相手の感情を逆《さか》なでし、煽りまくって前へと出させる。

カーン。1Rが始まった。

右拳の激痛をこらえながら、俺はリング上を躍るように足を使って進む。

常識外の遅刻に怒り心頭の真栄田は、案の定、一気に攻めこんでくる。フットワークもなにもない。足早にリング上を駆けるようにしてジャブの猛打を連発する。ライト級から下りてきただけあって、パンチプレッシャーはハンパない。

が、俺の敵ではない。スピードもパワーもすべて俺のほうが上だ。レベルが違う。

瞬時に真栄田の性急すぎる動きを見切った俺は、攻撃圏ぎりぎりまで引きつけて、俊敏なサイドステップで身をかわす。つづけざま真栄田の右ストレートにタイミングを合わせ、下から突き刺すような鋭い左アッパーを顎に決めて両足を止める。

ゴッ！　完璧に入った。呆然とした面持ちで真栄田は目の焦点を失う。間髪容れず右ガードが落ちた横っ面に強烈な左フックを捻じこんでいく。

決まった。

グジッ！　口からマウスピースと血飛沫を噴き上げ、あっけなく真栄田が轟沈《ごうちん》する。

あまりの猛撃に会場内がしんと静まり返った。

1R二十九秒のKO勝利。一拍遅れて大歓声が沸く。だが俺の意識は勝利に向かない。

グローブをはめているだけで右拳の激痛がさらにひどくなっていた。

レフェリーに手を掲げられた直後、俺は足早にリングを降りて控え室へと戻る。退場する背に割れんばかりの拍手と歓声が届く。小走りで進みながら、考えることはただひとつだ。

シロは気づいただろうか？

いや、シロが気づかなくても、守屋は気づいただろう。

勝ちを急いだ感は絶対に払拭できない。沖縄の選手らしい獰猛果敢なインファイターだったからこそ勝利につなげられた、ぎりぎりの博打《ばくち》勝負だった。

右拳を痛めていることを悟られなければいいが――そんなあり得ない希望的観測を慰めのように自分に訴えかける。

その日の第四試合、シロは先の関東選抜大会準決勝で大惨敗を喫したあの前島を、2R一分四十八秒でリングへ沈めた。フィニッシュパンチは前島のお株を奪うような下顎への鋭い左アッパーカット。悶絶する前島にレフェリーは続行不可能と判断して試合を止めた。シロは誇らしげな面持ちでリングに屹立《きつりつ》していた。その雄姿は眩しいくらい輝いて映った。

明日の決勝戦、いよいよ俺はシロと拳を交える。

◇

準決勝直前での控え室、飯島さんの異変について訊きたかったが、彼女は樋口顧問に連れられて説教でもされているのか、あるいは今日の事件のショックがまだ尾を引いているのか、会場内のどこにも姿が見当たらなかった。

レンさんは試合後、特になにも俺に言わなかった。怒ることも咎めることもなく、ただ患部をよく冷やして緩めにテーピングして、それ以上痛めないようにしろとだけ告げた。

ドクターストップがかかればそれまでという理由から、病院へも行かないことになった。

「怪我のこと、原因とか訊かないんですか？」

俺のほうから切り出すと、

「訊けば治るのか？」

と返され、それ以上は話すのも無駄だといわんばかりにレンさんは踵を返した。

所在なく俺は右拳の激痛を抱えたまま、一人でホテルへ戻る。

小澤ボクシングジムの一件と準決勝とで俺はくたくたに疲れていた。痛み止めの錠剤が本格的に効き始め、夕食を摂《と》ることすらなく、俺はベッドへ倒れるようにして眠った。

その夜、俺はひどい悪夢にうなされて何度も目を覚ました。鎮痛剤の効き目が薄まるたびに右拳がズキズキ痛み出し、また起きては薬を飲むという悪循環を繰り返した。

悪夢には物語性もストーリーもなにもなかった。ただぼろぼろになるまでシロに殴られ、血まみれでリングに這いつくばる俺がいた。そうして死んだはずの暁空が俺を見て号泣していた。母さんも泣いていた。そこに脈絡なくパンチドランカーで死んだ悟さんがフラッシュバックする。何度も何度もそういう絶望的なシーンの断片が執拗にリピートされた。ハッとして目を覚ますたび、嫌な汗を全身にべっとりかいていた。喉がからからだった。狭いビジネスホテルの暗闇で俺は一人、悪夢に呪われたように、眠っているのか起きているのかその境界線がわからない夜を、白濁した意識ですごすしかなかった。

翌朝、午前六時前、右拳の痛みで目が覚める。

最悪の寝起きだった。拳骨の腫れはいっこうに治まることなく、むしろ赤黒く変色して手首にまで腫脹《しゅちょう》が拡大していた。指先を動かすだけで激痛がビリビリ走る。

しかも睡眠不足と鎮痛剤の服用で顔は浮腫《むく》んで血色を失い、頭痛がひどかった。洗面台の鏡に自分を映してうんざりする。

食欲が湧かないのでフロアごとに設置してある自動販売機でミネラルウォーターだけ買って喉に流しこみ、部屋に戻って集合まで時間をやりすごすことにした。

今日も朝から気温が上がっている。窓ガラスに左手を這わすと、太陽の灼熱《しゃくねつ》が指先にじりじり伝わる。晴れ渡った空にオレンジ色の陽光が燃えている。七階の部屋から外の景色をぼんやり眺めていると、言いようのない不安と恐怖が増幅してくる。

こんな劣悪なコンディションでシロに勝てるわけない。

棄権するか――ふとそんな考えがよぎる。

昨夜の悪夢は、ただの夢というより、今日これから起ころうとする悲劇の予知夢のように感じられてならなかった。あんな無様な負けを晒すくらいなら、怪我を理由にして試合を辞退するほうがましじゃないかと俺は思い始める。

逃げるわけじゃない。延期するだけだ。スポーツ選手なら、ましてや肉体を酷使して傷つけ合うボクシングなら、そういう選択肢も存在するはずだ。

自分を正当化する都合のいい考えばかりが湧き上がる。

赤黒く腫れ上がった右拳を見つめながら、こんな状態で決勝戦に臨むのは悪あがき以外のなにものでもないとすら思えてくる。

自分を笑う。昨日、タクシーのなかで俺は飯島さんに言い切った。

明日の決勝まで闘い抜かなきゃならないと。俺ももう一度、一秒先の自分を信じて闘いたくなったと。それがどうだ。なんてザマだ。ここにきて俺は自覚する。

暁空が亡くなって以来、さらに痛み傷ついてきた心がついに崩壊しかけていることを。

インターハイ全国大会の決勝戦、ようやくシロとの試合が実現するこのタイミングで。

結局、いつもこうだ。自嘲する。最後は悲運に見舞われ、損なって失うだけ。そういうさだめにあるのだと思ううち、可笑《おか》しくなってくる。いったい俺はなにを夢見ていたんだろう。諦念《ていねん》だけがむくむく膨張していき、張り詰めていたなにかが消滅していく。

いったんそんなふうに思考が転換し始めると、どんどん心が開き直っていった。

もし棄権するとして高校にいられなくなるなら、それはそれでかまわない。

もう俺は十分闘った。これ以上闘う理由なんてない。引退すればいいだけの話だ。

不戦勝でシロがインターハイで優勝するなら、最高のはなむけになるではないか。

これからあいつは一級のボクサーとして開花していくだろう。あのレンさんが見こんだ才能を持つ男だ。俺のかわりをシロが引き継いでくれるのなら本望といっていい。

気がつけば衝動的に荷物をまとめていた。スポーツバッグに衣類やバンデージや試合用のウェアを詰めこむ。集合前にホテルを出て駅に向かって新幹線に乗るだけですべてが終わるんだ。樋口顧問やレンさんはただ呆れるだけで追ってくるはずない。あとは退学届を書いて学校に送ればいい。それだけだ。本当は昨日の段階でそうすればよかったんだ。レンさんはなかば俺を見捨ててるし。もう顧問も誰も、俺に期待なんかしてないし。飯島さんだって今回はやめたほうがいいって言ってたし。彼女が告げたように、もし決勝戦を闘えば、最後に待ってるのは悲劇だけだ。

でも——俺は気づく。

いったい俺はどこへ行けばいいんだ?

こんな状態で母さんの許に逃げ帰れば、なんて言うだろうか。喜んでくれるだろうか。

いいや——俺は頭を振る。

と、そのときだ。ベッドに投げ出してあったスマホが震える。樋口顧問かレンさんかと思って気が重く沈む。手に取って画面を見てメールの受信だとわかり、無視しようとも考えたが、先送りにしてもかえって面倒になるだけと思い直す。

画面に人差し指を触れた次の一瞬、俺は言葉を失う。

あり得ない。メッセージの送信者を見つめ、全身が硬直して動けなくなった。

「あ、暁空——」

ややあって震える指先でタップする。そうして送られてきたメールの文面を目で追う。文字を読みながら、頭がまっ白になっていく。

『お兄ちゃんっていう、生きる目標があったから、僕はなんにもこわくなかったよ。だから僕は僕なりにせいいっぱい生きることができた。病気と闘うことができた。お兄ちゃんと、そしてお母さんのおかげで、僕はうんと長生きできた。とっても強いお兄ちゃんがいたから、僕はどんなに暗い夜でも、いつもぐっすり眠れました。ほんとうにありがとう。これからお兄ちゃんは自分の途を歩いてください。お兄ちゃんは誰と闘っても絶対に負けない、いつまでも強い憧れのお兄ちゃんでいてください。闘いつづけてください』

「こ、これは――」

直後だ。今度は電話が鳴る。母さんから。

なにがどうなってるのかまるで理解できず、混乱状態で電話に出る。

「読んだ?」

挨拶もなく、だしぬけに訊いてくる。

「あ、ああ。やっぱ母さんだったのか。やめろよ、こんな――」

「悪戯なんかじゃないの」

俺の声を制するように強い語気で言う。

「どういうことだよ?」

「あの子に渡してあった親子用の小さな携帯電話。契約を止めることも捨てることもできなくて、ずっと家に置いてあったの。今朝、なんとなく電源を入れて、操作してるうち、あの子の未送信のメールを見つけたの」

言葉が出なかった。母さんはつづける。

「書いた日付を見てもっと驚いたわ」

「まさか——」

「そう、三月二十七日。しかも書き終えた時刻は午前七時二十八分。あの子が亡くなるちょうど三十分前。きっと容態が悪化する寸前、最後の力を振り絞って、家族にメッセージを残そうとしてたのよ。あなたの到着が間に合わないとわかって」

「そ、そんな」

そこまで言いかけて、俺は突然声がつまった。目の奥に涙が溢れる。

「あなたたちのこと、毎日想わない日はないわ。でも、今朝はなんだか胸騒ぎがして、暁空が私を呼んでるような気がして、そしたらあの子の携帯電話が目に入って、あの子が私に携帯電話に触れるよう、耳元でささやいているみたいだったの」

俺はその場に膝から崩れる。

「もしもし——暁、聞いてる？　もしもし——」

「——う、うん、聞いてる」

「あなた、なにかに悩んだり、苦しんだりしてない？　ひどく辛いこととか起きてない？」

「な、なんでだよ——？」

なんとか嗚咽を押し殺して言葉を返す。そこで一拍の間が空く。

「あの子が残したメッセージを読んでて、まずそう感じたの。あなたが一人で悩み苦しんでるから、メールを送ってあげてほしいって、暁空が天国からそう言ってるような気がしたの。あの子が亡くなって四ヵ月余り、こんなこと初めてよ」

母さんの話を聞きながら、とめどなく涙がこぼれていく。

「暁――あなた、どうしたの？」

母さんのかすれ声が聞こえた。でも、かまうことなく俺は泣きつづけた。

◇

電話を切った後も、何十回と天国の暁空からのメールを繰り返し読んだ。

『――これからお兄ちゃんは自分の途を歩いてください。お兄ちゃんは誰と闘っても絶対に負けない、いつまでも強い憧れのお兄ちゃんでいてください。闘いつづけてください』

読めば読むほど、息が詰まるくらい胸が苦しくなる。

兄として俺はなにひとつ弟にしてあげられなかった。優しくしてやれなかった。

それなのに暁空はずっと俺を見守ってくれてたんだ。だから母さんに頼んでメッセージを送ってくれたんだ。

もう試合を棄権して、闘いから逃げ出そうと決めかけたあの局面で、折れかけた俺の心を支えてくれたんだ。

俺はいま置かれている、辛く厳しい状況をすべて打ち明けた。

母さんはただ黙って聞いていた。そうして電話を切る直前、こう言った。

「もしあなたがこの奇跡のような偶然を信じられるのなら、闘いなさい。どんなに辛くても逃げちゃダメ。あなたが自分で選んだ途なんだから。それに暁空も支えられてたんだから。最後まで闘うのよ。あの子が最後まで病気と闘いつづけたように」

あれほどボクシングに反対していた母の毅然《きぜん》とした声を聞いていて、失われかけていた闘志がふつふつと湧き上がってきた。先ほどまでの混乱と動揺が嘘のように消えていく。

どうかしてた、俺は――。

あの夜の公園で、挫折《ざせつ》しかけたシロにボクサーとして向き合い、奮起させておきながら。

ふたたびボクシングでつながろうとしている糸を断ち切ってはならないと思いながら。

ただ一人の幼馴染みで、友だちで、大親友で、そして最大のライバルであるシロを裏切ろうとしていた。

ずっと俺たちが憧れてきた本当の強さを手にするまで、諦めてはダメだ。逃げてはダメだ。闘いつづけなければ。家族がそう望んでくれている。支えてくれているんだ。俺はまとめかけていた荷物をスポーツバッグから出し、急いで試合の準備に取りかかった。

午前八時。大会会場に到着し、樋口顧問とレンさんとともに控え室へ向かう。飯島さんは決勝に進んだほか二名の選手のアテンドで、間もなく会場入りするということだった。

俺は何事もなかったように二人に挨拶する。樋口顧問もレンさんも、睡眠不足で血の気を失った俺の顔色と、赤黒く変色して腫脹が手の甲全体にまで拡大している右拳を見たとたん、険しく顔をしかめた。ほぼ同時に二人が口を開こうとする前、

「問題ありません！　現に真栄田にも勝てましたから。左腕一本で優勝してみせます！」

と、強がりにしか聞こえないような台詞を俺は吐く。それでも二人の大人は出かかった言葉を呑みこみ、とりあえず控え室へと足を進めた。この決勝戦に懸けるそれぞれの想いがひしひしと伝わってくる。

まっすぐな廊下の途中、反対側から星華高校ボクシング部の顧問と守屋、そしてシロの三人が歩いてくる。星華高校の顧問が樋口顧問に目礼し、直後に足を止める。レンさんも申し合わせたように足を止める。

「新垣巧」

「笹口蓮」

お互いが名を呼び合って睨み合い、二言三言やりとりする。そうしてなにごともなかったようにふたたび歩き出す。

シロは無言のまま表情を崩すことなく俺の両目を射貫くように睨んでくる。

その瞬間、俺の闘気がさらに燃え上がった。

リミッターが外れる。右拳の激痛が噴き上がってくるアドレナリンで引いていく。

俺もまた目に力をこめてきつく睨み返し、次の一瞬、シロとすれ違う。

「そ、そんな。闘えるわけありませんよ！　無謀すぎます！」

遅れて控え室に入ってきた飯島さんが、試合に向けて準備している俺を見るなり、激しい口調で訴えた。

「顧問、本気なんですか？」

迫るように樋口顧問へにじり寄りながら、彼女は荒い語気でぶつける。

顧問はすぐには返事せず、曖昧に肯いてレンさんに顔を動かす。

「笹口も出すって言ってるんだ。もちろん平井本人も。まあ、ここまできて棄権という選択肢は、武高としてはな——」

責任転嫁するように歯切れ悪くそこまで言い、

「なあ、笹口。お前の判断を信じていいんだよな？」

飯島さんの怒りの矛先を逸らそうとする。さすがにこれにはカチンときたみたいで、普段は絶対に目も合わせないレンさんに彼女はきつく両目を据える。

「あの拳を見ればわかりますよね？　腫脹が昨日とは比較にならないくらい悪化してるじ

ゃないですか。顔色だってひどいし、浮腫んでるし。まともに試合ができるわけない状態の平井君をどうして左腕一本で出場させるんですか？」

一気にそこまで言うと、足を踏み出して飯島さんはレンさんに近づいていく。レンさんは微動だにせず、彼女の視線と言葉を受け止めながらも唇を結んでいる。

「同じ過ち、繰り返すつもりですか？」

憤激を露わにした声で彼女はつづける。レンさんは俯いて無言のままだ。

「ねえ、なんとか言いなさいよ！」

飯島さんはレンさんのすぐ真正面に立ち、さらに大声を上げる。

「平井君まで私の兄のようになっても、あなたは平気なんですか？　遠藤ってプロボクサーに言ったんじゃないんですか？　もう二度と教え子を殺したくないって」

叫びながらレンさんのTシャツを両手でぐいと摑む。レンさんは抵抗も抗弁もせず、されるがまま棒立ちだった。

「どうして、そんなことができるんですか！」

いつもはクールな飯島さんが顔を歪めて叫ぶ。

さすがに見てられなくて俺が割って入る。

「やめてください、飯島さん。試合に出るのは自分の意志ですから」

そう言って肩に触れた俺の左手を、彼女は前腕で弾き返し、なおもレンさんに向き合う。

「後悔してるんでしょ？　ずっと悔やんでるから、悼《いた》んでるから、お兄ちゃんと一緒の写真、御守《おまも》りみたいにリュックに入れてるんじゃないの？　だったらなんで――」

ええっ？

俺は動きを止めて飯島さんと、そしてレンさんを交互に見る。

「なんで止めないのよ――どうして止めなかったのよ――？　なんでなの――――？」

ぎゅっと握った白くて華奢《きゃしゃ》な手で、レンさんの胸を何度も叩きながら、彼女の声は息切れるようにかすれていく。

「じつの弟みたいに可愛《かわい》がってたんじゃないの？　お兄ちゃんのこと――」

「――ああ。そうだ」

初めてレンさんが口を開いた。

「だからこそ止められなかった。世界に出ていくことが悟の夢やった。君のお父さんの夢でもあった。気がつけば俺も、親子の夢と同じ、果てしない夢を見るようになってた」

「そんな――そんな言い分が通用するとでも――」

飯島さんは苦しげな面持ちでレンさんを見上げて睨む。

「俺は悟のトレーナーとして夢に近づくほうに賭けてしまった。結果として間違いだった。君が言うように絶対に止めるべきやった」

そこまで言うと、レンさんは深く息を吐き出した。

「あのとき、俺は信じることにした。悟が信じてくれって言ったから。これが最初で最後のチャンスだから、頼むから自分を信じてくださいって、必死になってあいつが言うから。無謀な試合だと重々知りつつ、さんざん悩みながらも、俺はあいつを信じてやろうって決めた。勝てる可能性はゼロやない。それがボクシングやから。悟と俺が信じてきた途やから」

必死で激昂を抑えるように、飯島さんはわなわな肩を震わせて唇を嚙みしめ、レンさんの顔に視線を定めていた。レンさんも目を逸らすことなく、まっすぐ彼女を見ていた。

「許してもらえるとは思ってない。俺は過ちを犯した。ボクシングが大好きで人生のすべてだった悟から、俺はボクシングを取り上げることはできなかった」

そのタイミングで控え室のドアが開く。

「あと二分で平井選手の入場です。係員の先導に従ってリングに上がってください」

大会関係者がそう告げてぱたんとドアを閉めた。

一瞬、控え室が静まり返る。

「アカ、どうする？　最後はお前が決めろ」

レンさんが真顔を向けて言う。

「たしかにこの決勝戦、いまのお前にとっては危険領域に足を踏み入れることになる。シロは死にもの狂いで食らいついてくる」

飯島さんもまた真剣な面持ちで俺を見つめている。

迷いなく俺は言う。

「1Rのゴングが鳴った瞬間から、いつだって俺はその一秒先の自分を信じて闘ってきた。そして今日まで勝ちつづけてきた。まだ幼かった俺にそう教えてくれたのは、レンさん、あんたです。悟さんを信じてリングに送り出したのなら、今日も俺を信じてリングに送り出してください。そうやって俺たちは、言葉がなくても、強さという形のない絶対的ななにかを信じることでつながり合い、前に進むことができた。そうですよね？」

誰もなにも言葉を発しなかった。

俺はつづける。いまなお暁空が見守ってくれてると、祈り、願い、信じながら。

「無敗ノーダウン、バンタム級王者のプライドがあります。俺だって無策で闘いを挑むわけじゃない。飯島さん、この闘いを最後まで見届けてください。約束した通り」

そう言って彼女とレンさんに対して俺は肯く。

飯島さんは唇を噛みしめたまま、かすかに肯き返してくれた。

レンさんは瞼を閉じたまま、ただ沈黙を保《たも》った。

声を止めると、会場を埋め尽くしている観客の大歓声やどよめきが轟く。

シロが入場したんだ。あいつが呼んでる。

ぎりぎり痛みを放つ右拳を、ぐっと俺は強く握り締める。

七

ゴッ！

渾身の左フックをシロのテンプルに叩きつける。両膝が折れてシロはダウンする。

前後左右へ躍るように舞うスピーディなフットワークで翻弄しながら距離感を惑わせ、完全にペースを摑んだところで大胆に踏みこんで一瞬の隙を突く。まず普通のアマボクサーにはできない高度な戦法を開始直後に展開することを決めていた。

戦歴の浅いシロがくぐったことのないタクティクスで一気に試合の流れを掌握する。利き腕の右拳の負傷など目がいかないスピード感で闘えば、この勝負をものにできる。たとえ左腕一本でも。六年以上も公式戦の全国大会で勝ち抜いてきたキャリアは大きな武器になる。

どっと沸く観客。絶叫と拍手と歓声が入り乱れ、早くも場内は興奮の坩堝と化す。

インターハイ全国大会決勝戦ならではの峻烈《しゅんれつ》な熱気だ。この独特の雰囲気を味方につけられるか、敵に回してプレッシャーに潰されるかで、勝負の流れは大きく変わる。

俺は余裕でニュートラルコーナーへと向かう。左拳には確固たる手応えがあった。

「立てっ！　まだ始まったばっかだぞっ！」

守屋が無様にうつ伏せで倒れこんでいるシロに怒鳴る。

セコンドに目を動かすと、ほう、と珍しく感心する表情を浮かべて腕組みしているレンさんが小さく笑う。

見たか、レンさん、これが俺の潜在能力だ。左腕一本でカバーしてみせる。

いまの一撃で勝利を確信するほど、シロはダメージを負っていた。俺の速さに完全についていけなかった。その証拠に顔が震え上がり、目が狼狽え泳ぎ、明らかに混乱をきたしている。それでもなんとかカウント9でファイティングポーズを取り、試合続行となる。

序盤での猛攻で盛り上がる観客席は、俺を応援するコールで埋め尽くされていた。

「ボックス！」

レフェリーの掛け声で俺はじんわりと前へ出ていく。立てつづけに左ジャブを放つ。

シロが下がる。手は出ない。ダウンのダメージが残っている。それ以上にメンタルがブレている。チャンスだ。ここは一気にたたみかけるしかない。2Rに持ち越せばリカバリーされてしまう。間髪容れず、俺は大胆に踏みこむ。顔面への左のロングフックを放つ。

ドゴッゥゥ！

ジャストタイミングでシロの頭部を捉える。グローブでガードされていたが、またも手応えは十分。案の定、上体のバランスが大きく崩れていく。効いてる。腰が落ちていく。

ここだっ！　俺は抉るようなアッパー気味のショートフックをボディに突き刺す。右肘でガードされていたがかまわない。シロの右腕ごと腹部へめりめりと喰いこませる。シロが体軀を前のめりに傾けた。そこにダメ押しでもう一発、左フックを捻じこんだ。

ドウッ。追撃を嫌がるシロはロープ側へ逃げて体を預けるようにしてダウンを免れる。

ここで決める！

俺がさらに踏みこもうとしたそのとき、レフェリーが割って入ってファイトを止める。

「ストップ！」

レフェリーがシロのグローブを両手で掴んで向き合った。

これで試合終了か？　不穏に会場がどよめくなか、俺は思う。

「やれます！　倒れてない！」

シロが必死で叫んで訴える。

「グローブの血を拭《ぬぐ》います！　鼻血を！」レフェリーがシロに告げる。

そういうことか――なかば気落ちする反面、一方でこの闘いがつづくことに狂喜している自分に気づく。やはりシロとの闘いはこれまでのどの選手との試合とも違う。

「ボックス！」

試合が再開される。シロを睨む。シロも俺を睨み返す。豪気漲る双眸で。

こいつ――全然、諦めてない。こんな窮地に追いこまれながらも、むしろ闘気が上がっている。そういうシロと相対し、俺もまたファイティングスピリットがたぎってくる。

今度はシロが足を使ってスピーディな右ジャブを連打する。まるでダメージを感じさせないくらい、速い。鋭い。そして重い。試合で観ていた以上に、シロのパンチには研ぎ澄まされた破壊力がある。しかもどんどん進化している。レンさんが指摘した通りだ。

グッ。ジャブが俺の顔面にクリーンヒットする。と、直後だ。矢継早に繰り出された左ストレートを鼻頭にもらう。速すぎて見えなかった。この俺の動体視力でも。

そして足が止まりかけた瞬間だ。今度は右ボディにシロの左フックが刺さる。

ハウッ！　激痛に思わず声が漏れる。こんなにパワフルなのか、シロの左は。

たまらず自然と上体が前傾になったところ、視界が歪んでスパークする。

グゴゥッ。右フックがまともに顔面に入った。脳が揺れる。十一歳でアマデビュー以降、こんな強打は初めて受けた。

くそったれがっ！　自分に檄を飛ばす。そのとき気づく。シロが俺の得意とするインファイトの間合いに入りかけていることを。チャンス。踏みこんでこい、あと半歩。殴打の苦痛に耐えながら、意識を持ち直し、次の一瞬に懸ける。

「ヤバいっ！　月城！　離れろ！」

シロ側のセコンドの顧問が大声を張り上げた。

ちっ！　余計なことを。それでもワンチャンスをものにするべく、素早く上体を起こして俺は渾身の左フックを打ち放つ。すかさずシロはスウェーバックする。

グオゥッ！　あと二センチというぎりぎりの距離で俺の左フックが空を斬る。あのセコンドのひと声がなければ、まともに横っ面を捉えていた。

両者の間合いが開いたところで俺は体勢を立て直す。先ほど右ボディに刺さった左フックが効いていた。ズキズキと内臓を抉るような鈍痛が走る。

こいつは一筋縄じゃいかねえぞ。ぎりぎりと奥歯を嚙みしめ、俺はシロを見つめる。

その後は両者が一歩も譲らないスリリングな攻防がつづいた。

1R終了間際、俺はインファイトに持ちこんで、シロの右脇腹めがけて左アッパーを突き上げる。絶対に捉えた！　そういう自信に満ちた一撃だった。

ところがシロは野生動物のような反射神経で俺のパンチを両手のグローブで上から抑えこむようにしてブロックする。

カーン。1R終了のゴング。鼻血を噴き出すシロは、そこでこらえきれないように両膝を突いてリングに体を落とした。観客席がどよめく。

あと一秒――あと一秒早ければ、二度目のダウンを奪えた。

会場内がざわついていく。予想だにしないシロの善戦に拍手と歓声が上がる。

レンさんがこれまで見たことないような険しい形相で俺を睨んでいた。

◇

「完全に気づかれたな」

自軍のコーナーポストに戻るなり、レンさんが硬い声で告げる。

俺は肩で息をしながら肯く。1R序盤のチャンスを逃してしまった。あそこで追いこめなければ、右拳の怪我を気づかれるのは時間の問題だと腹を括《くく》っていた。

「あの金髪のガキ。1R後半で確信したように表情を変えて深く肯きやがったで」

シロのコーナーに目を動かすと、守屋もまたこちらを見ながらぼそぼそ話している。

「平井、いけそうか？」

樋口顧問が強張った口調で訊いてくる。数瞬の間を置いて俺は答える。

「想像以上にあいつは強いです。でも、勝ちます。いまはそれしか言えません」

すると顧問は無言で顎を引いた。おそらくわかってるのだろう。ここまでは優勢だが、秒刻みで進化していくシロに対して、利き腕の右拳が使えない俺。その先は強靱なメンタルが勝敗を左右する世界に突入する。右拳が使えれば、といまさらながら思う。顧問もレンさんも同じことを考えているに違いない。ポイントリードして有利な状況にあっても、次のラウンド以降がまったく見えてこない。

そこでセコンドアウトのブザーが鳴る。レンさんが短く叫ぶ。

「アカ、一点突破やぞ！」

カーン。2R開始早々から俺は猛攻を仕掛ける。

シロも退かない。俺たちはリング中央で殴り合う格好になった。

1Rでダウンを喫したというのに、シロは果敢に前へ出てくる。右ジャブから左ストレートのワンツーがシロの得意のパンチ。頭ではわかっていても、鋭く斬りこんでくるジャブの後、わずかな隙を突いて正確無比にクリーンヒットさせる左ストレートは異様なほど速いうえにパワーが乗っている。この俺ですら打撃軌道が読み切れない。

だがミドルレンジでの激しいパンチの応酬は経験値の差が出やすい。

俺は上下への左を冷静に打ち分けながらディフェンスの裂け目を探す。と、右フックのフェイントをかましたところ、ビクッと仰《の》け反《ぞ》るようにシロは上体を引き離した。俺が右拳を負傷しているかどうか、いまだ半信半疑だ。

しかし、そう何度も通用する手じゃない。すかさず俺は深く踏みこんで、強烈な左アッパーを右脇腹にめりこませる。1Rから俺は執拗にシロの右脇腹を狙っていった。肘でブロックしてようがかまわない。重厚な左アッパーと左フックをしつこいほど捻じこんだ。右腕ごと破壊するために。そろそろ内臓も、そして肘もが悲鳴を上げかけているはず。

ドッ！　またも決まった。読み通り。シロは痛苦に顔を歪めてその場にダウンする。カウント8で試合が再開される。やはり左だと決め手に欠ける。右アッパーなら確実にマットに沈めたまま、悶絶させることができた。

ハーフタイムが経過する。ダウンしたのにシロはあくまで前のめりで打ってくる。どこからそんなスタミナと闘気が湧き上がってくるんだ。左だけだとはいえ、俺のパンチをかなりもらっている。それでもシロは足を使って距離を置こうとしないばかりか、クリンチで時間稼ぎもしない。あくまでクリーンで堂々としたファイトに徹し、己のスタイルを貫こうとする。

そこにシロの男気を感じる。こいつは努力に努力を積み上げて鍛錬に鍛錬を重ねた自分のボクシングをまっとうしようとしている。どれだけ殴打されようと固い意志はブレない。おそらく、ではなく絶対に、想像を絶する量の練習をこなしてきたに違いない。守屋と新垣顧問と、そして部員たちとともに。心身を極限まで追い詰めながら、彼らに支えられ、信じられながら、そうして自分を信じてここまで登り詰めてきたんだ。

ウグッ。シロのボディブローが俺の腹部に炸裂する。歯を食いしばって平静を装う。そうして負けじとシロの右脇腹に狙いを絞って左フックを叩きつけ、左アッパーを下顎にめりこます。

２Ｒ残りわずか。血まみれになりながらも、シロは三度目のダウンをおそれることなく、猛然と攻めつづけてくる。そのタフさに辟易《へきえき》とする。と同時に、左腕一本での勝負に限界を感じつつあった。俺たちの熾烈なファイトに観客は大歓声を上げる。そればかりかシロを応援する声がどんどん増えている。

ふいに思う。こいつがここまで這い上がり、追い縋ってきたからこそ、俺は暁空がいなくなってもボクシングをつづけることができた。リングで命を張るように必死で闘いつづけるシロの姿に、俺はかつての自分を重ね合わせ、勇気をもらうことができたんだ。

シロ――お前がいてくれたから、いま俺はここにいられるんだぞ。わかるか？

カーン。２Ｒ終了のゴングが鳴る。あと１Ｒ、百二十秒。俺は自身に言い聞かせる。

コーナーへ戻った瞬間、

「左だけじゃもう限界やな」

レンさんがすべてを見越したようにぼそっと耳打ちする。

「奴の右腕ごと右脇腹を破壊する作戦はなかなかの発想や。お前らしい。だが、あと二分じゃあれは壊れん。肘の骨は人間の部位のなかでも特別硬い。いくらお前のハードパンチでも、使いものにならんようするには、あと3Rくらいかかるで」

「なんとかします」

「いや、愚直に左パンチでボディを打ちつづけるだけじゃ、KOでの完全勝利はものにできん。そんな甘ないで、あいつ。わかるな、俺が言ってる意味」

「わかってます。ちょうど俺もおんなじこと考えてましたから」

「平井！」

突然、横から樋口顧問が怒鳴るように名を呼ぶ。返事なく顔だけ向けると、

「深追いするな。3Rは足で稼いで逃げるんだ。ポイントは大きく引き離している。イーブンで次を終えれば絶対に勝てる。四冠達成だぞ、わかってるな？」

真剣なまなざしで俺に告げる。

この人は最後の最後までこんなことしか考えてないのか。俺はそんなことを思う。

「樋口顧問」

「なんだ？」

「あと1Rです。俺の好きにやらせてください」

「なに？」

「この試合を見てて、顧問はなにも感じないんですか？」

「ど、どういう意味だ？」

「一年前までまったく無名だった、あの月城が、いきなり日本最難関のバンタム級インターハイの決勝戦で、この俺相手にあそこまでフェアに正々堂々と闘ってるんです。何度倒されても歯を食いしばって起き上がりながら」

「だったらどうだっていうんだ？」

「あなたは俺に逃げろと言うんですか」

「なにを言ってるんだ、平井。冷静になれ。結果がすべてなんだぞ。無敗ノーダウンでのバンタム級八冠制覇。お前なら絶対にできるんだ！」

「結果よりも俺はこの勝負を大切にしたい。ここまできて逃げたくありません」

「負けたらすべてがパアになるんだぞ。わかってるのか！」

肌身離さずいつもかけている色の濃いサングラスみたいなメガネを樋口顧問が外す。

初めて見るその目は、意外なほど実直そうで生真面目な人に映る。黒目がちなその両目を据えて真剣に、そして切実な声色で訴えてくる。

「八冠制覇はボクシング指導者として遥か高みにある目標だった。やっと出会えたんだ。お前のような天才ボクサーに。だから、特待制度推進部の桜田部長にも必死で頼みこんだ。お前がこの一瞬の勝負に賭けたい気持ちもわかる。でもな、誰にもできない大記録を残すことも大切に考えてくれ。頼む、平井。後生だ」

「行かせてあげてください。樋口さん」

レンさんだった。

「足で時間稼ぎしなくても、こいつは絶対に勝ちます」

ハッとしたように樋口顧問が裸眼を見開いてレンさんのほうを見る。

「まだあまりに若い平井ですが、だからこそ、まっすぐなボクシングをさせてやりたい。この試合、あの月城との勝負は、いまの平井にとってすべてなんです。誰にもそれを奪う権利はありません。どうかあと1R、平井を信じて、見守ってやってもらえませんか」

そう言いながらレンさんは頭を深く下げる。

「顧問、行かせてあげてください。ここまできたら平井君を信じましょう。お願いします！」

今度は飯島さんがリングサイドに駆け寄って訴えかけ、レンさんと同じように深々と頭を下げる。

樋口顧問はなにも言葉を返せないでいた。そこでセコンドアウトのブザーが鳴る。

そのタイミングで顧問は心に決めたように肯き、俺に顔を向ける。

「行ってこい、平井。思う存分やってこい！」

目を細めてそこまで言うと、ぎゅっとロープを両手で握って笑みを浮かべた。そういう顧問の素の表情を見たのはそれが初めてだ。

「ありがとうございます！」

そう言って俺は対角線上のコーナーポストにまっすぐ向き直る。

闘志剝き出しのシロがこっちを睨んでいる。

あと二分。百二十秒。俺は自分に言い聞かせる。

カーン。インターバル終了のゴングが鳴る。シロとの最終ラウンドが始まりを告げる。

◇

3R序盤からお互いのファイトがヒートアップする。

樋口顧問が言う通り、ポイントでは断然俺が勝っている。シロの勝利は一発逆転KOかRSCしかない。だがシロの闘いぶりには浮ついた焦りやあがきは微塵もない。1Rから変わることなく愚直にジャブから始まるワンツーで左ストレートを打ってくる。

おそらくレンさんはこいつにそれだけを教えつづけたに違いない。それだけ打てれば勝てると言って。

そんなレンさんとシロは離れた。しかも俺側のセコンドとしてレンさんがサポートしているにもかかわらず、師の訓《おし》えを信じて基本中の基本であるまっすぐなワンツーを貫いてくる。そんなシロの闘いぶりに、心を震わすなにかが俺の胸中にこみ上げてくる。

それればかりか、島でレンさんからボクシングを教わり始めた頃の記憶がありありと蘇

る。嬉しくて楽しくてしょうがなかった。グローブをはめてサンドバッグを叩けること
が。姿見に向かい合ってシャドーボクシングができることが。パンチングボールを殴りつ
づけることが。放課後にレンさんと会って陽が暮れるまでボクシングをできることが。

ただ、それだけでわくわくした。

あの倉庫の匂い。パンチで風を切る音。なにもかも。

そうか、俺はボクシングが大好きだったんだ。

遥か昔に置き去りにしてきた心を、いまのシロは持っている。そして俺にふたたびその
まっすぐさを教え、呼び起こしてくれている。

直後、俺が放った全力の左のロングフックと、シロが打ち抜いてきた鋭い左ストレート
が、とにも空を斬る。勢《いきお》い余ってバランスを崩した俺たち二人は前のめりでお互いの体を
ぶつけ合い、この試合で初めてクリンチの状態になった。シロと俺の身体が密着する。

その一瞬、思わず俺は耳打ちするようにマウスピースを入れた口を動かす。

「なあ、シロ。お前、ボクシング大好きだよな?」

するとシロも即座に耳打ちするように返す。

「お前とおんなじだよ、アカ」

ふっ――どちらともなく小さく笑う。

そしてただちに弾かれるように相手の身体から離れ、ファイティングポーズを取る。

「ボックス!」レフェリーが告げ、試合が再開される。

その後も激しい攻防が繰り返された。わずかな隙を突き、俺はミドルレンジでシロのボディに左フックを決める。確かな手応えを感じた次の一瞬だ。

「アカーッ!」

突然、レンさんの絶叫が聞こえた。だが遅かった。シロは打たれたダメージをものともせず、果敢にも右ジャブの三連打の後、俺の肘ガードの隙間を縫うように右脇腹へ鋭い左ストレートをめりこませた。

グフォ。呼吸が止まりかける。シロの動きは止まらない。ここぞと踏みこんでくる。

ドッ! 強烈な右フックが俺の顔面真正面に突き刺さる。思わず足が止まる。

こいつ、右もこんなすんげえパンチが打てるのか——混濁しそうになる意識をなんとか立て直す。つんときな臭いなにかを感じる。直後、だらりと生温かいものが俺の唇を覆い、下顎までをぬらりと濡らす。

観客がこれまでになく大きくどよめく。

俺は前腕をぐいと顔に当てて拭う。

自分の目を疑う。鮮血で真っ赤に染まっている。デビュー以来、初めての流血。すかさずシロは両足の動きが止まった俺にボディを打ってくる。

ざけんなっ!

なかば無意識だった。自分の血を見て逆上してしまった。

強引に前に踏みこんで迎撃態勢をとりながら、俺はこれまで封印していた右拳をフルスウィングで振り抜いていた。

ドッ！　ガゴッ！　完全なタイミングでの両者の相打ち。俺の右脇腹にみっしりとシロの左拳が食いこむ。シロの横っ面にみしっと俺の右拳が突き刺さる。

一瞬、俺は立ったままで意識を失いかける。アドレナリンが放出されているとはいえ、骨折した右拳がシロの顔面をまともに捉え、ビリビリと凄まじい痛みが全身を襲う。そこにシロの左ストレートを腹部に受けた激痛が重なる。

が、シロもまた俺の右ロングフックを顔面に受け、意識が飛びかけているのがわかった。

「シロ！　気を戻せ！　集中しろっ！　まだだっ！」

守屋があらん限りの声で叫ぶのが聞こえる。

「なにさらしとるんじゃ！　踏みこみが甘いっ！　一発で決めんかいっ！」

レンさんもまたあらん限りの声で叫ぶのが聞こえる。

ハンパないダメージの相打ちの直後、ふたたびお互いの視線がぶつかる。

懐かしい。そんなことを思う。シロの顔に八歳の頃を思い出す。

不覚にも自然と笑みがこぼれる。

するとシロもまた、ニヤッと笑い返してくる。

その瞬間、昔の二人に戻れた。

あの日のまま、なにも変わることない、子どもの頃のシロとアカに。

両者ともに完全にフットワークを使わなくなったのは直後のこと。

あと百秒足らず。俺たちは力と力の勝負、拳と拳の一騎打ちに懸ける。もう日本一とかそういうことじゃない。どっちが強いかという、一対一のタイマン勝負だ。

俺は右拳の封印を完全に解く。この一戦で潰れてしまってもかまわない。シロがすべてを剝き出しにして闘いを挑んでくるように、俺もまた真《ま》っ新《さら》になる覚悟で応えてやる。

このラウンドが終わった後、燃え尽きたっていい。

俺は猛ラッシュで攻めつづける。シロの両腕ガードをショートフックの連打で打ち崩す。すかさず、がら空きになった顔面めがけて渾身の右フックを突き刺す。

戦況が動いた。この試合でシロが初めて恐怖を顔に浮かべた。

「クリンチだっ！　抱きつけっ！」

守屋が怒声を張り上げる。

すぐさま俺は距離をとり、今度は左右のストレートに切り替えて滅多打ちにする。

驚いた。もう勝負が決まったと思った次の一瞬、なんとシロは背にしたロープの反動を使うように大きく踏みこみ、左のロングフックを打ってきた。その想定外で大胆不敵な一撃はこれまでにないスピードで、しかも急角度で切れこみ、俺の顎をガシッと捉えた。

視界が揺らぐ。頭上から照らすトップライトの眩い光が瞳孔《どうこう》に飛びこんでくる。

つづけざま、シロはここぞとインファイト圏に突入し、ボディを滅多打ちしてきた。

負けねえ——ぜってー負けねえぞ！　負けんじゃねえ！　俺は自分に叫ぶ。

両足で踏ん張りながらダメージをこらえ、接近しているシロを目がけて右フックを打ち抜く。シロもまたとっさに反応して凄まじい右フックを打ち返してくる。

ドッ！　ドドッゥ！　今度は顔面の相打ち。

虚ろな意識下、俺の右パンチでシロはかなりのダメージを負っていることに気づく。

逃すか！　拳の激痛を無視して右アッパーを顎に突き刺す。

ゴグッ！　まともに入った。シロがマウスピースを吐き出し、そのまま仰向けで倒れていく。この試合、三度目のダウン。どっと満員の観客の大歓声と拍手に包まれる。

「ダ、ダウンッ！」

レフェリーが声を上げて俺の動きを制し、ニュートラルコーナーへ促す。

俺は倒れたシロをじっと見つめ、声なく叫ぶ。

起き上がれよ！　立ち上がってこい！

まだ残ってるぞ。俺らどっちかの白星が。

残された数十秒のなか、無限に転がってるぞ。

ニュートラルコーナーに向かいながら、シロを睨みつけ、俺は心で吠える。

シロは両目を見開いて、頭上から照らしつづける眩しい光を見つめたまま、動こうとしない。

カウント6まで読み上げられた直後だ。またも守屋の怒声が耳をつんざく。それが合図のようにシロはハッと意識を戻し、そろりと起き上がろうとする。だが相当なダメージを受け、動作はひどく緩慢だった。もはや俺の勝利を確信したように会場が盛り上がる、と、次の一瞬、観客席に誰かを認めたようでシロのモーションが止まる。

突如だ。もはや満身創痍に映ったシロがすくっと力強く立ち上がった。

あり得ない光景に会場がふたたびどよめく。

「やれるか?」

両手でシロのグローブを握り締めて、レフェリーが訊いてくる。

血まみれの顔でシロがしっかりと肯く。

こ、こいつ――俺は全身に鳥肌が立った。

「ボックス!」

カウント9で試合が再開される。

◇

「ハーフタイム」

誰かの声が響いた。直後、俺の右フックがシロの左脇腹を抉る。凄まじい手応えを感じた。ロープ際まで吹っ飛んでいきながらもシロは倒れない。鼻血で真っ赤に染まった面を向けてぎりぎりと俺を睨みつけてくる。なんというタフさ。なんというメンタルの強さ。

いったいシロのどこにこんな負けん気があるんだ。信じられなかった。

「うおおおおおおおらあああああっ！」

俺は叫びながら、ずたずたになった右拳でシロのボディを連続して殴りつける。

まともに入ろうがシロは倒れない。そればかりか、立てつづけに繰り出した俺の猛打を紫色に腫れ上がった肘でブロックし、直後、豪気にもフックを叩きこんできた。

顔面を強打され、裂けた俺の唇から鮮血が舞い飛ぶ。

くそったれが！

それでも負けじと右ストレートを打ち返す。

ドゴッ！ シロの顔面を捉えるも、やはり両足を踏ん張ってこらえる。倒れない。

俺は目を疑う。シロは笑っていた。喜々とした面持ちで拳を構え、真っ赤な血まみれの顔に笑みを浮かべている。

「ぐぅっおおおおぅらあああああ！」

驚愕する。突然、シロもまた叫びながら鋭い左ストレートを打ってくる。

グジャッ！ 俺の顎にパンチが突き刺さる。

ぐらりと脳が揺らいで意識が飛びそうになる。

この局面、シロはますますパワーが上がっていく。

こいつは最強で最高のファイターだ！

シロ、お前はすげえよ！

「ラスト十秒！」

両セコンドから怒号のような合図が重なる。

ドグッ！　俺の右フックがシロの左脇腹に突き刺さる。でも倒れない。あと一度ダウンさせれば、その時点で俺の勝利が決まる。

絶対に勝つのは俺だ。その一秒先に待つ白星を手にするのは、この俺なんだ。

もう右拳は痛みが消えている。というか、腕自体の感覚が定かではない。気力だけで筋肉をフル稼働させ、パンチを打ちつづける。

ドガッ！　ゴグッ！　シロの渾身の左ストレートと俺の右フックがまたもクロスする。

消え入りそうになる意識をこらえて、身体が吹っ飛びそうになるくらいの衝撃をアキレス腱《けん》で耐えて、ぐぐっと血飛沫で染まるリング中央から退くことなく両足で踏ん張る。

「アカァッ！」幼馴染みが俺の名を呼ぶ。

「シローッ！」俺も幼馴染みの名を呼ぶ。

直後だ。これまでにない強烈な左ストレートをテンプルに受ける。意識が消えそうになりながらよろける。ぐらっ。身体のバランスが崩れていく。その瞬間、俺は安堵する。

やっと倒れることができる。やっと負けることが許される、と。

長くつづきすぎた闘いの連鎖からようやく足を洗うことができるんだ。

生まれて初めて体感するダウン。

キャンバスマットに仰向けで倒れこんでいく。全身にかかっていた重圧がふっと消えていく。これでいい。俺は思う。これで終わるんだ。

眼前が頭上から降り注ぐ光の渦で真っ白なハレーションに塗り替えられた刹那だ。

視界がぼやけ、霞んでいき、やがてなにもかもが消えていこうとする。

それは俺自身が砕け散ろうとしているのか、瞳から溢れ出る涙のせいなのかは、よくわからなかった。

八

リングサイドに暁空がいる。笑ってた。うれしそうに満面の笑みを向けている。

俺はリングを降りて弟に駆け寄ろうとする。ロープをくぐって足早に近寄っていく。

すると暁空がふっと遠のく。笑顔のまま、俺に手を振りながら。慌てて俺は走る。

弟に会うのは久し振りだ。抱きしめてやりたい。寂しかったから。辛かったから。

だけど俺が追いかけてそばまで行くと、またもふっと弟は遠ざかる。俺は全力で走る。

速く走れば走るほど、兄弟の距離は遠のく。俺は焦る。だんだんと暁空が消えそうで。

だから、もっともっと速く走ろうと、両足を動かそうとすると、暁空が笑顔で言う。

「お兄ちゃん、ぼく、もう行かなきゃ」

「どこへ行くんだよ？　なんでだよ？　なら、俺と一緒に行こう！」

すると暁空は笑いながら首を振る。その姿が光に包まれ、ゆっくりと見えなくなる。

「行くな、暁空！　頼むから！」俺は叫ぶ。

でも、声は言葉にならない。それだけじゃない。どれだけ走っても前へ進もうとしない。

「さよなら、お兄ちゃん」

眩い光に埋もれて、もうほとんど姿は消えかけてるのに、はっきりと聞こえる。

暁空、行かないでくれ、お願いだ――ふたたび必死で叫ぼうとした次の瞬間、全身に高圧電流のような衝撃が駆け抜け、肢体がビクンと跳ね上がった。

手足に伝わる現実の感触で、ハッと瞼を開ける。

「あ、目が覚めた？」

すぐ近くで飯島さんの声が聞こえた。ゆっくりと顔を動かす。

意識が虚ろだった。こめかみが疼く。いや、顎も、鼻も、頭の芯も、体の節々が軋み、ギスギスと神経を刺すように刺激する。声を出すのも辛かった。それでも部分麻酔が効いているのか、右拳自体の痛みは感じなかった。

視界に飯島さんの姿が映る。暁空はもういないんだ。俺は夢を見ていたと悟る。

「こ、ここは？」

「救急病院よ。試合後、すぐに搬送されたの。シロ君もだけど。全然覚えてない？」

「あ、うん――」

３Ｒの記憶を呼び起こそうとする。たしかシロのもの凄い左ストレートと俺の右フックの相打ちになった。その後、あいつの名を叫んだような気がする。

そこから先はまったく思い出せない。

「あの、試合は?」

おずおず訊くと、飯島さんはわずかに目を細めて小さく肯いた。

「君が勝った。優勝よ」

「え?」

「おめでとう、四冠達成」

祝福の言葉を向けられても、まるで実感が湧かない。

「最後って——?」

「ダブルノックダウン。相打ちでシロ君も君もほぼ同時に倒れて、その直後に試合終了のゴングが鳴った。シロ君はそれで合計四度目のダウンだったから、その時点で敗北が決定した。3R一分五十九秒。あと一秒立ってることができれば、もしかしたら彼が勝ってたかもね」

彼女の言葉をぼんやりした頭で反芻しながら声にする。

「——あと、一秒——」

「そう、あと一秒の大接戦だったわ」

そっか。口のなかで転がすように吐いた相槌は声にならなかった。

そこでしばし二人だけの病室がひっそりと静まり返る。

窓の外から蟬しぐれがかすかに届く。それを聞きながら、俺は遠い昔の島の夏を懐かしむ。あの家の四畳半で布団に横たわる暁空と二人で聞いた、残暑が残る夏の日の早朝を。毎朝六時前には蟬しぐれが聞こえてきた。それで暁空も俺も目を覚ました。

「やっぱりお家はいいね、お兄ちゃん。夏の音で朝が迎えられるんだもん」

隣の布団に横たわった暁空がふいにそんなことを言った。寝言かと思って顔を動かすと、暁空は天井を見ながらにっこり笑っていた。俺はいつまでも夏がつづいてほしいと思った。

結局、暁空とあの家ですごした夏はあれが最後になったんだ。

「だけど、すごいね」

ふたたび飯島さんが口を開く。

「すごいよ、平井君は。利き腕の右拳をあんな負傷してても、あれだけのファイトで闘い抜いて、しかも骨折してる拳で最後は殴り勝つんだから。誰にも真似できない。試合が終わっても観客の人たち、誰一人として立ち上がろうともせず、倒れた君たちを見守ってたのよ。魔法がかかったような、信じられないくらいの静けさに包まれた会場で」

「そうなんですか」

「君は天才なんだね。兄とは全然違う、別世界の人なんだよ」

そう言われながら、飯島さんがどこか遠くへ行ってしまうような気がした。あるいは自分自身がこの場から消え去ってしまう、そんな寂しい錯覚を起こしそうになる。

不思議なくらいシロとの勝敗はもうどうでもよかった。直後、ふいに思い出す。

「あの、飯島さん?」

「なに?」

「昨日の準決勝、控え室でレンさんのデイパックを見て、突然驚いたように固まりましたよね。今日の試合前、レンさんに言ってたことって、その、写真が——」

「そう。兄とあの人が肩を組んで写ってるフレーム入りの写真が入ってたの。たぶんリカルド戦の直前に撮影されたものだと思う」

ひっそりとした声でそこまで話すと、彼女は言葉を止めてなにかを考えるように目を落とし、寸時の間を空けた。

「初めて見た」

ぽつんとそう言ってまなざしを向ける。

「初めて見たの。あんな楽しそうなお兄ちゃんの笑顔、生まれて初めて見たわ。私の思い出のなかにも、アルバムに残ってる写真のなかにも、ああいうふうに笑ってるお兄ちゃんはいない——」

「あの、レンさんとは、その後、話したんですか?」

遠慮がちに俺は訊く。

「少しだけ。君の試合直後に会場で」

ゆっくりと顔を起こしながら彼女はつづける。

「――あの人、兄の最後の試合までのこと、ぽつりぽつりと言葉少なめだけど、喉を詰まらせながら一生懸命話してくれた」

そこまで言うと、しばらくの間、飯島さんは無言になる。

沈黙だけがゆっくりと室内に停滞するなか、飯島さんが椅子から立ち上がる。

「ごめん。もう行く。顧問に伝えに行かないと。平井君が目を覚ましたって」

「あの、レンさんは？」

彼女は静かに首を振る。

「私と話した後、辞めるって顧問に告げて、そのまま試合会場から消えてしまった」

「なんで？　どうして？」

「君の拳を壊した監督不行き届きの責任は、自分にあるからって」

聞きながらあの人らしいと思いつつ、おそらく準決勝の段階で辞める決意はしていたんだろうなと俺は確信する。樋口顧問の立場を守るためにも。そういう人だ。

「あのね、平井君。私、間違ってた――」

「間違い？」

「そう、誤解してた。あの人は悪くなかった。話を聞いてて、それがわかった」

「じゃあ、レンさんのこと、許せたんですね？」

俺が訊くとドアへと進みかけていた足を止め、飯島さんは潤《うる》んだ瞳で微笑んだ。

初めて見る、彼女の本心からの笑顔だった。

◇

精密検査の結果、脳にも異常がなかった俺はすぐに退院して神奈川へ戻った。それでも四、五日は安静にしろと医師に言われていたが、体を動かしたくてしょうがなくなり、翌々日には夜の公園を走るようになった。

右拳の複雑骨折のせいで当面部活は休むことになった。八月下旬の国体予選は見送りとなり、八冠達成は叶わぬ夢で終わる。もしかしたらレンさんはそこまで見越して、自ら身を引いたのかもしれない。八冠達成を条件に雇われたという話だったから。

俺自身の進退はグレーのままだった。仮にも先のインターハイで優勝して、高校二年生にして四冠達成を果たした。学校側としてはこのまま卒業まで留まり、拳が全快した時点からまた部活を再開してもらえないかと、樋口顧問経由で打診があった。

問題は俺自身の気持ちだった。八冠達成が不可能となった段階で、もうボクシングをつづける意味も意義も見失いかけていたし、少なくとも武倉高校ボクシング部に在籍している理由がわからなくなった。ここに俺の居場所はないように思えた。

とりあえず少しの間ゆっくりすごして、それからどうするかを決めることにした。

決勝戦からちょうど一週間後。いつものように夕刻から夜にかけて公園を走っていると、池近くのベンチで人影が視界に入る。夏とはいえ人気のない公園だ。珍しいなと思いつつ、そういえば去年の暮れ、前島戦で大惨敗を喫したシロとここで出会ったんだなと思い返す。

走るにつれ、人影との距離が縮まってくる。こちらを見ている。すっかり陽が落ちかけて街灯がともり始めた瞬間、光に照らされたその姿を見て、俺の足はぴたりと止まる。

「レ、レンさん――」

よお、と言って彼は片手を上げ、普段と変わらない感じで笑いかけてくる。

「すっかり元気そうやな」

すぐには声が出ない。でも、いつもと同じ飄々《ひょうひょう》としたレンさんにほっとする。

「学校辞めたんですよね？　どうしてこんなところに？」

「お前を待っとった。ここの周回コースを日没間際に走るのはお前の日課やろ。そろそろ走り出す頃やないかと思うてくれれば、案の定や」

そう言ってくだけた口調で訊いてくる。

「少し時間あるか？」

俺が肯くと、ここに座れとばかりにレンさんは顎でベンチを指し示す。

「飯島さんから聞きました。いろいろ」

俺のほうから切り出すと、レンさんははははと乾いた声で笑った。

「俺にも聞かせてください。悟さんとのいきさつ」

「なんでお前に話さなあかんのや？」

「俺だってあんたの弟子です。だから兄弟子のことを聞きたい」

「弟子だった、やろ。正確には」

曖昧に俺が笑うと、しゃあないなあ、と耳の後ろをぽりぽりかきながら、レンさんは話し始めた。「そもそも俺が若い頃、ボクサーとして育て上げてくれたんは、飯島孝弘、つまりあの兄妹の父親やった」

「え？　孝弘さんってライト級のプロボクサーで、世界タイトルマッチに二度挑んで、ドロー判定でチャンピオンになれなかった人ですよね」

「なんや知っとるんかいな」

「そこまでは前に飯島さんから聞きましたけど、そうだったんですか」

「俺な、高校一年のとき、若年層のアマ選手メインに指導する日下部《くさかべ》ボクシングジムに入門して、当時のナンバーワントレーナーだった孝弘さんに見出されたんや。そうしてアマ大会に出るようになって、大学に入ってからも勝ち上がって実績を積んでいった」

「やっぱボクサーとしても強かったんですね」

初めて聞く話に耳を傾けながら俺は質問する。

「ああ、強かったと思う。条件付きやけどな。高校じゃいまのお前とおんなじ四冠を制覇した。大学に入ってからは全日本の強化選手に選ばれて、オリンピックを目指した。俺は俺で別の夢を膨らませとった。ゆくゆくは大手ジムにスカウトされてプロデビューし、世界チャンプになろうってな。マジで考えとった」

とっぷりと陽が暮れていく公園、レンさんは遠くに映る街灯の光を見つめて目を細め、かつての話をつづける。

「でもな、大学三年のとき、孝弘さんにいきなり言われた。お前はプロに行くなってな。頭ごなしに告げられて、なんでや？　て食ってかかったわ、まあ、若かったからな」

ちらりと俺はレンさんの横顔を見る。懐かしげな面持ちのなかに、悲しさや寂しさが複雑に入り混じっている。

「お前のボクシングはアマやから通用するファイトスタイルやし、パンチ力やし、動体視力やし、身体能力やと、要はボクサーとしての俺自身を全否定するようなことを言われた。当然、腹が立ったし、怒りまくった。そしたら証明したると孝弘さんは言ってな。翌週になって俺は別のジムに連れていかれた。そこは数多くのプロボクサーを輩出する有名なジムでな。そこで年下の選手とスパーリングすることになったんや」

俺は無言で話に聞き入った。レンさんは一拍の間を挟み、ゆっくりと言葉を継いだ。

「こてんぱんにやられたわ。1Rは俺のほうが断然優勢やったのに、2Rに入ってからはビシバシ打たれまくった。とにかく圧倒的にパンチ力が違った。加えて荒々しいインファイトじゃ、アマボクシングで経験のないヘヴィな連打をもろうて押されまくってな。まったく自分のボクシングをさせてもらえんかった。後になって聞くと、そいつは世界ランクに入ろうとする有望株やったいうことやけどな。十七歳でプロになって修羅場をくぐってきたそいつはまるで強さの質が違った。俺はそれまで築き上げてきた自信がぼろぼろになった」

「そんなことがあったんですか？」

「ああ。孝弘さん曰く、ボクサーにはアマで成功するタイプと、プロで大成するタイプがあるいうことやった。俺は紛れもなく前者やったわけや。いまなら当たり前に理解できるけど、当時の俺は口で言われてもわからんかったやろうから、実地体験させられたっちゅうわけや。まあボクサーのセンスと才能を見極める慧眼は俺以上に鋭かったからな」

話を聞きながら、自分はどっちなんだろうと考える。レンさんに訊いてみたいとも思ったが、この場では言葉を押しとどめた。

「孝弘さんは名トレーナーや。もともとはアマ専門やったが、指名がかかるとプロ選手の指導もするマルチな人でな。何人ものチャンピオンや世界ランカーを育ててきた。結果、俺はあっさりとプロの途を諦めて、そのかわりに孝弘さんに師事してトレーナーとしての途を選んだ。俺に指導者としての才覚があると認めてくれたのもあの人やった」

「その一人息子の悟さんがプロボクサーを目指したんですね」

「孝弘さんと奥さんが交通事故に巻きこまれて他界した年にな。奇《く》しくも俺がボクシングの世界に飛びこんだ歳《とし》と同じ、十六やった」

「悟さんは父の孝弘さんからボクシングを禁止されてたって聞きました」

「そや。誰よりも悟の限界点に気づいてたのは、ほかならぬ父親の孝弘さんやった。それを知っていながら、俺は悟のトレーナー役を引き受けてしまった。あまりの熱意に根負けする形でな。それが悲劇の始まりやった」

そう言う声が沈んでいく。レンさんの話はつづいた。その先は過酷な展開になった。

高校をやめてプロデビュー後、獰猛なファイトで激しい殴り合いを繰り広げる悟さん。相手がどれだけ格上でも、一歩も退くことなく前へ出て、最後には肉を切らせて骨を絶つ。そんな身を削る闘いぶりを叱責《しっせき》するレンさんだったが、悟さんは聞く耳を持たない。それればかりか観客は苛烈な打ち合いに魅了され、連戦連勝する悟さんの人気は上がる一方だった。端整な甘いマスクと長身のスタイリッシュな体型も女性人気を集めてネットで話題になった。観客動員数が上がるため、マッチメーカーが次々と短期間で試合をまとめてくる。悟さんは闘いに取り憑かれたようにリングに上がる。レンさんが頑なに止めようとしても、調整が不十分であっても、リングに上がりつづけた。そうして奇跡的に舞いこんできた、WBA世界バンタム級タイトルマッチ前哨戦。当時のチャンピオンが引退したのを機に、決定戦の選手調整が難航したあげくに声がかかった。

相手選手は同級二位のリカルド・アステカ。いまなお世界チャンピオンとして君臨する最強王者だ。これを逃せば、もう二度と世界への挑戦はない。亡き父の夢も遠ざかる。

「ほんまの兄弟みたいに仲良かったのにな。結局は俺が殺してしまった」

「それは違うと思います」

きっぱりと俺は否定する。レンさんは目を見開いて顔を向けてくる。

「父親が大好きで大好きで憧れていた悟さんは、一度決めたことは絶対に諦めない、そういう強情で頑固な一面があった」

俺はつづける。「飯島さん、レンさんが話してくれた後、よくよく考えてわかったそうです。父親があれだけ可愛がり、信頼していたレンさんが誤った判断をするわけないって。私利私欲や名誉のため、選手を無謀な闘いへ送り出すようなことをするわけないとも。それだけじゃなく、いまだ亡き父と兄の遺志に囚われ、一番苦しんでるのはレンさんだって。本当はとっても優しい人だと言うことも、胸が痛くなるくらい伝わったそうです。だから最後に会って自分から謝りたかったけど、もうレンさんは武高を辞めて消えてしまってたから、彼女は俺に託しました。もし、レンさんに会えたならって」

レンさんは微動だにせず聞いていた。

◇

「アカ――」

突然だった。レンさんが湿った声で名を呼ぶ。

「はい？」

「プロにいけ」

俯いていた顔を上げて、レンさんがはっきりと命じる。

「お前はプロになるべきや」

「いきなり、なんの話です？」

「それだけ言いたかった。だから待っとったんや。お前なら、孝弘さんも悟も、俺も、あとお前はよく知らんかもしれんが、新垣も辿り着けんかった遥か上の世界へ行けると思うから。お前なら限られし者だけが登り詰められる領域に手が届くはずや」

「それって――？」

レンさんはしっかりと肯く。

「そうや。お前はプロで大成する。あの決勝戦を観てて、それがよくわかった」

そのとき、空の上から暁空の声が聞こえてくるみたいだった。

「いますぐ結論を出す必要はない」

俺は返事すらできなかった。

「とりあえず、いったん島に戻る。そうして態勢を立て直そうと思っとる。もし、お前にその気があるなら、あの家で待っとるから、こい。夏が終わるまで待っとる」

そこまで言うとレンさんはベンチから立ち上がった。

「あとはお前が決めればええ。嫌や思うならやめればええ。それに言っとく。プロの厳しさはアマのそれとはレベルが違う。地獄のような世界が待っとるかもしれん。それでも、もう一度、俺を信じるなら一緒に目指そう。今度は孝弘さんや悟の夢まで乗せてな」

その瞬間、なにかが心で弾けた。

ずっともやもや燻《くすぶ》りつづけていたなにかが、その一瞬で燃え尽きて、新しいなにかが生まれようとする予感が膨らんでいく。

「じゃあな」

レンさんが暗闇に向かって走っていく。俺は無言でその後ろ姿を目で追う。

レンさんの背中を見ながら、必死で拳を繰り出してくる、決勝戦のシロが重なる。

その昔、弱くてボコられてばかりだった俺自身までが重なっていく。

シロも俺もあの人に育てられ、強くなることができた。そうしてレンさん自身も俺らと同じように苦しみながら、いまなお強くあろうと自分を信じて前へ進もうとしてるんだ。

俺は夜に溶けこむようにして見えなくなっていくレンさんの背を見つめる。

思わずハッとする。

その先に、ひと筋の光が遥か遠くのどこまでも、まっすぐな一本道のようにつながって伸びていく、そんな光景が見えた気がした。

エピローグ

フェリーに乗って島に到着したら、昼前だった。真夏の風情に包まれた小道をゆっくりと歩いて我が家に到着し、懐かしい古い格子戸をがらがら開ける。すぐに母さんが満面の笑みで迎えてくれた。背後から小学校時代の友だちの顔がのぞく。直後、おいしそうな甘辛い醤油《しょうゆ》や香ばしい味噌《みそ》や魚介類の焼き物の匂いに刺激されて胃袋が鳴る。

「お、ひさびさ」

「うわ、背伸びたな」

佐藤と沖村が口々に言う。

「よう、おかえり」

一拍遅れて宮前国男が片手を上げて微笑んでくる。俺も目で、よお、と返す。

暁空の葬儀以来だった。年月の隔《へだ》たりに関係なく、この島には変わることのない懐かしい世界がつづいている。暁空の存在が欠けているだけで。

でも、もう後ろは振り返らないことにした。

「暁、疲れてない？」母さんが訊いてくる。即座に俺は首を振る。

「全然。大会で全国を飛び回ってたのに比べたら楽勝」

「そうだよなぁ。平井はいまやスーパースターやからなあ」と沖村が言って、

「アホか。平井は平井じゃ。昔からの友だちであることに変わらん」

宮前が突っこみを入れる。そうやそうや、と佐藤が笑う。

「とにかく早く上がりなさい。いっぱいお料理作ったから」

「おばさん、平井は減量があるからようけ食えんやろうし、その分は俺が食べちゃるで」

「なに言うとる、沖村。お前、それ以上太ってどうするんや」

そうやそうや、と、またも佐藤がけらけら笑う。

久し振りの帰郷で、暁空がいない母子二人きりの空間が湿っぽい空気にならないよう、気を使ってくれたんだと思う。母さんも宮前たちも。

旧友らに迎えられて、その日は楽しくすごした。わいわい言いながら魚介類を中心にしたご馳走《ちそう》を食べて、ああだこうだ言い合った。網元をやってる宮前の父親が、新鮮な海の幸を信じられないくらいたくさん持ってきてくれたということだった。

会話の切れ間、家の外から蟬しぐれと波の音が聞こえてくる。ふたたび、みんなの笑い声が家中に響いて、昔話や高校の話で盛り上がる。こういう和んだ雰囲気は何年振りだろう。島に戻ってきてよかったって俺は思う。ささくれだったファイトとトレーニング漬けの日々から解放された貴重な時間が訪れていた。母さんも本当に楽しそうだった。

「ここにおったんか？」そう言いながら宮前は俺の隣に腰を下ろす。

みんなはまだ家のなかで食事しながら盛り上がっていた。俺はトイレへ行ったタイミングで外の空気に当たりたくなり、砂浜へ降りていった。南からそよ吹く汐風が心地よかった。しばらくの間、打ち寄せるさざ波をぼんやり眺めていると、宮前がやってきた。

「明日の墓参り、わしもついていってええかの？」

　隣に腰を下ろした宮前がおもむろに訊いてくる。

「ああ、もちろん。暁空も喜ぶよ」

「高校やめたんやってな。さっきお母さんから聞いたで。なんでなんや？」

「プロボクサーになる」

「マ、マジか？」

　宮前が驚いた顔を向けてくる。

「ああ」

　しばし沈黙が流れた。浜に寄せる小さな波の音だけが聞こえる。

　胸の内にたまったなにかを吐き出すように宮内は息を抜いて言う。

「お前は強いな――」

「強くなんかない。挫折と後悔の連続でいつも苦しんでる」

　すると宮前は首を横に振る。

「そんなことあるかい。高校二年で四冠達成はすごいことじゃろが。それにネットで観たで。この間のインターハイ決勝戦。あれはほんま、すごい試合じゃった。月城四六、だっけ。ようあんな化け物みたいな選手と闘って勝てたな。わしやったらあんな強いのと向き合ったけでビビってしもうて、手も足も出んわ」

「まあ、接戦だったけどね。勝てたのはたまたま運が良かっただけだよ」

「わしはお前のことを尊敬しとる。心の底から」

「よせよ」

「いや、ほんまじゃ。わしなんかどんな頑張っても、お前のように強うなれんわ。平井、お前は特別なんじゃ」

宮前のその言葉にはなにかを諦めようとするような、切なげな響きが含まれていた。

俺は思い返す。小学四年生のとき、突然家に押しかけてきた宮前たちとひと騒動起きそうになり、暁空が現れたおかげで難を逃れたことがあった。一変して、暁空がこの砂浜に倒れて動けなくなると、宮前がすっと抱き上げて家まで運んでくれた。

本当は心根が優しくて繊細な奴なんだ。

「あのな、宮前」

「あ、ああ――」

「俺、こっちへ越してくる前、東京に幼馴染みで親友と呼べる奴が一人だけいたんだ。そいつは泣き虫で弱虫だった。どうしようもないくらい」

いきなりなんの話をするんだ、とでも言いたげな表情で宮前は曖昧に相槌を打つ。

「あの決勝戦の相手だよ。月城四六。あいつのことなんだ」

信じられないといった顔で宮前の目が点になる。

「あいつな――俺はシロって呼んでたんだけど――昔から化け物みたいに強かったわけじゃないんだ。俺だってそうだよ。だって、神社の境内でお前にボコボコにされてたろ」

「平井――」

「俺がこの島に戻ってきたのは、レンさんと一からやり直すためなんだ。もう一回、今度は一緒にプロを目指そうって決めた。よくわかんないけどさ、可能性って無限なんだよ。誰にでも。シロも俺も、そしてお前も。信じなきゃ、なにも始まらないって思う」

宮前は唇を結び、やがてゆっくりと時間をかけて肯くと、口を開く。

「ありがとな――」

そこまで言いかけたタイミングだった。

「おーい、二人してそんなとこでなにやっとんの?」

「そやそや。これからメロンとバニラアイス、食べるんじゃや。早《はよ》うこんと、なくなるで」

家のほうから沖村と佐藤の弾けた声が重なって届く。

「おー、いま行く」俺が言うと、

「お前ら、調子に乗って食いまくっとったら、わしが承知せんけんなー」

宮前がちょっと鼻にかかった声で怒鳴る。

目を合わせた俺たちは、ほぼ同時に立ち上がると力強くダッシュする。

そのまま脇目も振らず、駆けっこのように先を競い合って砂浜を蹴りつづけた。

「うおぉぉぉおおおおおらあああーっ」

走りながら宮前が力の限りの大声で叫ぶ。まるで小学生の頃に戻ったみたいに。

◇

「じゃ、行ってくる、母さん」

「行ってらっしゃい。気をつけてね」

毎朝のやりとりの後、ががらがらと鳴る古い格子戸を開けて、外に飛び出す。

深く息を吸いこんで吐き、土の地面に一歩を踏み出すと、ゆっくり走り始める。

全身に触れる風に、深まる秋を感じる。明日から十月だ。

自然のなかで生命の隆盛が終わり、新たな生命を育《はぐく》むための季節が始まろうとしている。

草木や花や鳥や虫や海や山や空や雲や太陽が、緩やかに呼吸して、静かに生きる力を蓄《たくわ》えていく時期だ。俺もまた同じなのかもしれない。そんなことを思う。

海沿いの道を抜け、山側へとつづくなだらかな斜面を駆け上がっていく。

澄んだ青い空に悠然と鳶が舞っている。ピーヒョロロロロゥと独特の声で啼く。

武倉高校を辞めて早くも一ヵ月以上になる。

走りながら天空を見つめ、俺はいつものように飯島さんのことを思い出す。

◇

彼女は俺が学寮を去る日、駅まで見送ってくれた。

「どうするの、これから？」

ホームでそう訊ねられ、俺ははっきりと彼女の目を見て答えた。

「飯島さんのお父さんとお兄さんの夢を目指すことにしました。『Tiny Star』になるために」

ハッと瞳を見開いて驚きながらも、彼女は優しく微笑んで肯いた。

直後、俺たちを隔てる電車の扉が閉まった。もうそれ以上の言葉は必要ない。

夢に近づき、デビュー戦を迎えられたとき、試合を観にきてもらおうと心に誓った。

また彼女の歌を直に聴きたい。いつかそんな日が訪れることを励みにしている。


その日、飯島さんと別れた後、新宿に出た。深夜バスで神戸まで向かうためだった。

出発前の夕方、新宿西口にある公園でシロと待ち合わせしていた。

「よ、シロ」

「アカ、やっと会えたね」

二週間前に繰り広げた大激戦などなかったかのように普通に再会した。そればかりか夕イムトンネルをくぐったみたいに、俺たちは幼い頃のシロとアカに戻っていた。

ボクシングを始めたきっかけとか、いつレンさんと会ったとか、なんでそんなに強くなったんだとか、お互いに聞きたいことや話したいことは山のようにあった。だけどシロも俺もそんな話題にいっさい触れなかった。三百六十秒間の死闘のなかですでに認め合ったから。俺はシロが隣にいてくれるだけでよかったんだ。長かった孤独から抜け出せた。一人ぼっちじゃなくなった。

ふと思い出した。幼稚園に入った直後のことを。

「おし、これで一人ぼっちじゃなくなったよ」

そう俺はシロに言ったんだ。シロがどう捉えたかわからなかったけど、あれは自分自身に向けた言葉だった。ざわざわと賑《にぎ》わう教室であいつはクラスの輪に溶けこめなくて一人ぽつんと取り残されてた。でも、それは俺も同じだったんだ。そうやって俺らは出会って一人ぼっちじゃなくなった。あのときも、そしていまも、変わることなく。

シロは部活や西音《さいおん》という先輩のことを面白可笑《おもしろおか》しく話してくれた。そんなことを言い合ううち、あっという間にタイムアップになった。結局、ボクシングの話で終わった。それでよかった。

八年かけてふたたびボクシングでつながろうとしていた糸がついに実を結んだから。あの決勝戦で、俺たちはずっと憧れてきた本当の強さを手にできたから。

バス乗り場へ向かう途中、ちょっとした事件が起きた。二十代後半の母親風の女性が、ハタチ前後の丸坊主の男にからまれていた。クラクションがどうとか、たちの悪い難癖《なんくせ》をつけられているようだった。俺が助けに行こうとする前に、動いたのはシロだった。

ファイティングポーズを決め、ひと言怒鳴っただけで、丸坊主は退散した。

「強くなったな、シロ。マジでめっちゃ強くなったんだな」

俺が感心すると、シロは照れながらうれしそうに笑った。屈託のないその顔を見てるうち、ずいぶん前から心にわだかまってたことが自然と声になった。

「あのさ、守屋によろしく伝えてくれよ。いつかまた、会ってくれるかな？」

今日言わなければ、この先ずっと後悔しそうだった。

シロは目を点にした直後、さらに満面の笑みになって深く肯いた。

「うん！　あいつ、すっごい喜ぶと思う。ありがとう、アカ」

聞いた瞬間、涙が出そうになった。シロもまた俺に言う。

「じゃ、アカ、レンさんによろしく伝えてよ。いつかまた、僕も会いたいから」

「それって、レンさん、すっげえ喜ぶぞ」

ほどなくして俺らは路上で別れた。新しい門出が湿っぽくなるのは嫌だった。

いまでもシロの最後の言葉は忘れられない。

「お前、ボクシング、つづけるよな？　なあ、アカ」

あいつはそう訊いてきたんだ。

いかにもシロらしい想いがこめられた問いかけに、俺は本心から笑い返せた。

そうして数瞬、俺はシロを見つめ、答えを伝えた。

「なあ、シロ。あの試合、1R百二十秒じゃなくて。百八十秒なら、どうだったかな？」

それ以上は言葉にする必要がなかった。

今度でいいんだ。もっともっと、いろいろ話したりするのは。

これからも俺らはずっと友だちなんだから。

あいつはすぐに意味がわからなかったみたいで、きょとんとした顔になって目をしばたたかせた。そういう仕草、幼稚園で初めて会った頃から全然変わってない。

ふっと笑って俺は駆け出した。

「じゃあな、シロ。元気でな！　お前こそボクシングやめんなよ」

それだけ告げて、夏の終わりの大都会を離れるように全力でダッシュした。

◇

じつのところ、島に戻るまで自分のなかで本当にプロボクサーとしてやっていけるか、まだ絶対の自信が持てなかった。シロとの試合で燃焼し切った感が強いなか、どれだけボクシングに向き合えるか未知数の部分が多すぎたのは事実だ。

いまは違う。わずか一ヵ月余りだけど、島でレンさんと猛特訓を重ねるうち、信じがたいくらい闘志が湧き上がっている。あらためてボクシングの楽しさに目覚めた。

そう、十歳で生まれて初めてボクシングを始めたときのように。

すべては暁空が残してくれた天国からのメールのおかげだった。

これからは自分の途を歩き、自分のために闘いつづける。

それが暁空の願う本望だから、俺は原点に帰ることができた。


レンさんもまた原点に帰ったように、いままで以上に熱をこめて指導に徹した。

シロとの激戦を経て、さまざまな心の変化があったのだろう。ふたたびボクシングの鮮烈な魅力に覚醒すると同時に、孝弘さんや悟さんが到達できなかった夢を今度こそ本気で叶えようとしている。そんなふうに感じられて、なんだかすごくうれしい。

それだけじゃない。この頃はボクシング以外の話もたくさんするようになった。

そんなときレンさんは、年の離れた兄貴みたいになってよくしゃべるんだ。


母さんも前に進もうとしていた。あれだけ反対していたボクシングなのに、しかもプロ転向を目指している息子を、いまは全力で応援中だ。

そればかりか新しい仕事の目標を持ち、ひたむきに前へと進み始めたんだ。

病院で看護助手として働くため、介護福祉士国家試験を受験する猛勉強を開始した。ふたつの仕事と家事を終えた後、毎晩深夜まで起きて机に向かっている。

この世界に暁空がいないという辛い現実はこれから先もつづく。

けど、俺たち家族はようやく、本当の意味でひとつになれた気がする。

押し寄せてくる悲しみは避けて通れない。

それでも悲しみを乗り越えることは、いつの日かきっとできるはずだから。


俺は走る。ひたすら走る。すべては走ることから始まったんだ。

「強くなりたいか？」初めてレンさんに会ったときに訊かれた。

そして俺の両目をまっすぐ見定めて迷いなく言った。

「走れ。とにかく走れ」と。

俺は走りながらレンさんの言葉をいつも反芻する。

「走りつづければ俺が強くしてやる。誰よりもな。そして必死で走りつづければ、お前は変われる。お前が望むように」

実際、走ればすべてが軽くなっていった。

あらゆるものが離れていく感覚に囚われる。

まとわりつくもの。しがみつくもの。からみつくもの。のしかかるもの。

ふっとそれらの重しが身体から剝がれ落ち、手足が思いのまま動くようになった。

俺は山側に向かって、アップダウンを駆け抜ける。大きな峠を四つ越える。その後、登り坂になって、うんと山道が険しくなる。その先にある暗い森に入り、次々と木々を避けて走っていく。すると、いきなり目の前が開ける。朝陽を浴びてきらきら輝く、真っ青な海が広がる。その向こう側には、緑色の無数の島々が映る。
いつか弟に見せてやりたいって、ずっと思っていた景色だ。
俺はその場所の先端に立って海と空と島をしばらく見つめる。
ふいに、きらめく陽光に照らされる雄大な風景に向かって叫んでみる。
そんなふうに閃いたのは、その初秋の朝が初めてだった。
ありったけの声を張り上げる。
「なあ、見ててくれよ。ずっと見守っててくれよな！」
それは誰に向かって叫んだ言葉なのか、はっきりとは自分でもよくわからなかった。
次の瞬間だ。
びゅっと冷たい潮風が頬を激しく打つように吹きすさぶ。
これから俺を待つ新しい世界の扉が、いま開かれたようだった。そんな予感を覚える。
そこにはこれまで以上に絶望的な壁や修羅場が待っているかもしれない。
だからこそあらためて決意する。自分を信じて前に進みつづけることを。
そして、それが俺たちの途なら、いつかまたあの場所でめぐり会う日がくるだろう。
走りつづけたその向こうで。この先、必ず。

（了）

この物語はフィクションです。実在の人物・団体・事件等とは一切関係ありません。

また、ボクシングの大会日程やルールが細部において現実の最新のものと異なっている部分がありますが、これは小説上の演出によるものです。

本書は書き下ろしです。

〈著者紹介〉
秀島 迅（ひでしま・じん）
青山学院大学卒。広告代理店や外資系IT企業での勤務を経て独立し、現在コピーライターとして活躍している。『さよなら、君のいない海』（KADOKAWA）でデビュー。瑞々しい筆致で描かれる青春小説の書き手として期待されている。

その一秒先《いちびょうさき》を信《しん》じて

アカの篇《へん》

2020年3月17日 第1刷発行　定価はカバーに表示してあります

著者……………………秀島 迅《ひでしま じん》

発行者……………………渡瀬昌彦
発行所……………………株式会社 講談社
〒112-8001 東京都文京区音羽2-12-21
編集03-5395-3510
販売03-5395-5817
業務03-5395-3615

本文データ制作…………講談社デジタル製作
印刷……………………豊国印刷株式会社
製本……………………株式会社国宝社
カバー印刷………………株式会社新藤慶昌堂
装丁フォーマット…………ムシカゴグラフィクス
本文フォーマット…………next door design

ISBN978-4-06-519169-9　N.D.C.913　342p　15cm

講談社
タイガ

秀島迅

その一秒先を信じて　アカの篇

イラスト
456

難病に冒された弟の治療費を稼ぐため、ボクシングで勝つことを宿命づけられたアカこと暁《あかつき》。勝利を重ねるごとに彼の心を孤独が苛む。天才ボクサーとなった彼の前に現れたのは、幼馴染の優しい少年四六《しろう》——シロだった。「強いって何だろう」その答えを求め、ついに二人はインターハイ決勝戦のリングの上で再会する！汗と涙と感動の青春小説《シロの篇》《アカの篇》二冊同時刊行。

講談社タイガ

秀島迅

その一秒先を信じて　シロの篇

イラスト
456

月城《つきぎ》四六《しろう》——シロには親友がいる。正義感が強く一本気な暁《あかつき》、アカだ。だが、仲違いをしたまま、アカは遠方に転校してしまう。それから数年。シロは天才ボクサーとなった彼の姿を動画で目にした。家庭にも学校にも居場所のないシロは、アカの強さに憧れボクシングを始める。いつかもう一度、親友と巡り会うために。汗と涙と感動の青春小説《シロの篇》《アカの篇》二冊同時刊行。

講談社
タイガ

凪良ゆう

神さまのビオトープ

イラスト
東久世

うる波《は》は、事故死した夫「鹿野《かの》くん」の幽霊と一緒に暮らしている。彼の存在は秘密にしていたが、大学の後輩で恋人どうしの佐々《ささ》と千花《ちか》に知られてしまう。うる波が事実を打ち明けて程なく佐々は不審な死を遂げる。遺された千花が秘匿するある事情とは？機械の親友を持つ少年、小さな子どもを一途に愛する青年など、密やかな愛情がこぼれ落ちる瞬間をとらえた四編の救済の物語。

講談社
タイガ

本田壱成

終わらない夏のハローグッバイ

イラスト
中村至宏

二年間、眠り続ける幼馴染《おさななじみ》の結日《ゆうひ》が残した言葉。「憶《おぼ》えていて、必ず合図を送るから」病室に通う僕に限界が来たのは、夏の初めの暑い日だった。もう君を諦めよう——。しかしその日、あらゆる感覚を五感に再現する端末・サードアイの新機能発表会で起こった大事件と同時に、僕に巨大な謎のデータが届く。これは君からのメッセージなのか？　世界が一変する夏に恋物語が始まる！

講談社
タイガ

井上真偽

探偵が早すぎる（上）

イラスト
uki

父の死により莫大《ばくだい》な遺産を相続した女子高生の一華《いちか》。その遺産を狙《ねら》い、一族は彼女を事故に見せかけ殺害しようと試みる。一華が唯一信頼する使用人の橋田《はしだ》は、命を救うためにある人物を雇った。それは事件が起こる前にトリックを看破、犯人(未遂)を特定してしまう究極の探偵！　完全犯罪かと思われた計画はなぜ露見した⁉︎史上最速で事件を解決、探偵が「人を殺させない」ミステリ誕生！

講談社
タイガ

虚構推理シリーズ

城平 京

虚構推理

イラスト
片瀬茶柴

巨大な鉄骨を手に街を徘徊《はいかい》するアイドルの都市伝説、鋼人七瀬《こうじんななせ》。人の身ながら、妖怪からもめ事の仲裁や解決を頼まれる『知恵の神』となった岩永琴《いわながこと》子《こ》と、とある妖怪の肉を食べたことにより、異能の力を手に入れた大学生の九郎《くろう》が、この怪異に立ち向かう。その方法とは、合理的な虚構の推理で都市伝説を滅する荒技で!?

驚きたければこれを読め——本格ミステリ大賞受賞の傑作推理!

講談社
タイガ

閻魔堂沙羅の推理奇譚シリーズ

木元哉多

閻魔堂沙羅の推理奇譚

イラスト
望月けい

俺を殺した犯人は誰だ？　現世に未練を残した人間の前に現われる閻魔《えんま》大王の娘——沙羅《さら》。赤いマントをまとった美少女は、生き返りたいという人間の願いに応じて、あるゲームを持ちかける。自分の命を奪った殺人犯を推理することができれば蘇り、わからなければ地獄行き。犯人特定の鍵は、死ぬ寸前の僅かな記憶と己の頭脳のみ。生と死を賭けた霊界の推理ゲームが幕を開ける——。